G. B Lue A*

Carmen Filante

La deuxième vie d'Annie

Du même auteur
aux ditions J ai lu

Un amour inestimable, *J'ai lu* 6171

Barbara Bretton

La deuxième vie d'Annie

Traduit de l'américain
par Jacqueline Susini

Titre original :

A SOFT PLACE TO FALL
Berkley Books, published by The Berkley Publishing Group,
a division of Penguin Putnam Inc.,
New York

À ma mère, Vi Fuller (1924 – 2001),
qui m'a fait don de la vie et des mots.
Merci d'avoir tissé mon enfance de l'étoffe
dont on fait les rêves.
Je suis fière d'être ta fille.

REMERCIEMENTS

Je remercie tout particulièrement les femmes exceptionnelles qui, chez mon éditeur, font du commerce de l'écriture un vrai plaisir : Leslie Gelbman, Judith Palais, Hillary Shupf, Amy Longhouse et Sharon Gamboa.

Comme d'habitude, toute mon amitié aux infirmières, Inez Perry et Beth Beckett, qui transforment la chimiothérapie en une partie de plaisir. Vous connaissez Melvin, et je vous aime toutes les deux.

Mes amitiés, également, à Mary Preisinger, qui a été la première lectrice à m'adresser une lettre enthousiaste, dès 1983, et qui est devenue une amie très chère. Chacun de mes livres t'est dédié, Mary.

Je pense enfin à Joyce Bradsher – disparue en mai 2000, à l'âge de cinquante-cinq ans – après avoir combattu la maladie avec dignité, courage et humour. J'espère, Joyce, que tu as trouvé tes chaussons couleur rubis. Tu me manques quotidiennement.

COMMENT TOUT COMMENÇA

Shelter Rock Cove, Maine, à la fin de l'été

— Ça ne va pas, déclara Warren Bancroft en repoussant le dossier vers son avocat. Le prix est trop élevé.

— Comment ça, trop élevé ? fit Stoney, le regard fixé sur le chiffre que Warren venait de noter sur le document. C'est tout le contraire, à mon avis.

Warren reboucha son stylo plume, puis s'adossa à son fauteuil.

— Un sou de plus, et on peut parler d'arnaque.

— Le terrain à lui seul vaut plus que ça !

— La maison n'est qu'un cagibi, rétorqua Warren que la confrontation amusait.

— Vous êtes dur en affaires.

— Comment croyez-vous que je sois devenu riche ?

Stoney regarda de nouveau le chiffre griffonné par Warren.

— Vous ne le resterez pas longtemps si vous continuez ainsi.

— Appelez-la, Stoney. Dites-lui que je rejette son offre. Si elle s'entête, concédez-lui au maximum dix pour cent.

— Pendant que vous y êtes, vous allez rénover la maison, j'imagine.

Warren ne put s'empêcher de rire.

— J'ai déjà pris mes dispositions en ce sens. Depuis ce matin, les peintres sont sur place.

— Faites-lui donc cadeau de tout. Ce qui vous permettra au moins d'obtenir une déduction d'impôts.

— Vous êtes d'excellent conseil, Stoney. Je vous remercie. Et maintenant, allez faire ce que je vous ai demandé.

« Le problème avec les types formés dans les grandes universités, songea Warren, tandis que Stoney sortait de son bureau, c'est qu'ils accordent trop d'importance aux choses telles qu'elles sont, et pas assez à ce qu'elles devraient être. » S'il s'était lui-même comporté ainsi, il ferait aujourd'hui partie de la longue liste des marins disparus en mer.

Certes, il avait commis sa part d'erreurs et n'avait pas donné à Annie l'occasion de l'apprécier. Mais cela allait changer. Après tout, elle n'était encore qu'une gamine de trente-huit ans.

Il pourrait, par exemple, lui expliquer deux ou trois choses à propos de la solitude, l'encourager à déployer ses ailes, histoire de voir si elle savait encore voler. Il avait un tas de choses à lui dire, mais aurait-elle envie de l'écouter ? Elle avait chèrement payé sa loyauté et sa sincérité envers ceux qu'elle aimait. Il avait vu la jeune fille pleine de vie et de projets se transformer peu à peu en une femme fatiguée qui avait cessé de rêver.

Ces derniers temps, il avait perçu un changement chez elle, une agitation qu'il comprenait parfaitement. L'heure de prendre un nouveau départ était arrivée.

Warren attrapa le dossier intitulé *Sam*. Qui aurait imaginé que le sage adolescent de quinze ans qu'il avait rencontré à la marina de Queens, vingt ans plus tôt, deviendrait un jour son héros ? Jamais il ne l'avouerait à Sam Butler, de crainte de l'embarrasser, pourtant, c'était vrai. Bien que deux fois plus âgé que lui, Warren trouvait qu'il ne lui arrivait pas à la cheville. À dix-neuf ans, ce garçon avait dû mettre sa vie entre parenthèses – comme peu de personnes l'auraient fait – pour s'occuper de ses cinq frères et sœurs. L'existence ne l'avait pas ménagé et, cependant, il avait réussi à tirer son épingle du jeu.

Quand Sam lui avait téléphoné, la semaine précédente, pour lui demander s'il pourrait louer durant quelque temps la vieille maison d'Ellie, Warren avait aussitôt compris que le destin frappait à sa porte. La charité, Sam Butler n'en voulait pas, mais il savait reconnaître une bonne affaire quand elle se présentait, et le marché que lui proposait Warren était tout simplement irrésistible. À condition que Sam finisse de restaurer son bateau, Warren lui faisait cadeau du loyer de la maison.

Sam avait mordu à l'hameçon. Warren était certain qu'Annie ferait de même et, si rien n'était joué d'avance, il leur offrait néanmoins l'occasion de trouver le bonheur qu'ils méritaient plus que quiconque. Sans enfants, Warren aimait autant Annie et Sam que si son sang coulait dans leurs veines. Il les considérait comme les deux moitiés d'un même tout qu'il se devait de réunir.

À quoi cela servait-il d'être riche, sinon à prendre soin de ses proches ?

1

Ils avaient gardé le lit pour la fin.

Au pied de l'escalier, Annie Lacy Galloway observait les deux jeunes déménageurs qui s'évertuaient à déplacer l'énorme lit dans l'étroit couloir.

Ils firent une pause sur le palier, visiblement perplexes quant à la façon de descendre un tel monstre.

— Comment vous avez réussi à monter ça, madame Galloway ? s'étonna Michael, dont la voix muait. Autant chercher à faire passer un éléphant par un trou de serrure.

Six mois après la mort de Kevin, Annie avait trouvé, dans une brocante, ce lit en morceaux dont l'état reflétait assez justement ce qu'elle ressentait intérieurement. Elle avait passé des semaines à le poncer, sans même savoir si elle parviendrait à le reconstituer. Au printemps, elle comptait mettre la dernière touche à son travail en teintant le bois, puis en le vernissant.

— Tournez-le vers la fenêtre, suggéra-t-elle. Dès qu'il sera dans l'escalier, il n'y aura plus de problème.

Danny, son neveu par alliance, s'accroupit au pied du lit.

— Tout est branlant, lança-t-il en tripotant les pieds. On pourrait peut-être...

— Non ! le coupa Annie. Je préférerais que vous démontiez la rampe de l'escalier plutôt que de toucher à ce lit.

— D'accord. C'est vous la patronne, fit Michael.

Annie se retourna juste à temps pour voir un troisième déménageur emporter un carton sur lequel elle avait écrit « Fragile ».

— Pas celui-là ! s'écria-t-elle en se précipitant vers le jeune homme. Je le prends dans ma voiture.

— Vous êtes sûre ?

Scotty avait été le meilleur élève de Kevin. Il avait décroché la bourse Bancroft ; Kevin aurait été si fier de lui ! Autrefois, c'était elle qui avait obtenu cette fameuse bourse. Elle aussi avait voulu étudier l'art à New York. Mais cette époque lui semblait si lointaine qu'elle doutait aujourd'hui d'avoir jamais entretenu ce rêve fabuleux. La présence de ce jeune homme dans l'entrée de sa maison évoquait les souvenirs de ces réveillons de Noël, de ces barbecues, l'été, quand la maison s'ouvrait aux étudiants et à leurs parents. Kevin adorait organiser ces réunions ; il riait et plaisantait et...

— Il y a encore plein de place dans le camion, madame Galloway.

— Ne t'inquiète pas, Scotty. Je prends ce carton avec moi, répéta Annie.

Trente-huit années de vie étaient enfermées dans ce carton : vieilles lettres d'amour, photos de mariage, coupures de journaux et condoléances. Ainsi que les plus beaux verres à vin d'Annie et son journal intime.

Scotty désigna un autre carton, près du piano.

— Et celui-ci ?

— Tu peux le prendre.

— À tout à l'heure, dans la nouvelle maison, fit Scotty en hissant le carton sur son épaule avec un grognement théâtral.

Claudia Galloway sortit de la salle à manger et s'essuya les yeux avec l'un de ces mouchoirs qu'elle avait brodés elle-même.

— La nouvelle maison! soupira-t-elle. Tu peux encore changer d'avis, Annie.

— Claudia, nous en avons suffisamment discuté, se contint Annie. Je...

— Ta maison est ici, l'interrompit sa belle-mère. Tu y as vécu ta vie de femme mariée. Mon Dieu, tu as pratiquement vendu tout le mobilier! Comment peux-tu tourner le dos à tout ce que Kevin représentait pour toi?

— Je n'ai pas besoin de rester ici pour me souvenir de ce que Kevin représentait pour moi.

Susan, la fille aînée de Claudia, passa la tête par la porte de l'entrée.

— Elle recommence? Maman, tu as déjà dressé un autel à Kevin. Annie n'a pas besoin de faire la même chose.

Annie lança à sa meilleure amie un regard de gratitude.

— Le garage est vidé?

— Il est nu comme des os de poulet après un barbecue.

— Franchement, Susan, s'exclama Claudia, les sourcils froncés, tu ne pourrais pas t'abstenir d'utiliser ce langage un peu trop coloré?

— Maman, je gagne ma vie dans l'immobilier. Je suis devenue experte en métaphores colorées.

— Un peu moins de sarcasmes m'arrangerait aussi, rétorqua Claudia.

— Ça y est! claironnèrent Michael et Danny.

Ils avaient réussi à descendre le lit sans dégât majeur et se dirigeaient maintenant vers la porte d'entrée. Claudia s'écarta de leur chemin en murmurant:

— Quel lit ridicule! Vraiment, Annie, je me demande à quoi tu pensais le jour où tu l'as acheté.

«Je ne pensais à rien, Claudia, rétorqua Annie silencieusement. Tu as oublié dans quel état j'ai été pendant un an ? J'avais trop mal pour penser à quoi que ce soit. »

— Maman, pourquoi n'irais-tu pas déjeuner avec Jack et les garçons ? proposa Susan. Je sais que tu aimes les sandwiches au poulet de *Chez Windy*. Tu nous retrouveras à la nouvelle maison.

Claudia regarda tour à tour Annie, puis sa fille et, à cet instant, Annie regretta les mots si durs qu'elle avait parfois à l'égard de sa belle-mère. Soudain, la redoutable Claudia lui paraissait petite, âgée, vulnérable. Dans un élan de tendresse, elle glissa un bras autour de ses épaules.

— J'ai une meilleure idée. Vous allez toutes les deux déjeuner avec Jack et les garçons, et ensuite, vous viendrez me rejoindre.

— On ne peut pas t'abandonner, décréta Claudia.

Pour une fois, Susan fut de l'avis de sa mère.

— Bien sûr que si ! fit Annie. Tout ira bien, c'est promis.

— Tu en es certaine ? s'inquiéta Susan.

Avec ses grands yeux bruns, elle ressemblait tellement à Kevin qu'Annie devait parfois détourner le regard.

— Tout à fait.

Annie fit un petit signe en guise d'au revoir à Claudia et à Susan, puis ferma la porte et la verrouilla. Le déménagement était terminé. Il ne restait plus qu'à passer un coup de balai, enfermer les chats dans leurs paniers et charger les derniers cartons dans la fourgonnette. Les Fleming devaient arriver à 15 heures et, dès ce soir, la vieille maison calme s'emplirait de rires et d'enfants – sa véritable destinée.

— Nous sommes fous ! avait déclaré Annie à Kevin, le soir de leur emménagement.

Allongés sur un tapis persan, devant la cheminée, ils avaient contemplé les flammes qui dansaient dans l'âtre.

— Cette maison est au-dessus de nos moyens.

Kevin avait commencé à peine à enseigner. Annie n'avait pas encore vendu un seul tableau, et ses études à Rome demeuraient hypothétiques. Dans ces conditions, ils auraient pu difficilement s'enraciner où que ce soit.

Kevin avait pris la bouteille de chianti et en avait versé un verre à Annie.

— Regarde les choses en face, Annie. Cette maison est faite pour abriter une famille. C'est ici que nous vieillirons. Un jour, nos petits-enfants joueront dans ce jardin.

Ils avaient trinqué pour la troisième ou quatrième fois.

— Chaque chose en son temps, monsieur Galloway.

— Nous aurons cinq enfants, avait annoncé Kevin en attirant sa femme contre lui. Trois filles et deux garçons.

— Cinq ?

— C'est mon chiffre porte-bonheur. Je sais, nous n'avons que quatre chambres, mais nous en ajouterons autant qu'il le faudra.

Annie aimait la façon dont Kevin lui caressait les cheveux, les épaules. Elle aimait la chaleur de ses lèvres sur son cou. Quand il avait glissé les mains sous son pull pour prendre ses seins, elle avait retenu son souffle et l'avait écouté murmurer ces mots si doux dont il avait le secret, des mots à faire fondre une statue de marbre.

— Nous devrions attendre un an ou deux, avait-elle chuchoté, luttant contre l'émoi qu'il faisait naître en elle. Nous n'avons même pas de meubles.

— Je t'aime, Annie Rose Lacy Galloway. J'aime déjà la famille qui sera la nôtre. La vie est courte.

Nous sommes jeunes, en pleine santé, nous nous aimons. Faisons notre premier bébé, Annie Rose. Maintenant.

Annie tourna le dos au salon. Malheureusement, des fantômes, il y en avait partout dans cette maison. Cette première nuit, ils avaient fait l'amour avec tant de dévotion qu'elle avait été certaine d'attendre un bébé. Un fils, qui aurait les yeux sombres de Kevin et son rire, ou peut-être une fille, dotée de sa force et de sa bonté. Avec Kevin, Annie croyait aux miracles.

Les mois s'étaient succédé, et il n'y avait toujours pas de bébé en vue. Le médecin l'avait rassurée : « Ne vous inquiétez pas. Les tests ne révèlent rien d'anormal. Vous êtes en bonne santé tous les deux. Ce n'est qu'une question de temps. Vous l'aurez, votre enfant. »

Mais il fallait être deux pour faire un bébé. Il fallait un homme et une femme amoureux l'un de l'autre, partageant la même vision de l'avenir, faisant l'amour avec tendresse, sinon avec passion, et non deux étrangers vivant sous le même toit. Kevin refusait de l'écouter quand elle le poussait à s'intéresser d'un peu plus près à leur problème de stérilité. Il fit également la sourde oreille lorsqu'elle lui parla d'adoption. Au bout de quelques années, elle finit par se convaincre que c'était peut-être mieux ainsi. On n'élevait pas un enfant dans l'incertitude et le chaos. Annie avait ignoré tant de choses au sujet de son mari ! Jusqu'à ce qu'il fût trop tard.

Personne ne lui avait jamais expliqué qu'on pouvait tomber amoureuse d'un adolescent et se retrouver mariée à un homme qu'on ne connaissait pas vraiment. Un homme dont les problèmes étaient si profonds que, quel que soit l'amour que vous éprouviez pour lui, vous ne seriez pas en mesure de l'aider. Mais, à l'époque, si quelqu'un avait voulu la mettre en garde, l'aurait-elle écouté ? Probablement pas. Kevin lui avait appris qu'une fin heureuse était possible, et elle l'avait cru, jusqu'à ce qu'il rende son dernier souffle.

À présent, elle savait que Kevin les avait condamnés au malheur le jour où il avait touché au jeu.

Les miaulements plaintifs de George et de Gracie lui rappelèrent qu'il lui restait un tas de choses à faire avant l'arrivée des nouveaux propriétaires.

Elle balaya le salon, l'entrée et la cuisine, frotta les robinets de l'évier jusqu'à ce qu'ils brillent, ôta une marque de doigts sur la porte du réfrigérateur qui datait de leur emménagement, tout comme la chaudière, d'ailleurs. Kevin et elle avaient ri de ce vieux matériel, qu'ils comptaient changer dès que leur compte en banque serait renfloué.

Ce jour béni n'était jamais arrivé. Annie avait renoncé à son rêve de carrière artistique pour ouvrir une boutique de fleurs. Son commerce avait démarré lentement tandis que le salaire de Kevin stagnait. D'un mois à l'autre, les factures s'accumulaient, leurs finances diminuaient et, en dépit de tous leurs efforts pour assurer le paiement de la maison, ils avaient fini par baisser les bras.

Quand Annie avait parlé pour la première fois de vendre la maison, Susan lui avait fait remarquer que la période était encore propice à la vente.

— Pardonne-moi, Annie, avait dit Susan, mais cette maison tombe en ruine. Tu devrais remplacer les fenêtres et la toiture si tu veux en tirer le maximum.

Finalement, il avait fallu trois mois pour trouver un acquéreur et le montant de la vente fut bien inférieur au prix habituel d'une grande maison ancienne sur un vaste terrain.

— Nous aurions pu faire beaucoup mieux, s'était lamentée Susan. Tu aurais dû m'écouter, Annie, quand je te conseillais de changer ces fenêtres.

Annie avait acquiescé en s'efforçant d'afficher sa déception. En réalité, elle s'était félicitée que la vente se soit conclue avant qu'elle n'ait plus le choix. Bien sûr, elle ne pouvait l'avouer à quiconque. Avec elle, les secrets de Kevin seraient bien gardés, comme ils l'avaient toujours été.

— À mon avis, Annie commet une lourde erreur, déclara Claudia tandis que Susan descendait l'allée en marche arrière.

Directe, comme à son habitude, Susan haussa les sourcils et grommela :

— Pour quelle raison, maman ? Parce qu'elle quitte cette maison qui lui coûte les yeux de la tête ? Ou parce qu'elle t'a envoyée déjeuner ailleurs ?

— Je n'aime pas tes sarcasmes, rétorqua Claudia.

Elle releva le menton et ignora la remarqua concernant le déjeuner, bien qu'elle soit loin d'être inexacte.

— Annie adore cette maison. Elle y a vécu avec Kevin les années les plus heureuses de sa vie. Qu'est-ce qui lui a pris de la vendre pour aller s'installer dans cette... cabane au bord de la mer ?

— Ne t'avise pas de parler de cabane devant Annie !

— Bien sûr que non ! Je ne voudrais surtout pas la blesser. En fait, j'en veux surtout à Warren Bancroft. Il a profité d'elle. Tu comprends bien que ce déménagement constitue une baisse de standing.

— Maman, il y a des jours où j'aurais préféré être adoptée, lâcha Susan.

Elle pila si brutalement à un feu rouge qu'elle faillit percuter la voiture qui la précédait. Sa mère s'abstint cependant de lui faire la moindre remarque. À quarante-deux ans, Susan n'avait plus la même acuité visuelle, mais Claudia savait qu'elle ne devait parler ni de conduite, ni de poids, ni de mariage avec sa fille si elle voulait maintenir la paix dans leur famille.

— Annie n'a pas besoin de trois salles de bains, reprit Susan comme si de rien n'était. Je pense pour ma part qu'elle aurait dû déménager plus tôt.

Claudia jeta un regard aigu à sa fille.

— Les souvenirs sont précieux. Vient un jour où une femme est heureuse d'en posséder.

— Tu n'es pas Annie, maman.

— Regarde donc la route ! fit Claudia sans relever. Je n'ai pas envie d'avoir un accident.

— Tu sais ce que je veux dire.

— Je ne cherche jamais à influencer Annie. Elle prend ses décisions seule.

La vente de la maison en était la preuve. Claudia, quant à elle, ne pourrait vendre celle où elle avait vécu avec John sans avoir l'impression de perdre son mari une seconde fois. Elle sentait encore sa présence dans chaque pièce. Parfois, elle lui parlait ; c'était une sorte de conversation à bâtons rompus, qui tenait à la fois du monologue et de la prière.

Heureusement que ses enfants n'étaient pas au courant, ils la prendraient sans doute pour une folle. Déjà, elle avait surpris entre Susan et Eileen de ces regards haïssables qui signifiaient : « Maman perd la boule. » Ils la mèneraient chez le psy que voyait le petit John, et elle gaspillerait chaque fois cinquante dollars pour s'entendre dire qu'elle était vieille et seule, ce qu'elle savait déjà pertinemment.

Pourquoi est-ce que personne ne semblait comprendre sa situation ? Si elle aidait Annie dans son magasin quatre jours par semaine, ce n'était pas par manque d'argent. John avait été prévoyant, elle avait investi à la Bourse et le marché lui avait été favorable jusqu'à présent. Il aurait suffi que ses enfants réfléchissent une seconde pour se rendre compte qu'elle travaillait avec Annie simplement parce qu'elle avait besoin, parfois, d'avoir une bonne raison de se lever le matin, et de voir quelqu'un lui sourire au cours de la journée. Ils cesseraient du même coup de se moquer d'elle parce qu'elle participait à divers séminaires ou ateliers qui n'avaient d'autre but que de l'arracher à sa solitude.

C'était la même chose pour la maison. Ils ne comprenaient pas qu'elle lui permettait d'être encore liée à John. Son cœur se gonflait d'amour chaque fois qu'elle pénétrait dans une de ces pièces si familières. Oh, certes, il y en avait deux fois trop ! Elle ne les entretenait plus aussi impeccablement qu'autrefois. Elle se disait qu'avec l'âge s'installaient le laisser-aller, le renoncement. On fermait les yeux sur des détails qui vous auraient rendu malade quelques années auparavant.

À Noël, l'année dernière, ses enfants et leur famille avaient tenté de la convaincre de déménager.

— Il est temps de te simplifier la vie, maman, avait attaqué Eileen, sa cadette, tout en servant l'apéritif. Cette maison est beaucoup trop grande pour une seule personne. Tu aurais tellement plus de loisirs si tu n'avais pas à t'en occuper.

— Et où recevrais-je ma famille si je n'avais pas tout cet espace ? Vous seriez obligés de coucher sous des tentes dans le jardin.

La remarque d'Eileen ne fut que la première salve d'un assaut destiné à lui ouvrir les yeux. Terry lui avait parlé de la difficulté d'entretenir quatre chambres et deux salles de bains, ce qui l'avait fait sourire. Elle avait tout de même moins de ménage depuis qu'il n'y avait plus ni enfants en bas âge, ni le désordre que provoquaient les divers hobbies de John. Les garçons avaient évoqué les réparations de plomberie à prévoir dans l'année et elle avait fini par riposter :

— C'est ici que j'ai vécu avec votre père, ici que je vous ai élevés, et c'est ici que je mourrai.

Annie avait été la seule à saisir ce qu'elle voulait dire. La mort de Kevin avait rapproché les deux femmes d'une façon que même les filles de Claudia – sa chair et son sang – ne pouvaient comprendre. Perdre l'homme que l'on aime, dormir sur le côté du lit qui a été sa place afin de se sentir moins seule, Annie en faisait à son tour l'expérience. Elle savait déjà qu'un cœur meurtri ne se répare pas. Le temps aide seulement à vivre avec.

Annie n'échapperait pas à ses souvenirs, songea Claudia tandis que Susan s'engageait en trombe sur le parking. Le monde n'était pas assez vaste. Alors, autant rester là où l'on a été heureux, et trouver un réconfort dans un décor familier et cher à son cœur. Annie ignorait-elle qu'elle continuerait éternellement à voir Kevin dans chaque ombre, à entendre sa voix dans le silence, à sentir ses mains sur son corps ?

Claudia se contentait de cela. Tôt ou tard, Annie aussi s'en contenterait.

Annie briquait le lavabo de la grande salle de bains lorsqu'elle entendit la fourgonnette des Fleming, aussi bruyante qu'une roue géante animée par le trottinement d'un millier de hamsters. Elle jeta un coup d'œil à sa montre : ils avaient dix minutes d'avance.

Quel genre de gens était-ce pour ignorer qu'être en avance est aussi impoli qu'être en retard ? Il lui restait encore à passer l'aspirateur dans la chambre, faire rentrer George et Gracie dans leur panier et s'assurer qu'ils ne laissaient derrière eux aucun message personnel à l'attention des nouveaux propriétaires.

Annie jeta le papier toilette dans le sac-poubelle qu'elle traînait de pièce en pièce, puis s'approcha de la fenêtre de la chambre qui donnait sur l'allée. Les enfants Fleming jouaient déjà dans le jardin. Leurs cris dominaient le grincement de la balançoire suspendue à un arbre, le dernier aménagement réalisé par Kevin, l'été qui avait précédé sa disparition.

Appuyés contre la portière de leur fourgonnette, Joe et Pam Fleming discutaient en amoureux. Pam avait posé la tête sur le torse de son mari, et Joe lui caressait les cheveux. Des murmures parvenaient jusqu'à la fenêtre d'où Annie observait le couple, à l'abri des rideaux. Bien que cela lui fît mal de les voir ainsi, elle ne parvenait pas à détourner le regard. Elle aurait voulu leur conseiller de s'accrocher fermement l'un à l'autre, leur dire que la vie pouvait être injuste, dure, mais ils l'auraient certainement prise pour une folle. Ils étaient jeunes, ils s'aimaient, la vie s'étendait devant eux tel un jardin estival sous le soleil.

Quand, à la dérobée, ils échangèrent un baiser, Annie s'éloigna enfin de la fenêtre. Elle avait la nostalgie des gestes tendres, des murmures, des rires qui font oublier les accrocs que n'évite aucun mariage. Pouvoir échapper à la réalité en faisant l'amour lui manquait. Elle regrettait aussi de ne plus être la moitié d'un autre cœur, et la tentation de se barricader derrière un mur de souvenirs était puissante. Cependant, d'une certaine façon, elle se félicitait que ses ressources ne lui permettent pas de demeurer dans cette maison parce qu'elle n'aurait peut-être jamais trouvé le courage de partir.

Quelques mois plus tôt, un matin au réveil, elle avait soudain ressenti le besoin d'une autre vie. Ses habitudes, la routine dans laquelle elle s'était enfermée ne lui convenaient plus. Elle s'était prise à rêver d'un nouveau départ, d'une maison qui ne serait qu'à elle. Ce n'était pas nouveau, mais cette fois-ci c'était différent. Elle était libre de ses décisions. Elle avait donc mis la maison en vente et entamé le douloureux processus qui consiste à se détacher du passé. Après s'être débarrassée des dernières dettes de Kevin, elle avait acheté avec l'argent qui lui restait la petite maison que lui proposait Warren Bancroft. Par trois fois, il avait proposé de faire baisser le prix mais, refusant qu'on lui fasse la charité, elle avait négocié un montant qui satisfaisait à la fois la générosité de Warren et son désir personnel de garder la tête haute. Si la maison de quatre pièces, en bordure de mer, n'avait rien de commun avec la grande bâtisse victorienne sur son demi-hectare de terrain qu'elle abandonnait, Annie n'en avait pas moins l'impression d'avoir remporté une sorte de victoire.

Son rêve de fonder une famille était mort avec Kevin, mais elle avait encore un avenir. Et, pour la première fois depuis de longues années, elle s'en réjouissait.

Le bonheur, elle avait pratiquement oublié ce que cela signifiait. Il y avait si longtemps qu'elle ne le trouvait plus que dans des choses éphémères : un beau coucher de soleil, une bonne blague, une coiffure réussie. Elle voulait retrouver cette sensation de joie profonde qui autrefois coulait dans ses veines, et ce déménagement constituait un pas dans la bonne direction.

Parfois, elle se demandait comment Claudia pouvait rester dans sa grande maison, sans John à ses côtés. En ce qui la concernait, elle voyait Kevin partout, entendait sa voiture dans l'allée, ses pas dans l'escalier, et la sirène de l'ambulance, la nuit où rien, pas même l'amour, n'avait réussi à le sauver. Il était mort dans leur lit – ce grand lit de cuivre dont ils étaient tombés amoureux et qu'ils avaient acheté sur un coup de tête – sans laisser aux médecins la moindre chance de le ranimer.

Il était parti avant qu'elle ait pu lui dire adieu. Avant qu'elle ait eu le temps de lui dire : « Je t'aime encore. »

Elle ne se souvenait pas de la dernière fois où elle lui avait dit ces mots. Elle avait nourri tant de griefs à son égard, et pendant si longtemps, que l'amour était devenu muet. Plus d'une fois, elle avait eu envie de faire sa valise, d'attraper ses chats et de recommencer sa vie ailleurs, là où le téléphone ne sonnerait pas en pleine nuit, où des inconnus n'attendraient pas son mari, tapis dans l'ombre de la véranda. Tout ce qu'ils avaient eu tant de mal à acquérir, Kevin l'avait dilapidé dans les courses, les cartes, la roulette et, du même coup, il avait jeté l'amour de sa femme aux orties.

Quelque temps avant de mourir, il l'avait implorée de lui laisser une chance de se refaire. Pourquoi ne lui avait-elle pas dit alors qu'elle l'aimait encore et que, s'il faisait la moitié du chemin, ils pourraient peut-être vivre enfin la vie dont ils rêvaient quand ils n'étaient que deux étudiants épris l'un de l'autre et que le monde semblait leur appartenir ? Au lieu de cela, elle s'était détournée de lui, le fossé avait continué de se creuser entre eux, jusqu'à ce que la mort rende les choses irréversibles.

Le lendemain de l'enterrement, Susan et Eileen l'avaient trouvée dans sa chambre, en train de cogner sur le lit à coup de batte de base-ball. « Je te hais ! criait-elle à chaque coup de batte. Pourquoi nous as-tu fait ça ? Pourquoi ? » Ses deux belles-sœurs l'avaient attrapée par les bras, mais sa rage était telle qu'elle était parvenue à se dégager. Elle avait fracassé les miroirs et les lampes, arraché les vêtements de Kevin de la penderie et lancé ses baskets contre le mur.

Susan et Eileen avaient tenté de la raisonner. En vain. Alors elles avaient choisi de l'aider à traîner le matelas, le sommier et le cadre du lit jusqu'à la poubelle. Ce n'est qu'ensuite que la fureur d'Annie s'était apaisée. Elle s'était laissée tomber sur le sol et, le visage enfoui au creux de ses bras, elle avait sangloté à fendre l'âme.

Par moments, elle avait haï Kevin. Elle s'était demandé pourquoi elle restait, mais elle n'avait cependant jamais cessé de l'aimer. Elle le savait, à présent, deux ans trop tard, alors que cela n'avait plus d'importance que pour elle-même. Si elle l'avait aimé un peu moins, si elle l'avait aidé un peu plus, peut-être ne serait-elle pas aujourd'hui une veuve de trente-huit ans, avec deux chats, des difficultés financières et le sentiment que, désormais, plus rien ne serait comme avant.

2

Sam Butler aurait éclaté de rire si, l'été précédent, on lui avait prédit que dix mois plus tard, en mai, il se retrouverait dans une fourgonnette d'occasion, avec un vieux Labrador vaguement doré, une pile de dossiers, et les restes d'un Big Mac-frites.

Un an plus tôt, il était encore à la tête du service de gestion des portefeuilles de particuliers chez Mason, Marx et Daniel, à Wall Street. On l'appelait « le surdoué ». Il avait gravi les échelons un à un, le plus naturellement du monde. À la dernière soirée de Noël, Franklin Bennett Mason avait déclaré devant ses troupes : « Si on pouvait mettre en bouteille les qualités de Butler, le monde nous appartiendrait. » Personne d'autre ne possédait sa détermination, son dynamisme, cette capacité à convaincre les gens de remettre leurs économies de toute une vie entre les mains d'un homme qu'ils ne connaissaient que depuis un quart d'heure.

Sam Butler était le meilleur, et, dans le petit monde de la finance où il opérait, tout le monde le savait et le voulait dans son équipe. Il ne mélangeait jamais travail et sentiments. Il était le copain mais jamais l'ami, ce qui l'entourait d'une aura de mystère qui ne faisait que rehausser son prestige. À vrai dire, avec cinq frères et sœurs à élever, il n'avait jamais eu le temps de se faire des amis.

Sam Butler ne mentait pas à ses clients, s'abstenait de leur faire prendre des risques que lui-même aurait évités. Si l'un d'eux se montrait aventureux, il lui donnait des conseils et lui servait de garde-fou. Ses clients appréciaient son sens des responsabilités – exceptionnel pour son âge. C'était une star dans son domaine, une star qui s'était vu confier, quelques années plus tôt, quatre-vingt-dix secondes d'antenne par une chaîne de télévision spécialisée dans les transactions boursières. Cette minute et demie avait rapidement cédé la place à trois minutes quotidiennes avant la clôture des marchés. Un joli coup de vernis pour la réputation de Sam.

Le jour où il s'aperçut que quelque chose clochait, il se garda bien d'en faire état. Rien n'émergeait pour le moment. Ses clients ne perdaient rien, mais la tendance menaçait de s'inverser. Il se dit qu'il devait tenir encore un an, une seule petite année, le temps que ses frères et sœurs aient terminé leurs études et soient prêts à voler de leurs propres ailes. Après, seulement, il pourrait s'offrir de luxe d'une éthique absolue.

Il passa tout de même de longs week-ends à éplucher ses dossiers, et s'aperçut que ses clients commençaient bel et bien à perdre de l'argent. Rien de significatif – du moins pas encore – ni qui ne se puisse expliquer en termes de « prise de bénéfices » ou d'« ajustements saisonniers ». Mais, à l'évidence, quelqu'un s'appliquait à transformer des investissements stables en investissements à hauts risques. Autant d'opérations encore limitées et discrètes mais qui, aux yeux de Sam, pouvaient être qualifiées de frauduleuses.

Il avait voulu se persuader que c'était sans grande importance. Ses clients n'étaient que des noms, des numéros de sécurité sociale, associés à des dollars.

Depuis longtemps, il avait appris qu'il n'y a pas de place en affaires pour les sentiments. Les factures d'hôpitaux, la naissance des petits-enfants, les photos de famille, il ne voulait pas en entendre parler. Il s'occupait de comptes en banque, pas d'amis, mais il était parfois difficile de s'en souvenir.

Il avait encore besoin de dix mois. Ensuite, il remettrait sa démission et partirait sans un regard en arrière. Et il faillit y arriver.

Seulement, neuf semaines avant le terme qu'il s'était fixé, deux types en noir l'attendaient dans son appartement quand il rentra chez lui. Il ne leur demanda pas comment ils étaient entrés, et ceux-ci ne prirent pas la peine de lui donner une explication. Quant à les interroger sur la raison de leur présence, Sam jugea que c'était complètement inutile.

Apparemment, il n'était pas le seul à s'être rendu compte de ce qui se passait chez Mason, Marx et Daniel. Le problème, c'était que toutes les pistes menaient directement à lui. Ce qu'il entendit lui fit froid dans le dos. Quelqu'un s'était chargé de le faire plonger. Mais les hommes en noir lui offraient une porte de sortie qui lui éviterait de se retrouver en prison dans les cinq minutes. En quête d'informations sur le fonctionnement interne de la firme, ils firent remarquer à Sam qu'il était de son plus grand intérêt de devenir leur principale source de renseignements.

Sam Butler se mit à dresser une liste de noms, de dates et de pourcentages et, quand cette liste devint trop dangereuse pour rester dans son ordinateur, il commença à photographier les données sur l'écran, à l'aide d'un mini-appareil photo qu'il dissimulait dans la poche de sa chemise. Il remplit des carnets et des carnets de réflexions, de doutes, de révélations, puis déposa le tout dans le coffre d'une banque de son quartier, en même temps que les dossiers et les photos. Un double de la clef du coffre avait été envoyé à une adresse, à Arlington, en Virginie.

Il s'en serait probablement sorti de cette manière s'il n'avait pas eu la responsabilité du portefeuille de Mme Ruggiero, sa toute première cliente. Cette veuve, qui habitait le quartier où Sam avait grandi, s'était occupée des enfants Butler après la mort de leur mère, puis après celle de leur père. Des années plus tard, elle était venue dans le bureau de Sam avec l'argent de l'assurance-vie de son mari en lui demandant de réaliser des investissements qui lui permettraient un jour de vivre confortablement. Quand il avait constaté que les fonds de Mme Ruggiero commençaient à être en péril, il avait eu un vrai choc. Il s'était souvenu des cookies qu'elle lui envoyait chaque Noël, des invitations à déjeuner qu'il refusait systématiquement parce que son ancien quartier lui semblait appartenir à une autre planète. Il se rappela que sa mère et Mme Ruggiero allaient jouer ensemble au bingo chaque vendredi soir.

Mme Ruggiero méritait mieux. Il eut alors l'idée de réinvestir son argent dans des placements sûrs. L'opération fut d'autant plus laborieuse qu'il se voulait discret. Puis, alors qu'il estimait avoir réussi, il se souvint du vieil Ashkenazy, de Brooklyn, qui avait fait la Seconde Guerre mondiale avec leur plus proche voisin, avant de travailler comme un forçat dans une usine, pendant trente ans. Ne méritait-il pas, lui aussi, des rentes fructueuses ? Ensuite, Sam pensa à Lila Connelly pour qui il avait acheté des actions IBM. Ces clients n'étaient que le menu fretin avec lequel on se faisait la main avant de prendre en charge les baleines. Pourquoi fallait-il que ce soient eux qui lui rappellent qu'il avait un cœur ?

Lila allait chez la coiffeuse où la mère de Sam travaillait, et quand cette dernière était morte, Lila était venue à l'enterrement avec un billet de cinquante dollars pour les enfants Butler et la promesse de ne pas en rester là. Et maintenant, il l'abandonnerait, elle et ses rêves, aux mâchoires du broyeur gigantesque qu'on appelle le marché de la finance ?

Il entreprit donc de transférer aussi les fonds de Lila – prudemment, très prudemment. Et ce fut à ce moment-là que l'alarme se déclencha.

Au début du mois d'août, par un beau matin ensoleillé, Franklin Bennett Mason convoqua Sam dans son bureau et lui annonça, en prenant des gants, qu'il était remercié. Devant le regard froid de Mason, Sam comprit qu'il savait. Les transferts qu'il avait effectués n'étaient pas passés inaperçus, et l'on avait compris de quoi il retournait. Fort heureusement, une partie de l'histoire leur avait échappé.

Sam reçut un joli chèque de licenciement et, une demi-heure plus tard, il prenait la porte, en sachant que les commentaires iraient bon train dans son dos. « Encore un qui a eu la grosse tête. Personne ne peut atteindre un tel niveau sans en payer le prix. » Les uns et les autres se demanderaient où il irait échouer, mais aucun ne l'appellerait pour prendre de ses nouvelles. Il serait remplacé dès le lendemain, et oublié avant la fin du trimestre.

À peine une heure plus tard, ses amis en complet noir vinrent chercher la clef du coffre et l'avertirent que les choses allaient empirer, et qu'il était illusoire de croire qu'elles s'amélioreraient.

Ils lui conseillèrent de disparaître dans la nature pendant un certain temps, lui donnèrent un portable équipé de toutes sortes de systèmes de verrouillage, ainsi qu'un numéro à appeler quotidiennement afin de faire le point. Il devait rester sur le territoire national, garder constamment le téléphone sur lui, se tenir prêt à venir témoigner, au pas de course, contre son ancien employeur. Avec un peu de chance, les informations qu'il avait réunies lui permettraient de s'en sortir la tête haute. Dans le cas contraire, c'était la prison, et pour un bon moment.

Il chercha où aller. Il détestait la Floride et la Californie, ne pouvait pas s'offrir Hawaï. En revanche, il avait toujours aimé le Maine et ses quatre mille kilomètres de côte. Warren, qui possédait plusieurs maisons à Shelter Rock Cove, en avait peut-être une à lui louer en attendant de savoir s'il allait se retrouver avec son nom inscrit au dos de sa chemise.

Warren ne lui laissa même pas le temps d'aller jusqu'au bout de sa question pour lui donner son accord. Sam annonça alors à ses frères et à ses sœurs qu'il prenait une année sabbatique dans le Maine. Il avait besoin de se ressourcer, de faire le point. Il leur fournit une explication plausible, mais surtout pas la vérité.

— Je te donne six mois, l'amoureux de la nature, lui avait dit Courtney tandis qu'il chargeait la stéréo et la télévision dans sa remorque. Ensuite, tu viendras frapper chez moi pour reprendre tes affaires, c'est sûr.

Il avait ébouriffé en riant les courts cheveux roux de sa sœur, comme il avait eu l'habitude de le faire quand, à six ans, elle croyait qu'il y avait des monstres sous son lit. Elle allait fêter son vingtième anniversaire et, ses études terminées, elle se lancerait dans la vie active. Sam avait vendu tout ce qu'il pouvait pour qu'elle finisse tranquillement sa dernière année d'université.

Courtney était persuadée que Sam allait panser les plaies d'un chagrin d'amour. Leur frère Tony estimait qu'il s'agissait de la crise de la quarantaine avec cinq ans d'avance. Kerry, Dave et Marie le croyaient devenu fou. Il ne chercha pas à se justifier. Comment expliquer à ceux que l'on aime, à des proches qui vous admirent, que vous avez fait des choses dont vous n'êtes pas fier, comme porter préjudice à des gens innocents, pour préserver votre famille ?

Il n'avait rien voulu de tout cela. Rien du tout. Un matin, encore adolescent, il s'était retrouvé dans la peau d'un chef de famille, sans emploi, sans diplôme, la peur au ventre, responsable de cinq enfants dont le plus petit n'avait que trois ans. Malgré quelques remous, ils avaient tous réussi à rester dans le droit chemin, grâce à lui. Quand il pourrait enfin leur dire la vérité, il espérait qu'ils comprendraient.

Pour l'heure, il était dans sa voiture d'occasion, avec son chien d'occasion, et sa vie qui ne valait pas mieux, en train de se demander si les rêves auxquels il avait renoncé à dix-neuf ans le motiveraient encore à trente-cinq ans. En dépit de sa nombreuse famille, il se sentait plus seul que jamais.

Vers 19 heures, Annie s'était réfugiée sur la véranda, à l'arrière de la maison, avec une tasse de café pour se donner un coup de fouet et de l'aspirine pour combattre la migraine qui lui martelait les tempes. Elle avait apprécié d'avoir de l'aide et de la compagnie mais, après toute une journée passée à empaqueter, nettoyer, faire la conversation et essayer de tenir ses souvenirs à distance, elle n'en pouvait plus. Tous ces gens qu'elle aimait, elle avait maintenant envie de les voir disparaître. À défaut de pouvoir disparaître elle-même.

Elle était déçue. La maison qui lui avait paru accueillante le mois dernier lui faisait maintenant l'effet d'une niche débordante de cartons, et le lit, l'unique meuble digne de ce nom, occupait toute la chambre. Comment avait-elle pu imaginer qu'un lit aussi large s'accommoderait d'une si petite pièce ?

Étant donné que le bout du lit touchait le mur, elle serait obligée d'exécuter un saut périlleux sur le matelas pour atteindre la penderie.

Pour ne rien arranger, les chats menaçaient de griffer quiconque s'aventurerait sur leur territoire, lequel se résumait à l'unique salle de bains. Jack, le mari de Susan, sortit une boîte à outils de l'un des nombreux cartons et entreprit d'installer un verrou sur la porte d'entrée. Claudia et Eileen déballaient la vaisselle pendant que les trois déménageurs continuaient à apporter des cartons. Tous se démenaient dans la bonne humeur en prétendant aimer la nouvelle maison d'Annie, du moins un peu.

Mais elle percevait quand même ces murmures désapprobateurs : « Quelqu'un aurait dû empêcher ce déménagement. » « Pourquoi a-t-elle renoncé à une si belle maison pour venir ici ? » « Elle n'a pas encore les idées claires, elle est si triste, si triste. »

Tout aurait été plus simple si, après la mort de Kevin, elle leur avait dit la vérité. Si elle avait révélé que leur cher Kevin, l'homme avec lequel elle s'était engagée à passer sa vie, avait tout perdu au jeu depuis longtemps et l'avait laissée seule pour payer les dettes. Les Galloway auraient fait bloc autour d'elle, comme ils l'avaient fait quand, à seize ans, son univers s'était effondré. Elle avait fait partie de la famille bien avant d'épouser Kevin, l'enfant chéri, le poète, le rêveur.

Elle les aimait trop, tous autant qu'ils étaient, pour détruire ces souvenirs.

— Tu n'as plus de soda, annonça Susan depuis le seuil de la cuisine.

Annie avala deux autres aspirines.

— Donne-leur de la bière.

— Il n'y en a pas non plus.

— Tu crois que je peux aller faire des courses sans que quelqu'un le voie ?

— Ils remarqueront ton absence si tu ne reviens pas, fit Susan en la rejoignant. On voit bien que tu rêves d'être ailleurs.

— Je suis fatiguée, c'est tout. Lorsqu'il y aura des rideaux et des tapis, je me sentirai enfin chez moi.

— Tu ne trouveras jamais assez de rideaux pour te sentir chez toi ici, et tu le sais.

Une cigarette, qu'elle se refusait à allumer, entre les doigts – sa nouvelle manière d'essayer d'arrêter de fumer –, Susan s'appuya à la balustrade.

— Au bureau, Fran m'a dit que Bancroft avait loué la maison voisine.

Warren Bancroft était l'homme qui avait le mieux réussi à Shelter Rock Cove. Il avait commencé avec un petit bateau de pêche, et était aujourd'hui à la tête d'un négoce qui lui rapportait des millions. Mais il n'en était pas moins resté fidèle à la ville où il était né. Il avait grandi dans la maison qu'Annie venait d'acheter. La seconde maison, qui était au bord de l'eau, avait appartenu à sa sœur, Ellie, morte la même année que Kevin.

— Le locataire est quelqu'un qu'on connaît ?

— C'est un retraité qui vient de New York. D'après Fran, ce serait un vieux compagnon de pêche de Warren.

En visitant la maison, Annie avait été séduite par la proximité de la plage déserte ; elle avait rêvé de longues promenades solitaires sur le rivage. Et voilà qu'un hâbleur de New-Yorkais venait s'installer ici et, probablement, accaparer la plage.

— Quel genre de type pourrait venir vivre dans ce trou perdu ? marmonna Annie, avec un agacement inhabituel chez elle. Est-ce qu'il ignore que les retraités fréquentables sont du côté de Bar Harbor ?

— Bar Harbor est surfait, observa Susan. Trop de touristes...

Elle s'interrompit en entendant un martèlement de talons aiguilles.

— Oh, il ne manquait plus que ça ! Les claquettes arrivent.

Le clan Galloway raillait sans pitié la prédilection de leur mère pour les hauts talons extrêmement bruyants, bien qu'ils leur aient souvent servi de signal d'alarme quand, adolescents, ils amenaient leurs petits copains et copines en douce à la maison.

— J'aurais dû me douter que je vous trouverais toutes les deux ici. Annie, tu oublies que tu as de la compagnie.

— Annie a trente-huit ans, maman, lança Susan. Elle est chez elle, et elle peut rester sur sa véranda toute la nuit si ça lui chante.

Claudia avança à pas prudents, craignant de trébucher sur les clous tordus et les planches disjointes.

— Vous n'étiez pas en train de parler de quelqu'un qui s'installait à Bar Harbor ? demanda-t-elle avec une pointe de dédain pour la célèbre station balnéaire. Annie, j'espère que tu ne...

Elle laissa sa phrase en suspens et parut soudain si vulnérable, si préoccupée qu'Annie se sentit fondre. Depuis vingt-deux ans, cette femme avait été comme une mère pour elle. Claudia méritait mieux que sa mauvaise humeur.

— Ne vous inquiétez pas, la rassura-t-elle en l'embrassant sur le front. Je n'ai que l'intention d'aller au supermarché acheter du soda.

— Tu as l'air si fatiguée, remarqua Claudia d'une voix adoucie.

Elle repoussa une boucle de cheveux sur le front d'Annie, et ce geste fit resurgir chez sa belle-fille un millier de souvenirs, dont certains étaient si douloureux qu'ils en étaient presque insupportables. Quand Claudia se tourna vers Susan, affalée contre la balustrade, sa cigarette entre les doigts, Annie fut soulagée.

— Susan, pourquoi n'irais-tu pas au supermarché à la place d'Annie ?

— Susan en a assez fait, intervint aussitôt Annie. Vous en avez tous assez fait pour aujourd'hui. Je peux bien aller vous chercher de quoi boire.

Brusquement, sans raison apparente, Annie haïssait tout et tout le monde : la ville, sa nouvelle maison, la tournure que prenait sa vie. La veille, elle s'était endormie, persuadée qu'elle avait pris la bonne décision. Moins de vingt-quatre heures plus tard, elle avait envie d'attraper ses chats et de s'enfuir.

Hall Talbot était en retard à cause du bébé Preston, qui avait surpris tout le monde en décidant de venir au monde plus tôt que prévu.

— N'oubliez pas la césarienne à 8 heures, demain, lui cria son associée, Ellen, une grande rousse aux traits bien dessinés et au cœur tendre, tandis qu'il s'apprêtait à sortir.

— J'espère que la salle d'opération sera libre. Le samedi, il y a toujours un risque.

— Ça vous dirait d'aller manger un gratin de poisson et une tarte aux myrtilles chez *Cappy* ? Je vous invite.

— C'est tentant, mais une autre fois. Annie Galloway emménage... expliqua Hall Talbot, légèrement sur la défensive.

Ellen repoussa sa chaise, se leva. Un sourire éclaira un instant son visage.

— Vous n'avez pas à vous justifier, remarqua-t-elle. Nous travaillons ensemble, c'est tout. Si vous tenez à passer votre temps à attendre qu'Annie Galloway veuille bien s'intéresser à vous, ça vous regarde. Je ne m'occupe pas de la vie des gens.

Installée depuis à peine un an à Shelter Rock Cove, la New-Yorkaise Ellen Markowitz connaissait déjà la petite ville mieux que les gens du cru, et savait repérer à un kilomètre une liaison naissante ou un amoureux transi.

Hall Talbot lui faisait pitié. Un comble! Médecin respecté, dévoué, ami de ses trois ex-femmes, propriétaire d'une maison imposante, détenteur d'un confortable compte en banque, père de deux adolescentes heureuses et de deux petites filles non moins heureuses, Hall Talbot n'avait pas vraiment le profil de l'homme qui inspire la pitié. Et pourtant, c'était exactement ce qu'Ellen Markowitz éprouvait pour lui dès qu'il parlait d'Annie Galloway.

Hall le savait. « Vous avez raison, Markowitz, songea-t-il en tournant la clef de contact de sa Land Rover. Je suis amoureux d'Annie Lacy Galloway depuis le lycée, et elle, elle ne me voit jamais comme je le souhaiterais. »

C'était par rapport à Annie qu'il jugeait toutes les autres femmes. Il l'aimait déjà quand, jeune étudiante, elle n'avait d'yeux que pour Kevin Galloway. Il se souvenait du jour où elle s'était installée chez les Galloway, plus jolie et plus inaccessible que jamais.

Lui était le genre de garçon que l'on considère comme un ami de la famille : gentil, disponible, aussi fiable qu'une vieille paire de baskets, et tout aussi excitant. Ce qui n'était pas exactement l'image qu'un homme a envie d'offrir à la femme de ses rêves.

Depuis des mois Susan le pressait de sortir de l'ombre pour entrer dans la vie d'Annie mais, après être resté en coulisses pendant vingt-cinq ans, il doutait de pouvoir s'avancer sur le devant de la scène.

Arrêté au feu rouge, à la sortie du parking de l'hôpital, il regarda dans son rétroviseur le jeune couple qui s'était enlacé à peine leur voiture immobilisée. Au fil des années, Hall Talbot avait imaginé Annie

Galloway l'embrasser dans toutes les situations imaginables. Mais, à un feu rouge, certainement pas. Elle était trop soucieuse de sa dignité pour cela. Passionnée, elle devait l'être, mais en privé.

Le jeune couple cessa de s'étreindre. Par deux fois, le conducteur qui se trouvait derrière Hall klaxonna en montrant le feu vert du doigt. Confus, Hall appuya sur l'accélérateur en se faisant l'effet d'un vieux pervers.

« Pourquoi traînes-tu les pieds, Talbot ? lui avait demandé Susan. Tu attends qu'Annie t'envoie un carton d'invitation ? »

Il se dit que ce ne serait pas idiot d'acheter des pizzas et de les apporter chez Annie. En y ajoutant deux packs de bière, du soda, deux litres de crème glacée, une douzaine de roses, ne serait-il pas armé pour tenter sa chance ? Il était peut-être temps de prendre des risques.

Cela dit, il n'avait rien à redouter de la part d'Annie. Elle était trop bien élevée pour le mettre dans l'embarras. Jamais elle ne lui ferait une remarque si, d'aventure, elle estimait qu'il était allé trop loin. Elle l'accueillerait chaleureusement, lui offrirait un rafraîchissement, puis s'éloignerait et laisserait sa famille s'occuper de lui.

Annie avait toujours vu Ceil à la caisse numéro 1 du Yankee Shopper. Chaque matin, Ceil s'installait à sa place et surveillait les allées et venues des habitants de Shelter Rock Cove. Pour connaître les dernières nouvelles, il suffisait de s'adresser à elle.

Ce n'était pas sa faute si elle était un détective-né qui possédait les enregistrements de tous les épisodes de *Colombo*. Et puis, quelle femme un peu maligne n'aurait pas remarqué, par exemple, que Frankie Carl oubliait son chagrin en se bourrant de petits gâteaux ? Il commençait d'ailleurs à ressembler à un basset avec ses bajoues naissantes.

Par conséquent, Annie ne fut nullement surprise quand Ceil, jetant un coup d'œil à ses paquets de chips, de bretzels, de pop-corn et à ses quatre douzaines de sodas, lui demanda :

— On emménage ?

Annie acquiesça en souriant.

— J'ai peur d'avoir sous-estimé l'appétit de mon petit monde. Ce que les adolescents sont capables d'ingurgiter me surprend toujours. Sans parler de leurs parents et des amis.

— Vous ne diriez pas ça si vous aviez toute une tribu à vous. Quand mes fils étaient jeunes, j'ai bien cru qu'ils allaient nous ruiner. Je ne voudrais pas me mêler de ce qui ne me regarde pas, mais, tout bien considéré, heureusement que vous n'avez pas d'enfants. Ils rendraient vos fins de mois drôlement difficiles.

Autrefois, l'allusion innocente de la caissière au fait qu'Annie n'avait pas d'enfants aurait retourné le couteau dans la plaie. Aujourd'hui, il lui suffisait de sourire, de hocher la tête et de se taire pour ne plus sentir la blessure. Au fond, c'était facile.

Pendant qu'Annie prenait sa monnaie, Ceil remarqua :

— Attention aux chips ! Nous savons toutes les deux où va se loger la graisse à partir d'un certain âge.

Ceil jeta un regard aux hanches d'Annie, passa la main sur les siennes – qui devaient la condamner à un bon 46 –, puis se tourna vers le client suivant avant d'avoir pu remarquer l'étonnement d'Annie.

D'accord, elle avait un peu forci en six mois, mais depuis quand cinq kilos supplémentaires méritaient-ils que la pipelette de la ville la mette en garde ? Ni Susan, ni Eileen, ni Claudia ne lui avait fait la moindre réflexion à ce sujet, alors qu'elles n'avaient pas manqué de commenter sa maigreur après la mort de Kevin. La timidité, chez les Galloway, on ne connaissait pas.

Néanmoins, Annie avait maintenant trente-huit ans, l'âge où les gentilles hormones féminines se préparent à de sérieux changements. Pour autant, elle ne passait pas son temps devant le miroir. Elle se contentait de s'entretenir sans aucun zèle.

En se dirigeant vers la sortie, elle jeta un regard de biais à son reflet dans les vitres du magasin. À voir sa chemise en jean trois fois trop grande, d'aucuns auraient supposé qu'elle dissimulait des horreurs. Quant à sa coiffure, elle aurait pu tout aussi bien être le résultat d'une bagarre avec un mastodonte.

Mais à en croire Ceil, ses hanches étaient plus préoccupantes que ses cheveux. Elle se demandait si elle pourrait passer la porte du supermarché la semaine prochaine quand elle aperçut un chien assis au volant de sa voiture. Et quel chien ! Un labrador de la taille d'un ours. Comment diable avait-il pu se glisser par la vitre entrouverte ?

Annie n'avait pas l'habitude des chiens. Elle pouvait brosser un chat, lui limer les griffes, le soigner s'il était tombé sur un cousin de mauvais poil, mais en matière de chiens elle ignorait tout. Celui qui s'était installé dans sa voiture était tellement gros qu'il aurait pu avaler un rôti en guise de biscuit apéritif.

— Gentil toutou, fit-elle en s'approchant avec son chariot. Tu ne sais donc pas où aller ?

Le regard fixé droit devant lui, le chien fit mine de n'avoir rien entendu.

Annie cala le chariot près des roues avant de sa voiture et s'avança vers la portière.

— Dehors ! ordonna-t-elle.

Elle tapota sa jambe, émit des petits claquements de langue.

— Allez, le chien ! Je n'ai pas envie de rentrer à pied, et ça m'étonnerait que tu saches conduire.

La main sur la poignée, elle fit un bond en arrière quand l'animal découvrit un tantinet ses crocs, et jugea qu'un deuxième essai était inutile. Elle n'était pas casse-cou de nature : elle n'avait jamais sauté en parachute, jamais fait du kayak sur des rapides, ni tenté d'entrer au cinéma de Shelter Rock Cove avec des pop-corn maison. Le mieux était d'appeler Susan à la rescousse – elle avait une horde de chiens et saurait quoi faire.

Jetant un coup d'œil autour d'elle, elle aperçut la Chevrolet Malibu de Marcy garée en double file devant la laverie. Annie la connaissait pour l'avoir rencontrée à la vente de charité des pompiers. C'était le genre de femme maigre et nerveuse qui faisait ses gâteaux avec de la margarine à la place du beurre et prétendait qu'on ne voyait pas la différence. Marcy aperçut Annie et lui fit signe.

Annie faillit lui demander si elle avait perdu un labrador doré, puis elle se ravisa. Marcy n'avait certainement jamais rien perdu de sa vie – même pas sa virginité à en croire son ex-mari.

Près de la pizza, Fred Custis et Marvin Applegarth, deux informaticiens, discutaient avec Dave Small, le propriétaire du restaurant situé en haut de la rue. Les trois hommes avaient soutenu la candidature d'Annie à la présidence de l'association des commerçants de la ville. À n'en pas douter, ils se feraient une joie de l'aider.

— Hé ! L'un de vous aurait-il perdu un labrador doré ?

Ils se tournèrent vers elle, rirent en voyant le chien derrière le volant, secouèrent la tête, puis poursuivirent leur conversation. Décidément, la courtoisie devenait une denrée rare. Kevin, lui, avait été son preux chevalier. Dès qu'elle apercevait une araignée, se faisait attaquer par un moustique ou entendait des bruits étranges en pleine nuit, il se précipitait à son secours. Elle aurait aimé être le seul objet de sa prévenance, mais, en fait, il enfourchait son cheval blanc pour la première personne en difficulté. Il était toujours prêt à vous donner un coup de main si vous tombiez en panne d'essence, si votre voiture refusait de démarrer par l'un de ces matins glacials typiques du Maine, ou si vous aviez besoin d'aide pour mettre votre bateau en cale sèche.

Malheureusement, pour les choses essentielles – leur assurer un toit, éviter les problèmes –, le preux chevalier s'était révélé en dessous de tout

Le chien sortit la tête de la voiture et regarda Annie bien en face. Appuyée contre le chariot, elle lui rendit son regard.

— J'ai tout mon temps, mon gros.

Peu impressionné, le labrador bâilla.

Corpulente, cheveux blancs et regard curieux, la caissière scanna le code-barres du lait, puis désigna l'énorme sac de nourriture pour chien.

— Lisez-moi les chiffres sous le code-barres, dit-elle à son client. Il n'y a pas de raison que j'attrape une hernie, hein ?

— Je n'en vois aucune, en effet, répondit Sam.

Quand la caissière eut enregistré le chapelet de chiffres, elle détailla le reste des provisions : deux douzaines d'œufs, une livre de bacon, un sac de muffins aux myrtilles, trois paquets de café, comme si elle cherchait à déchiffrer la pierre de Rosette.

— C'est vous qui avez loué la maison de Bancroft près de la plage, non ?

— Vous avez deviné juste ou bien m'avez-vous aperçu là-bas ?

— Je connais tout le monde ici, sauf vous. Si vous ne faisiez que passer, vous n'achèteriez pas vingt-cinq kilos de croquettes pour chien et deux douzaines d'œufs. Et puis, j'ai entendu dire que Bancroft avait loué à quelqu'un de New York, et avec votre accent vous ne pouvez pas venir d'ailleurs.

— Bravo pour votre perspicacité.

Sam était impressionné, en même temps qu'un peu déconcerté par ce premier contact avec une petite ville de la Nouvelle-Angleterre.

Il se dirigeait vers la sortie, les bras chargés, quand la caissière lui cria :

— Le steak haché est en promotion demain. Vous aurez peut-être envie de faire des réserves.

Cette femme devait enregistrer les habitudes diététiques de chaque habitant. Avisez-vous d'acheter une bouteille de lait supplémentaire et elle vous soupçonnera sans doute d'héberger un fugitif.

Sam s'arrêta dans l'allée étroite qui séparait le magasin du parking et chercha vainement du regard sa BMW parmi quelques vieilles Chevrolet, un petit groupe de monospaces et deux fourgonnettes qui commençaient à rouiller. Son sang se glaça à l'idée qu'on lui avait barboté sa voiture adorée pour la revendre en pièces détachées. Puis il se souvint qu'il l'avait rendue, payé la pénalité prévue par le crédit-bail, tourné les talons et acquis un tas de ferraille.

Il n'avait que trente-cinq ans, et déjà il commençait à perdre la mémoire ! L'une des guimbardes rouillées – celle où un gros labrador attendait derrière le volant – lui appartenait. Pourtant, elle avait une plaque minéralogique du Maine, et c'était l'autre, sans chien, qui arborait une plaque new-yorkaise.

Près des fourgonnettes, une jeune fille était penchée au-dessus d'un chariot rempli de provisions.

Elle portait un jean délavé et rapiécé, et une chemise en denim bleu assez large pour abriter toute la bande de *Friends*. Néanmoins, elle révélait sa cambrure et la rondeur de ses hanches. Ses souples cheveux auburn étaient attachés sur la nuque. Elle était aussi sexy que décontractée, et définitivement intouchable, parce qu'elle ne devait pas avoir plus de dix-sept ans.

— C'est votre véhicule ? lui demanda Sam.

Elle acquiesça d'un signe de tête, puis se tourna à demi pour le regarder.

— C'est votre chien ?

Elle n'avait pas dix-sept ans, finalement, et cette découverte le laissa sans voix. Le coin de ses yeux d'un bleu profond était marqué de légères ridules, et un pli soucieux se dessinait entre ses sourcils. Elle n'avait pas un brin de maquillage, sa peau était uniformément claire, à l'exception de quelques taches de rousseur sur son nez droit. Elle semblait exténuée et passablement effarée, et il se surprit à lui prêter un mari et une horde d'enfants affamés qui l'attendaient à la maison.

Elle était définitivement inaccessible.

— J'ignorais que Max pouvait forcer les serrures, fit Sam à défaut de trouver mieux.

— Il n'a pas eu besoin de le faire. Il est passé par la vitre.

— C'est impossible. Max ne fait ce genre d'acrobaties que s'il y a de la nourriture à la clef.

— Oh, non ! J'ai trois pizzas là-dedans.

— Vous les aviez ! Tenez, ajouta Sam en sortant de l'argent de sa poche, c'est le moins que je puisse faire.

— Non, non, ce n'est pas nécessaire.

— Mon chien a mangé vos pizzas.

— J'aurais dû remonter la vitre.

— J'aurais dû surveiller Max, rétorqua Sam.

L'expression grave de la jeune femme s'adoucit, et il eut l'impression que le temps se figeait l'espace d'une seconde. Puis elle lui sourit, et le temps se remit en marche. Il n'était pas le genre d'homme qui cherche un sens caché à chaque expression féminine, cependant il aurait juré qu'elle n'avait pas beaucoup souri ces derniers temps.

« Ce n'est pas ton problème, Butler, se sermonna-t-il. Ta vie est bien assez compliquée en ce moment. » Les femmes mariées avaient des problèmes de femme mariée, et il était plus sage pour un célibataire de se tenir à distance. Surtout quand il commençait à se demander à quoi pouvait ressembler la femme mariée avec sa belle chevelure cascadant sur ses épaules nues...

Elle repoussa ses billets d'un geste ferme mais amical.

— Je ne sais pas comment un si gros chien a pu se glisser par la vitre entrouverte.

— Mon chien m'étonne.

Elle jeta un discret coup d'œil à sa montre.

— J'ai essayé de le faire sortir, sans succès. Il a même montré les crocs.

— Tous les six ?

Elle venait de lui lancer l'un de ces regards obliques qui mettaient en branle son imagination érotique.

— Je ne les ai pas comptés, mais je les ai trouvés impressionnants.

— Max ne vous aurait jamais mordue.

— Je n'ai pas l'impression que vous en soyez si sûr... Écoutez, je ne voudrais pas vous paraître grossière, mais il faut que je rentre à la maison, sinon, on va s'inquiéter.

Sa famille. Ceux qui attendaient son retour avec impatience. Il était certain qu'elle avait trois enfants avec des taches de rousseur, un mari qui portait des chemises de flanelle écossaise, et une alliance semblable à la sienne.

Il posa ses provisions par terre et ouvrit la portière du côté de Max.

— Sors de là, Max. Tu t'es suffisamment amusé pour aujourd'hui. Allez ! On s'en va.

Max posa sa noble tête sur le volant et ferma les yeux. De la sauce tomate maculait son museau. À l'évidence, il avait l'intention de prendre son temps.

Ce n'est pas un hasard si on appelle le chien le meilleur ami de l'homme.

Dès que l'homme lui tourna le dos, Annie tenta frénétiquement de lisser ses cheveux et de se ressaisir. Sans succès. Ses cheveux refusaient toute discipline et son pouls continuait à battre à un rythme désordonné.

Le destin devait posséder un étrange sens de l'humour. Sinon, il n'aurait pas fait en sorte qu'une femme aussi mal attifée tombe sur un homme aussi diablement sexy. Ce n'était pas simplement une injustice, c'était carrément du sadisme. Jamais elle ne sortait ainsi. Elle se mettait au moins un peu de rouge à lèvres, des boucles d'oreilles, une touche de parfum. Même dans les pires moments, elle se débrouillait pour rester présentable.

Sauf aujourd'hui. Aujourd'hui, elle ressemblait à un bûcheron au chômage qui continue à se goinfrer comme s'il n'avait pas de problème de fin de mois. Oui : même le contenu de son chariot la gênait. Cet inconnu devait la prendre pour une femme qui compensait sa misère sexuelle en se bourrant de bière et de chips devant la télévision.

Ce qui, tout compte fait, n'était pas si éloigné que ça de la réalité.

Tandis qu'il s'acharnait à faire sortir son chien en pleine sieste digestive, Annie eut presque pitié de lui. Tour à tour, cajoleur, suppliant, menaçant, il finit par ouvrir le sac de croquettes qu'il venait d'acheter. Max se contenta de soulever une paupière et d'observer la situation avant de se rendormir. Quelle merveille, ce chien !

« Tu es un bon garçon, songea Annie. Je t'achète une autre pizza si tu refuses de bouger encore un petit moment. » C'était un vrai plaisir d'être là, appuyée contre son chariot, le regard posé sur un homme sublime qui se moquait d'être détaillé sans vergogne, ou qui n'en avait pas conscience. Elle avait peut-être l'apparence d'une ménagère, mais dans sa tête, Annie avait toujours seize ans.

« De la glaise », pensa-t-elle soudain. Il y avait des années qu'elle n'avait pas pétri de glaise, mais elle conservait un souvenir aigu du contact avec cette matière. Elle l'imaginait facilement, chaude et lisse entre ses doigts, collant à sa peau tandis qu'elle modelait le torse de cet homme. Elle sentait les muscles prendre forme, les épaules, le torse… Nu, il devait être divin. S'il avait une once de graisse quelque part, elle était bien dissimulée. Annie ne voyait que la belle musculature sous la chemise froissée et le jean qui avait connu des jours meilleurs. Si cet homme décidait de se proposer comme modèle dans un atelier de sculpture, il n'aurait que l'embarras du choix.

« Vas-y, Annie ! Profite du spectacle pendant que tu peux. Il est probablement marié, père de cinq enfants, et gare sa voiture tous les soirs dans l'allée. » Elle essaya de l'imaginer avec sa femme et sa progéniture, mais l'image devint vite floue.

— Ouvrez l'autre portière, lui lança-t-il, par-dessus son épaule. Si on s'y met à deux, on a peut-être une chance…

Annie s'exécuta, et fut aussitôt assaillie par une odeur de pizza et de chien.

— Ouh ! fit-elle en s'éventant.

Max se redressa, la regarda, puis fixa un point juste derrière sa tête. N'étant pas habituée aux chiens, Annie ne comprit absolument rien à ce regard.

Le labrador bondit hors de la voiture, bousculant Annie au passage et l'envoyant dinguer contre la portière. Tout aussi surpris qu'elle, le chien s'assit brusquement sur son arrière-train et sembla jauger la situation.

Le propriétaire de Max fut près d'elle en un éclair. Il la prit par les épaules et le reste de l'univers disparut. Elle aurait volontiers enfoui le nez dans le cou de cet homme, et respiré pendant un ou deux ans le subtil parfum de cannelle et d'herbe fraîchement coupée qui émanait de lui.

— Ça va ? s'inquiéta-t-il. Votre épaule a heurté la portière.

— Ah ? fit-elle.

Pour le moment, ses épaules n'étaient pas douloureuses. Depuis combien de temps un homme ne l'avait-il pas touchée avec ce genre de tendresse soucieuse ? Des années, des siècles. Il avait de grandes mains, puissantes, qui pouvaient cependant se montrer terriblement douces.

— Vous avez mal ?

— Non… Votre chien, vous devriez…

Leurs regards s'aimantèrent. Ses yeux étaient verts, pailletés d'or ; ils irradiaient quand il souriait.

— Max, insista-t-elle. Il a disparu.

En une fraction de seconde, l'homme s'élança à la poursuite de son chien. Partagée entre l'effarement et l'admiration, Annie le suivit du regard tandis qu'il courait pour rattraper Max qui était sur le point de disparaître dans les bois avoisinants. Ceux qui prétendaient que le corps d'un homme n'était pas beau n'avaient à l'évidence jamais vu le propriétaire de Max piquer un sprint.

Machinalement, elle se frotta l'épaule. D'une minute à l'autre, Max et son maître ressortiraient des bois et, pour rien au monde, elle n'aurait manqué la scène. Quand ses employées, au magasin, la taquinaient en lui faisant remarquer qu'elle était insensible à la beauté masculine, elles se trompaient complètement. Certes, elle n'était pas du genre à voir trois fois dans la même journée le dernier film de Mel Gibson, simplement pour le plaisir de se perdre dans son regard bleu. Mais elle était loin d'être indifférente aux hommes. Les avant-bras d'un pêcheur de langoustes, le large dos du facteur, les belles mains du propriétaire de Max ne manquaient pas d'attirer son regard.

Ceil, qui se dirigeait vers sa voiture, lui adressa un petit signe auquel elle répondit. Le supermarché fermait tôt en cette veille de fête du Travail et, quand elle se retrouva seule sur le parking, Annie commença à se demander si elle n'allait pas à son tour se lancer à la poursuite du propriétaire de Max, pour lui prêter main-forte. À cet instant précis, elle entendit une voiture approcher. Aïe ! À tous les coups, il s'agissait d'un membre de sa famille, ou d'un ami, ou une ancienne camarade de classe.

— Annie ! Quelle chance de te trouver ici ! s'écria Hall Talbot en arrêtant sa Land Rover près d'Annie. J'allais justement chez toi.

— C'est gentil, et ça tombe très bien. Susan n'a cessé de me parler de toi tout l'après-midi.

— J'ai eu trois accouchements aujourd'hui. À cause de la pleine lune, j'imagine.

— Tu dois être épuisé.

— Moins que les accouchées. Ce sont elles qui ont fait le travail.

La remarque, sincère, était bien digne de l'obstétricien le plus populaire de la région.

— Si tu rentres tout de suite, je te suis. J'espère que j'ai bien fait d'acheter des pizzas, ajouta Hall en montrant les boîtes empilées sur le siège du passager.

Sam prit dans ses bras le labrador à bout de souffle.

— Tu es un sprinter, Max. Les écureuils sont des coureurs de fond. N'oublie jamais ça.

Le pauvre cœur du vieux chien battait vite et fort. Il posa la tête sur le bras de Sam, et fit mine d'être sourd.

— Ce n'est pas drôle de vieillir, commenta Sam en rebroussant chemin.

Cette course à travers le parking n'avait rien eu de glorieux pour lui non plus, estimait Sam. Ce ne serait peut-être pas une mauvaise idée de s'arrêter une seconde, le temps de reprendre son souffle avant de retrouver la femme aux yeux tristes et au merveilleux sourire.

Une fois de plus, il se dit qu'elle n'était certainement pas libre. Quand il déboucha sur le parking, elle n'était même plus seule. Un homme, le cheveu blond clairsemé, la dominait de sa haute taille. Il semblait contrarié. Elle paraissait amusée. Probablement lui décrivait-elle sa rencontre avec un crétin new-yorkais et son chien dévoreur de pizzas, et la moutarde devait monter au nez de ce monsieur. Sam recula sous le couvert des arbres.

Mariée, elle l'était sans aucun doute, songea-t-il, en les voyant monter dans leur véhicule respectif, puis s'éloigner ensemble. Ils rentraient chez eux nourrir leurs enfants. Ensuite, ils monteraient dans leur chambre et feraient l'amour en suivant les conseils de David Letterman.

Ennui, grisaille, routine. C'était en ces termes que l'on décrivait la vie des couples mariés depuis de longues années. N'empêche que Sam Butler aurait volontiers vendu son âme pour être à la place de cet homme.

3

Tandis qu'elles faisaient réchauffer des parts de pizza supplémentaires pour les bouches voraces, Susan murmura à Annie :

— Qu'est-ce qui arrive à Hall ? Je ne l'ai jamais vu aussi fermé. Vous vous êtes disputés ou quoi ?

— Disputés ? J'ai à peine eu le temps de lui parler !

— Quelque chose le contrarie. Il a l'air de porter tout le poids du monde sur ses épaules depuis que vous êtes arrivés.

Avec un soupir, Annie s'appuya contre l'évier.

— Je me suis moqué de lui.

— Tu t'es moqué de l'homme qui se consume d'amour pour toi depuis l'adolescence ?

Il y avait des années qu'Annie entendait ce refrain sans parvenir à y croire.

— En fait, je ne me suis pas vraiment moquée de lui, mais c'est ce qu'il croit. Quand je l'ai vu avec ses pizzas, j'ai éclaté de rire.

Susan eut un regard outré. Grâce à Hall, ses trois grossesses à haut risque s'étaient bien terminées et, depuis, elle le mettait sur un pied d'égalité avec Dieu et Moïse.

— Tu veux dire qu'en voyant ce pauvre homme avec une demi-douzaine de pizzas, tu lui as ri au nez ?

— Je ne riais pas de lui, mais de la situation.

Annie voulut tout raconter à Susan : le chien derrière le volant, l'homme qui cherchait sa voiture, les pizzas englouties, l'apparition de l'écureuil, mais son récit était entrecoupé d'éclats de rire incontrôlables.

Susan la fixait comme si elle avait perdu la tête.

— Tu es en train de me dire qu'un écureuil a mangé les pizzas ?

— Pas du tout ! C'est le chien qui les a mangées. L'écureuil n'a fait que passer.

— Et que vient faire cet homme dans cette histoire ?

— Le chien en question lui appartient.

— Et il a pris les pizzas ?

— Tu n'as pas écouté un seul mot de ce que je t'ai dit, Susan ! Le chien a dévoré les pizzas et son propriétaire voulait me les rembourser.

— Mais tu n'as pas accepté.

— Il s'est lancé à la poursuite de son chien avant que j'aie le temps de changer d'avis.

Ce qu'Annie n'aurait pas fait, en vérité. Mais l'air dérouté de sa meilleure amie l'amusait tant qu'elle en rajoutait.

— Ensuite, Hall est arrivé avec ses six boîtes de pizzas, c'est ça ?

— Oui. Et dès que je les ai vues…

De nouveau, Annie éclata de rire, mais, cette fois, Susan l'imita.

— Je suis heureuse de t'entendre rire. Tu aimais tellement rire autrefois ! Ça me manquait, avoua Susan en sortant les tranches de pizza du micro-ondes.

Annie en enfourna quatre autres.

— Nous n'avons pas tellement eu d'occasions de nous amuser ces derniers temps, observa-t-elle. La disparition de Kevin nous a tous beaucoup affectés.

Susan secoua la tête.

— Non, Annie, tu avais changé bien avant la mort de Kevin. À peu près à l'époque où vous avez abandonné l'idée d'avoir un enfant. Excuse-moi, je ne sais jamais quand me taire.

— Tournons la page. À partir de maintenant, nous allons rire souvent, dire ce qui nous passe par la tête, et cesser de culpabiliser.

Annie sourit à Susan et ajouta, se sentant soudain prise d'une envie de rébellion :

— Qu'en dis-tu ?

Elle avait encore le sourire aux lèvres quand elle tomba sur Hall, près de l'entrée de son minuscule séjour, alors qu'elle apportait des parts de pizza.

— Tiens, sers-toi. J'espère que je t'ai convenablement remercié. Tes pizzas nous ont bien dépannés.

Le regard distant de Hall s'éclaira un peu et, pour la première fois, Annie se demanda si Susan n'avait pas raison au sujet des sentiments que Hall nourrirait à son égard. Depuis toujours il faisait partie des nombreux amis de Susan. Il participait souvent aux fêtes de famille. Il avait été son médecin jusqu'à ce qu'elle consulte un spécialiste des problèmes de stérilité et que sa vie bascule.

Hall Talbot était un homme d'une grande gentillesse, un authentique gentleman et, s'il lui portait le moindre intérêt en tant que femme, il avait magnifiquement réussi à le lui cacher toutes ces années.

Susie devait se tromper, pensa-t-elle, tandis qu'il prenait une tranche de pizza. Elle confondait gentillesse et sentiments. Annie ne se trouvait aucun point commun avec les femmes que Hall Talbot avait épousées. Elles étaient plutôt frêles, élégantes, toujours impeccables. Annie réussissait, au mieux, à se sentir à peu près présentable deux ou trois fois par an. Peu importait, d'ailleurs, puisqu'elle n'avait jamais cherché à séduire Hall. Bien que bel homme, il ne lui avait jamais mis le cœur en émoi, et ne le ferait jamais.

Certains prétendaient que ce genre de chose comptait peu et, parfois, elle se demandait s'ils n'avaient pas raison. Son cœur avait battu la chamade avec Kevin, et où cela l'avait-il menée ? Cela dit, à quoi bon aimer si cela ne vous donnait pas le sentiment d'avoir des ailes ?

Sa brève rencontre avec le propriétaire de Max venait de lui rappeler à quel point cette sensation était merveilleuse.

— Dans quel état est ta voiture ? demanda Hall, entre deux bouchées de pizza.

— Tu te souviens de l'appartement de Susan, après la soirée qu'elle avait organisée à la fin de ses études ? Eh bien, tu ajoutes des crottes de chien, et le tableau est presque complet.

— Il va payer le nettoyage ?

— Il a voulu rembourser les pizzas.

— Il aurait dû proposer de réparer les dégâts.

— Je suis certaine qu'il l'aurait fait si nous n'étions pas partis avant qu'il revienne.

« J'aurais dû l'aider à retrouver son chien, pensa-t-elle. Pourquoi n'ai-je pas dit à Hall de partir sans moi ? »

— Tu ne crois pas qu'il se cachait en attendant qu'on s'en aille ?

— Tu y vas un peu fort, non ? Tu ne connais même pas cet homme.

— Je connais ce genre de type.

— Franchement, on dirait que c'est ta voiture que son chien a salie et non la mienne !

— Excuse-moi, fit Hall, en se ressaisissant. Tu as raison. En tout cas, j'espère pour toi que tu ne croiseras plus le chemin de cet individu.

«C'est hautement improbable», songea Annie en retournant dans la cuisine chercher les dernières parts de pizza.

Après l'incident du parking, Sam avait traversé la ville pour aller chercher ses clefs que Warren Bancroft, appelé à New York pour une affaire urgente, avait laissées à Pete et à Nancy, ses gardiens depuis vingt ans. Malheureusement, il trouva porte close, le couple ayant décidé d'aller acheter de la crème glacée. Quand ils revinrent, aux environs de 21 heures, ils découvrirent Sam et son chien, endormis sur le perron.

— Regarde qui est ici ! s'écria Nancy.

Elle embrassa Sam, puis le tint à bout de bras et l'étudia, les yeux plissés.

— Tu es trop maigre et bien fatigué ! décréta-t-elle. On va arranger ça.

— Vous n'avez pas changé, déclara Sam en l'étreignant. Aussi gentille qu'il y a vingt ans.

À l'époque, il avait quinze ans, de l'ambition à revendre et l'envie de découvrir le monde. Il s'était engagé pour l'été dans l'équipage de Warren et avait passé quinze jours à Shelter Rock Cove avant d'embarquer pour Key West.

Pete, toujours avare de mots, serra la main de Sam et lui remit les clefs.

— Surveille la plomberie, lui conseilla-t-il. Pour les réparations, Ellie n'était jamais pressée.

Pete caressa la tête de Max puis entra dans la maison. Quand la porte se fut refermée derrière lui, sa femme expliqua à Sam :

— Une veuve charmante vient tout juste d'emménager dans la maison voisine de la tienne. Elle s'appelle Annie Galloway. Si tu as besoin d'un renseignement, tu peux t'adresser à elle.

Sam imagina une femme de la région, solide, habituée aux tempêtes, capable de résoudre tous les problèmes – à l'image de Nancy.

— Merci du tuyau.

— Elle sera sûrement ravie de savoir qu'il y a, tout près, un homme sur lequel compter.

L'image de la femme solide avait fait long feu, et Sam en fut déçu. Que quelqu'un ait envie de se reposer sur lui, voilà bien la dernière chose dont il avait besoin en ce moment.

Il changea de sujet.

— Alors, où en est le bateau ? Ça avance ?

Warren Bancroft rêvait depuis longtemps de créer un musée, en hommage aux pêcheurs de Shelter Rock Cove, disparus en mer, et la réalisation de ce rêve était prévue pour le printemps prochain.

— Warren est trop souvent à New York, accaparé par ses affaires.

Nancy entraîna Sam vers l'ancienne grange transformée en un atelier parfaitement équipé pour la construction de bateaux. On y trouvait de longues planches de bois neuf, des baquets de clous, des marteaux de toutes tailles et de toutes formes, des scies, des serre-câbles, des moraillons, et une machine spécialement conçue pour incurver les planches destinées à glisser gracieusement sur l'eau.

Au milieu de tout cela, il y avait le *Sally B*, le bateau avec lequel le père de Warren avait pêché la langouste jusqu'à son dernier jour. Il était en piteux état ; Warren n'avait toujours pas terminé la réparation de la coque, une entreprise à laquelle il s'était attelé des années auparavant.

— Il n'y a pas touché depuis que je suis venu, à Pâques, remarqua Sam en passant la main sur la quille. À ce rythme-là, il ne finira jamais.

Nancy lui décocha un regard acéré.

— Tu ne crois tout de même pas que tu es venu pour regarder la neige tomber. Je vais te mettre au travail, moi !

— Il y en a pour quatre bons mois, à temps plein. Ce qui représentera seize tartes aux myrtilles.

Un sourire éclaira le visage de Nancy. Sam la prenait par les sentiments en mentionnant ses tartes aux myrtilles.

— J'en ai la moitié d'une dans la cuisine, avoua-t-elle en ébouriffant Max. Il me semble que tu as besoin de te caler un peu l'estomac.

— Il vaut mieux que j'aille me coucher tout de suite, Nancy. J'ai pris la route aux aurores et je ne tiens plus debout.

La vieille dame glissa son bras sous celui de Sam et l'accompagna à sa voiture.

— Tu es sûr de trouver la maison ? Il fait noir par là-bas.

— Je sais. Mais j'ai la carte que Warren m'a faxée.

— Dans le noir, une carte ne te sera pas d'un grand secours. Laisse-moi venir avec toi. Je ne voudrais pas que tu confondes la route et la mer, tu comprends ?

Cinq longues minutes furent nécessaires à Sam pour convaincre Nancy de le laisser partir seul. Puis elle lui demanda de l'appeler dès qu'il serait arrivé, avant de reconnaître que c'était impossible puisque le téléphone n'était pas encore branché.

— Quelle journée, Max ! fit Sam tandis qu'ils empruntaient la route sinueuse qui menait à la côte. Tu aurais pu t'abstenir de courir après cet écureuil.

Il aurait aimé mettre les choses au clair avec la femme au regard triste. Pour être tout à fait honnête, il aurait aussi aimé mettre les choses au clair avec lui-même. Il avait le sentiment que, ces derniers mois, tout partait à vau-l'eau. Quelque chose chez cette femme l'avait profondément touché. Il avait ressenti un lien entre eux, et c'était bien la première fois que cela lui arrivait.

De qui te moques-tu, Butler? Elle est mariée. Tu as vu son mari. Il ne t'a pas échappé qu'ils se parlaient comme mari et femme.

Ce qui ne changeait rien à ce qu'il avait éprouvé quand elle s'était tournée vers lui... Ses yeux, le son de sa voix, il avait eu l'impression de les reconnaître. Comme s'il avait attendu toute sa vie de la rencontrer.

— Je retire ce que j'ai dit, Max. Tu m'as rendu un sacré service finalement.

Shelter Rock Cove étant une petite ville, tôt ou tard, ils se rencontreraient de nouveau. Alors peut-être pourrait-il réparer ce qu'avait fait Max, et se prouver à lui-même que l'émotion suscitée par cette femme n'avait été qu'un accident.

Des nappes de brouillard envahissaient la route étroite et sinueuse, et il s'appliqua à éviter le précipice qui la bordait. Conduire ici, en hiver, devait être problématique. Heureusement qu'il serait libre d'aller dans le Sud dès le début du mois de janvier.

Max gémit et lui donna un coup de museau dans le bras. Visiblement, il avait besoin de sortir.

— Pas ici, mon vieux, lui dit Sam. Patiente encore un peu. On y est presque.

À 20 heures, tout le monde était parti. Pour la première fois, Annie se retrouva seule dans sa nouvelle maison. Claudia, qui savait qu'elle n'avait rien avalé depuis le matin, lui avait recommandé de manger quelque chose.

Elle avait promis à sa belle-mère de finir la pizza qui restait mais, à présent, elle se sentait trop fatiguée pour penser à autre chose qu'à un bain chaud et à une bonne nuit de sommeil.

Soigneusement aplatis, les cartons vides s'entassaient dehors, près des poubelles, prêts pour le recyclage. Les assiettes et les verres, lavés et essuyés, étaient dans les placards, les livres sur les étagères et la télévision allumée. Il ne restait plus à Annie qu'à ranger ses vêtements, encore étalés sur le lit, parce que personne n'avait eu envie de faire de la gymnastique pour atteindre la penderie. Peu importait, rien ne pressait.

— Je vous aime, dit-elle à George et à Gracie.

Tapis sur le seuil de la chambre, ils la regardaient comme si elle avait perdu la tête.

— On va être très heureux ici.

Gracie choisit ce moment pour évacuer une grosse boule de poils.

— Dites-moi ce que vous ressentez vraiment, marmonna Annie en nettoyant.

Contrairement à Gracie, Annie n'avait pas eu le temps de se pencher sur ses sentiments tant tout le monde avait exprimé d'opinions diverses dans un brouhaha incessant. Mais maintenant, dans la solitude retrouvée, elle était convaincue d'avoir fait le bon choix. Elle se sentait chez elle. Elle aimait les planchers de bois brut, les murs blanchis à la chaux, la petite cheminée de pierre, les fenêtres à guillotine, la baignoire à pieds – si profonde qu'on devait pouvoir flotter dans l'eau. Bien sûr, il lui faudrait attendre pour acheter du mobilier, mais c'était secondaire. Elle avait payé les dettes de jeu de Kevin, cette maison lui appartenait. Et, connaissant Warren Bancroft, elle était convaincue que le toit au-dessus de sa tête tiendrait jusqu'à sa mort. Bien qu'elle n'en soit pas certaine, il lui semblait que Warren avait effectué quelques aménagements depuis qu'elle avait visité la maison. Elle aurait juré que la cuisine brillait plus et que le lavabo de la salle de bains avait été changé. Mardi, elle lui poserait quelques questions lorsqu'elle lui apporterait les derniers feuillets dactylographiés de son manuscrit : un travail qui lui avait permis d'améliorer sensiblement ses revenus.

— J'aimerais t'obtenir un emprunt, Annie, lui avait-il proposé avant qu'elle signe pour l'achat de la maison. Ça te permettrait d'être plus à l'aise.

Annie avait fermement refusé. Pas d'emprunt. Pas de banque. Pas d'étranger sur son perron ou de coup de téléphone en pleine nuit. Personne ne pourrait lui prendre cette maison, et rien n'était plus agréable que cette idée. Cela méritait même de faire la fête.

Pourquoi pas tout de suite ? Une pendaison de crémaillère en solitaire, c'était peut-être précisément ce dont elle avait besoin. Le jour de la signature avec les Fleming, elle avait acheté une bouteille de champagne avec l'intention de l'ouvrir quand elle aurait emménagé dans sa nouvelle maison. Eh bien, c'était chose faite, et le bouchon n'avait pas encore sauté ! N'était-ce pas du gâchis ?

Dix minutes plus tard, elle s'immergeait dans un bain chaud et parfumé. De grosses bougies blanches exhalant une senteur de muguet brûlaient sur le rebord de la fenêtre, le long du bar. Heureusement qu'il n'existait pas de date de péremption pour les bougies, sinon elle aurait dû les jeter cinq ans plus tôt. La porte, fermée afin de prévenir l'assaut des chats, laissait tout de même filtrer la douce musique de Mozart. Une pile de serviettes neuves – offertes par Susan pour fêter son emménagement – était posée sur l'étagère, près de la fenêtre, et son peignoir préféré, en soie verte, attendait sur le porte-serviettes, à côté de la porte. La ceinture, magnifique torsade de soie émeraude et or, se balançait doucement au rythme de la musique, à quelques centimètres du sol, tel un serpent qui répond à la flûte charmeuse de son maître. Après une première coupe, bue pendant que la baignoire se remplissait, Annie se sentait si détendue, si légère, qu'elle ne se souvenait pas d'avoir déjà connu un tel bien-être. Elle prit la coupe de cristal, en équilibre sur le rebord de la baignoire, et se replongea dans la chaleur enveloppante de l'eau.

— À moi ! déclara-t-elle en levant sa coupe. À l'avenir ! ajouta-t-elle après en avoir avalé une gorgée.

Pour la première fois depuis la mort de Kevin, elle croyait de nouveau en l'avenir, ce qui méritait une nouvelle gorgée de ce divin breuvage.

Brusquement, elle eut l'impression d'entendre la voix de Claudia résonner dans un coin de sa tête : « Du champagne ? Tu risques d'avoir un terrible mal de crâne, ma chérie, surtout si tu as l'estomac vide. »

— Tais-toi, Claudia ! s'écria-t-elle. Le champagne est l'élixir des dieux.

Tu devrais vraiment manger quelque chose, Annie. Un morceau de pizza, un sandwich. Avec un verre de lait.

— Je veux du champagne, Claudia, pas du lait. Et si tu t'obstines à parler dans ma tête, je vais boire toute la bouteille, je te préviens.

La maison était située à l'extrémité de la route. On ne pouvait aller plus loin sans plonger dans l'Atlantique. Sam s'attendait à quelque chose de moins grand et de sacrément moins ancien.

Il se gara dans l'allée, coupa le moteur, puis ouvrit la portière. Pressé de satisfaire le besoin naturel qui le tenaillait depuis un moment, Max fut le premier dehors.

— Ne t'éloigne pas, l'avertit Sam. Je ne suis pas sûr que tu saches nager.

Heureux d'être en liberté, Max fila le long de la route à toute vitesse.

— Demain, je t'achète une laisse, maugréa Sam en se lançant à ses trousses

Il n'eut pas à aller loin. Max s'arrêta brutalement devant la maison voisine, à demi dissimulée par les arbres. Il aboya une fois, puis, à deux autres reprises, beaucoup plus fort.

Charmante façon de faire connaissance avec ses voisins ! Agacé, Sam voulut attraper son chien par le cou, mais ce dernier lui échappa et fonça vers la maison. La veuve dont venait de lui parler Nancy devait trembler derrière sa porte, terrorisée par le chien fou et l'étranger qui rôdaient autour de chez elle. Dans deux secondes, elle allait téléphoner à la police.

Une deuxième tentative pour retenir Max échoua. L'animal se précipita sur le perron, se mit à gratter à la porte, puis il repartit et disparut à l'angle de la maison. Sam le trouva en arrêt devant une fenêtre où vacillait une lueur jaune et rouge derrière les stores. Il aboyait comme un fou.

Sur un radeau, au milieu d'un lagon turquoise, Annie flottait, entièrement nue, offerte à la caresse du soleil. Une *piña colada* dans une main, elle laissait l'autre traîner paresseusement dans l'eau tiède. Un feu de camp pétillait, quelque part, sur le rivage. Si seulement ce dingue arrêtait de lui crier aux oreilles :

— Sortez de là !

Elle ouvrit les yeux et vit l'homme du parking s'avancer vers elle en brandissant son peignoir en flammes. Dans un soupir, elle referma les paupières. Voilà ce que donnait le champagne dans un estomac vide ! Elle était ivre, et cet homme n'était qu'un produit de son imagination imbibée d'alcool.

— Sortez de cette baignoire, immédiatement !

Depuis quand les fantasmes vous hurlaient-ils après ? Normalement, ils vous obéissaient et se montraient enjoués. Annie marmonna en regrettant le manque d'énergie – et de dextérité – qui l'empêchait d'ajouter de l'eau à son bain. Mais de l'eau, elle en entendit couler, près d'elle, et crut même recevoir quelques gouttes froides sur sa peau nue. La pluie, aux Caraïbes. Tout le monde sait qu'il pleut beaucoup là-bas. Elle essaya de chasser cette pluie, mais les gouttes se multiplièrent, se refroidirent. Toute cette histoire devenait terriblement ennuyeuse.

Quant au parfum de fleurs des bougies, il avait cédé la place à une infâme odeur de tissu brûlé. Elle s'efforça de rouvrir les yeux et, bien que sa vision soit légèrement brouillée, elle constata que l'homme était toujours là. Il faisait couler de l'eau sur son pauvre peignoir. Était-ce elle qui l'avait laissé entrer ? Incapable de s'en souvenir, elle n'en constatait pas moins sa présence dans sa salle de bains. Quelqu'un d'autre avait dû lui ouvrir.

Ou bien, il n'était qu'un mirage. Dans ce cas, elle pouvait lui faire faire autre chose que passer son peignoir en soie sous le robinet, non ?

Il n'était pas réel, bien sûr ! Il n'était que le produit de trois coupes de champagne bon marché. Sinon, le fait d'être dans son bain pendant qu'un étranger bousillait son peignoir favori aurait eu de quoi l'inquiéter sérieusement.

Sam n'avait nul besoin d'être détective pour comprendre ce qui se passait dans cette maison. La bouteille de champagne, aussi vide que la coupe, les bougies qui brûlaient dans toutes les pièces, une femme nue et ivre : la situation était claire.

— Mon peignoir... dit-elle d'une voix pâteuse. L'eau abîme la soie...

— Ah, oui ? Et le feu ?

Il faisait tout ce qu'il pouvait pour éviter de regarder cette femme dévêtue, mais il n'était qu'un homme, après tout.

— Le feu ?

Essayer de raisonner quelqu'un qui vient de descendre une bouteille de champagne n'est jamais chose facile, encore moins quand la personne en question a un corps dont vous êtes sûr de rêver pendant les vingt années à venir.

— Ne me dites pas que vous ne voyez rien. Il y a ici assez de bougies pour éclairer la route jusqu'à Bangor.

Selon lui, la ceinture du peignoir avait été en contact avec la flamme d'une bougie et tout était parti de là.

— Qui êtes-vous ?

— Je veux bien répondre, mais dans quelques heures vous ne vous souviendrez plus de rien, fit Sam en essorant le peignoir au-dessus du lavabo. Cela dit, vous pouvez remercier Max. C'est lui qui a deviné que quelque chose allait de travers. Moi, je me suis contenté de casser votre porte pour entrer.

Elle le gratifia d'un sourire rêveur.

— Embrassez Max pour moi.

Poser les yeux sur elle présentait des risques. Alors Sam reporta son attention sur le peignoir dont un côté avait été endommagé par les flammes. Quelques minutes plus tard, tout aurait pris feu, du sol au toit. Max méritait certainement un baiser.

Sam lui montra ce qui restait du peignoir.

— Il est fichu, dit-il.

— J'aime vraiment ce peignoir.

— Vous l'aimiez...

Annie soupira longuement, souleva un pied hors de l'eau, les orteils tendus, et déclara :

— Il y a eu un tas de premières fois, aujourd'hui. Maintenant, bonne nuit.

Il éclata de rire.

— C'est là votre conclusion ? Vous ne me remerciez même pas de vous avoir sauvé la vie ? Vous ne me demandez pas qui je suis ?

— J'ai envie de dormir. On verra plus tard.

Fermant les yeux, Annie s'immergea totalement dans son bain.

— Non. Ne faites pas ça.

N'ayant pas le choix, Sam laissa tomber le peignoir dans le lavabo et dut se résoudre à l'attraper sous les bras pour la hisser hors de l'eau. Elle s'affala contre lui, la tête au creux de son épaule, et il sentit son souffle dans son cou. Pas seulement dans son cou, d'ailleurs, mais dans tout son corps. Ses longs cheveux mouillés embaumaient le shampooing. Il se demanda ce qu'il éprouverait à les sentir cascader sur son torse tandis qu'elle le chevauchait ?

Attention, terrain dangereux. Jamais il n'avait profité d'une femme, et il n'avait pas l'intention de commencer aujourd'hui, même si son imagination l'entraînait en des lieux où il ne s'était pas aventuré depuis longtemps.

Il se débrouilla pour passer l'un des bras de la jeune femme autour de son cou, et la souleva hors de la baignoire.

Elle murmura quelques paroles incompréhensibles, puis se blottit contre lui, l'obligeant à lutter contre un vertige qui l'entraînait au-delà de la bienséance. Le lien qu'il avait ressenti quand il l'avait vue pour la première fois sur le parking n'était rien comparé au désir puissant qui était en train de le submerger.

— Qu'est-ce que je vais bien pouvoir faire de vous ? se demanda-t-il à voix haute.

Après lui avoir évité de périr dans un incendie, puis dans la baignoire, il lui restait maintenant à la protéger contre lui-même.

Dans cette maison minuscule, il se retrouva, dix pas plus loin, sur le seuil d'une chambre où le lit tenait toute la place. Un lit traîneau magnifique, en bois lustré, trônait dans la pièce tel un trésor digne d'un conte de fées russe. Deux chats noir et blanc l'observaient, l'oreille dressée, inquiets en entendant les gémissements de Max, dans le séjour. Sam n'avait plus qu'à déposer son fardeau de chair ronde, douce et nue sur le matelas et à s'éclipser avant de craquer.

Mais le lit disparaissait sous un amas de vêtements : des jeans, des pulls, une robe de velours bleu nuit, enfin, un tas de choses, sauf des draps et une couverture.

Sam essaya d'asseoir la jeune femme au bord du matelas.

— Laissez-moi le temps de vous faire un peu de place.

Elle lui adressa de nouveau un sourire rêveur, puis se laissa glisser sur le sol. Au même instant, Max se hasarda dans la chambre et s'approcha d'Annie pour renifler ses cheveux.

— Elle a eu assez d'ennuis ce soir, fit Sam en repoussant doucement le chien vers le séjour.

En un tournemain, il empila les vêtements de l'autre côté du lit, hissa Annie sur le matelas, lui répéta de patienter pendant qu'il allait chercher des serviettes et une couverture. Il entendit un bruit mat alors qu'il s'éloignait. Apparemment, elle ne l'avait pas écouté.

— Bon sang, qu'est-ce que je vais faire de vous ?

Le regard curieux des chats suivit chacun de ses mouvements tandis qu'il la remontait sur le lit, coinçait un oreiller sous sa tête et tentait d'envelopper ses cheveux mouillés dans une serviette. Elle le repoussa, et il songea qu'il était à peu près aussi facile de la faire tenir en place que d'emprisonner du mercure au creux de sa main. Quand il attrapa des vêtements au hasard, puis un manteau pour la couvrir, elle marmonna quelque chose qui ne ressemblait pas du tout à des remerciements.

— Ne bougez plus ! lui ordonna-t-il.

Il éclata soudain de rire en pensant qu'elle ne comprenait rien à ce qu'il lui disait.

Pendant une minute, debout dans l'encadrement de la porte, il la regarda. Le visage enfoui dans la manche du manteau de laine bleu marine, les yeux clos, elle semblait dormir, et il s'en réjouit. Il en profita pour éteindre les bougies dans la salle de bains, vider la baignoire et étaler des serviettes sur le sol mouillé. Dans le couloir, Max manifestait sa joie en frappant le parquet à grands coups de queue.

Restait le problème de la porte d'entrée. Il l'avait à moitié arrachée de ses gonds. Il la redressa, puis la bloqua à l'aide d'une valise. Du moins, personne n'entrerait, et ni les chats ni Max ne s'échapperaient.

À peine avait-il fini qu'il entendit un autre bruit mat dans la chambre. Cette fois, elle avait glissé au pied du lit, autrement dit dans le couloir, mais elle avait l'air tellement ahurie qu'il ne put s'empêcher de rire.

— Tenez, fit-il en enlevant sa chemise. Mettez ça.

Il l'aida à enfiler les manches, et la laissa terminer seule. Elle se battit un instant avec les boutons.

— Vous vous trompez de côté.

— Je ne suis pas complètement stupide, articula-t-elle avec peine.

— Laissez-moi faire, fit-il en s'accroupissant devant elle.

Elle sentait bon, et il ne put s'empêcher de réagir à la proximité de son corps. La chaleur du bain avait rosi sa peau. Ses cheveux tombaient en bataille sur ses épaules. Ses seins étaient ronds, pleins, magnifiques, et elle était entièrement à sa merci. Le champagne avait complètement aboli ses défenses. Rien ne lui serait plus facile que de prendre la petite pointe rose entre ses lèvres et de la mordiller. Elle gémirait doucement, se cambrerait vers lui et le laisserait glisser la main entre ses cuisses. Ce serait rapide, farouche, animal. Il ferait en sorte qu'elle atteigne la jouissance la première puis, tandis qu'elle redescendrait lentement des sommets, il se livrerait à son tour sans réserve à l'impétuosité de son désir, l'entraînant de nouveau avec lui jusqu'à l'extase.

Il pensa à une crevaison en pleine campagne, à une partie de base-ball, au nombre de kilomètres qui séparaient Shelter Rock Cove de toutes les grandes villes alentour tandis qu'il boutonnait la chemise sur les courbes superbes en prenant bien soin d'éviter tout contact avec sa peau. Quand il lui ferait l'amour, il la voulait corps et âme.

4

— Appelle-la, dit Susan en se laissant retomber sur le lit, le combiné contre l'oreille. Tu as tout gâché. Excuse-toi. Redresse la situation.

— M'excuser ? s'étonna Hall à l'autre bout du fil. Je n'ai rien fait de mal.

— Tu t'es comporté comme un crétin, tout ça parce que le chien d'un inconnu a sali sa voiture.

— Ce type s'est tiré en laissant sa voiture dans un état infâme, et c'est *moi* que tu qualifies de crétin ?

— Tu ne comprends rien.

— Et toi, tu en fais trop, marmonna le mari de Susan, à côté d'elle.

Elle lui flanqua un coup de talon dans le mollet.

— Qu'est-ce que je devrais comprendre, selon toi ? demanda Hall dans un bruit de papier froissé.

Décidément, les hommes ne comprenaient rien.

— Ce type et son chien sont sans importance, lui expliqua Susan. Tu fais tout un foin à propos d'un touriste de passage. Pense plutôt à ce que tu vas faire avec Annie.

— Tu cherches les ennuis, Susan, remarqua son mari.

Il détestait la voir jouer les entremetteuses. Mais, comme elle le soulignait volontiers, elle était à l'origine de trois mariages réussis à Shelter Rock Cove, et elle entendait en compter un quatrième à son actif.

— Arrête de lire ton courrier pendant que je te parle, fit-elle à Hall. Depuis vingt ans, tu attends l'occasion de sortir avec Annie. Tu comptes encore attendre longtemps ?

Elle raccrocha brutalement. Parfois, un homme avait besoin d'être bousculé pour comprendre.

— Tu perds ton temps, lui déclara Jack tandis qu'elle se rapprochait de lui.

Elle se glissa au creux de son bras et posa la tête sur son torse.

— Non. Je sais que ça devrait marcher entre eux.

— Annie ne voit pas Hall comme un prétendant.

— Pour l'instant, elle ne pense pas à l'amour. Mais ça reviendra.

— Et ce ne sera pas avec le bon Dr Talbot. Elle ne peut plus aimer quelqu'un d'ici.

— Tu as vu ça dans ta boule de cristal? Ou est-ce simplement une façon de me dire que je mêle de ce qui ne me regarde pas ?

Jack éclata de rire, et c'était pour ce genre de réaction que Susan l'aimait.

— L'ombre de Kevin est partout dans cette ville, expliqua Jack. Et tu le sais aussi bien que moi. Un beau soir, un étranger va débarquer, Annie le regardera, et hop! nous recevrons un coup de fil de Las Vegas où ils viendront de se marier.

— Las Vegas ?

— Las Vegas et ses petites chapelles, sur le Strip.

— Elle ne ferait jamais ça. Elle n'est pas du genre impulsif.

— Nous le sommes tous. Quand les conditions sont réunies.

— Pas elle. Elle a trop les pieds sur terre.

— Je trouve qu'elle change.

— Ce n'est pas vrai.

« Ne mens pas, Susan Mary Frances Galloway Aldrin, se tança Susan. N'est-ce pas précisément ce que tu faisais remarquer à Annie dans sa cuisine ? »

— Observe-la bien, Susan. Ce n'est plus la femme qui vivait avec Kevin.

Les larmes montèrent aux yeux de Susan, bien qu'elle ne cédât pas facilement à ses émotions – sinon en secret.

— Je ne veux pas que tout change. Papa est mort, Kevin aussi, et maman ne rajeunit pas... Qu'est-ce qui nous attend encore ? J'ai connu assez de changements dans ma vie.

— Je crois entendre Claudia.

Susan ne put s'empêcher de rire.

— C'est horrible ce que tu me dis là.

— Écoute, tu sais que j'aime ta mère mais, si on la laissait faire, on regarderait encore la télévision en noir et blanc. C'est impossible, Susan. Il faut aller de l'avant.

Si elle comprenait les arguments de Jack, Susan n'était pas pour autant prête à s'incliner.

— J'aimerais que le temps s'arrête, insista-t-elle. Simplement pour que nous restions comme nous sommes en ce moment. Est-ce trop demander ?

— Non, ce n'est pas trop demander, répondit l'homme dont elle partageait la vie depuis vingt ans.

D'une manière générale, Hall détestait que Susan ait raison, mais il devait reconnaître qu'elle avait un jugement beaucoup plus sûr que le sien en matière de femmes. Depuis que sa voix avait mué, Hall les attirait toutes. Mais dès l'instant où il en élisait une pour le bon motif, les problèmes suivaient immanquablement.

Quand il avait épousé Margaux, à peine son diplôme en poche, Susan lui avait certifié qu'il se trompait. Six ans plus tard, alors qu'il était à la veille de se remarier avec Denise, Susan lui avait demandé de réfléchir un peu plus longtemps, sous peine de ne jamais recevoir de sa part un troisième cadeau de mariage. Elle l'avait dit sur le ton de la plaisanterie, mais tous deux savaient qu'elle parlait sérieusement. Le jour où il avait épousé Yvonne, elle avait eu tout de même la délicatesse de ne pas lui rappeler sa menace.

Le plus drôle, c'était que chaque fois il était sûr de lui. Il voulait fonder une famille, se marier pour la vie, fidèle aux valeurs qu'on lui avait inculquées. Ses ex-femmes étaient belles, instruites, elles venaient d'un milieu semblable au sien. Autonomes, elles avaient poursuivi leur carrière pendant que lui réussissait brillamment dans son domaine. Il n'y avait eu ni disputes graves entre eux ni désenchantement particulier. Alors, quand il s'était retrouvé, à trois reprises, confronté à une proposition de divorce à l'amiable, il était tombé des nues, tandis que Susan Galloway Aldrin avait enregistré le bien-fondé de ses prédictions.

— Tu ne seras jamais heureux tant que tu aimeras Annie en secret, lui avait-elle dit le jour de la commémoration des morts au champ d'honneur. Tu as besoin de mettre les choses au point, docteur Talbot. Sinon, les échecs se répéteront.

Trois mois avaient passé depuis cette conversation, et Hall continuait à se demander comment faire le premier pas. Comment avouer à Annie qu'il savait très bien pourquoi elle dormait mal la nuit et tenait tellement à sa boutique de fleurs, pourquoi elle avait vendu une vieille demeure superbe et tous les meubles qu'elle contenait pour s'installer dans une cabane au bord de l'eau ? Comment lui révéler que son mari avait cherché à lui emprunter de l'argent quelques jours avant sa mort, et qu'il avait refusé, sous prétexte que lui prêter de l'argent ne lui aurait pas rendu service – ce dont Hall doutait quelque peu, aujourd'hui ?

Il avait expliqué à Kevin qu'il devait d'abord régler ses dettes et chercher sérieusement un moyen sortir du bourbier dans lequel il était en train de s'enliser avant qu'il ne soit trop tard. Il lui avait recommandé un conseiller financier en mesure de l'aider, mais il avait eu l'impression de parler dans le vide. Toujours grand seigneur, même lorsqu'il avait le dos au mur, Kevin l'avait écouté, puis l'avait remercié, et était sorti sans un mot de son bureau. Hall ne l'avait pas revu vivant.

Deux jours plus tard, à trente-six ans, Kevin Galloway succombait à une crise cardiaque. Il laissait une veuve et une famille éplorées, et un ami de longue date en proie au remords. Hall ne pouvait plus regarder Annie sans se sentir responsable de sa situation.

— Appelle-la, lui avait conseillé Susan. Décroche le téléphone et fais son numéro. Cesse de te cantonner dans ton rôle d'ami de la famille et agis comme un homme.

Plus facile à dire qu'à faire. Il ne connaissait même pas le nouveau numéro d'Annie.

Il jeta un coup d'œil à sa montre : minuit moins dix. L'ami de la famille ne téléphonait jamais à une heure aussi tardive. Affalé dans son fauteuil, il ferma les yeux. La césarienne de Mme Noonan ayant été reprogrammée pour l'après-midi du lendemain, il achèterait des beignets chez *DeeDee* dans la matinée et irait les apporter à Annie pour fêter son installation. Ce n'était pas une bouteille de pouilly-fuissé, mais il fallait bien commencer par quelque chose, même quand on était un vieil ami de la famille.

Elle ne tenait pas en place. Sam avait beau la remettre sur le lit, chaque fois, elle trouvait le moyen de glisser par terre. Finalement, il s'installa à côté d'elle et lui fit un garde-fou de son corps. Elle avait déjà failli mettre le feu à la maison, s'était à moitié noyée, et Sam ne voulait pas chercher à vérifier la véracité du dicton : « Jamais deux sans trois. »

Les deux chats ne quittaient pas le pied du lit. Dans l'entrée, Max ronflait comme un bienheureux. Dehors, l'océan battait la grève au rythme du ressac, et Sam passait sa première nuit à Shelter Rock Cove dans le lit d'une superbe femme. Ils n'avaient pas fait l'amour, ils n'avaient pas échangé le moindre baiser ni la plus petite étreinte. Cependant, il avait le sentiment d'avoir fait tout cela, et plus encore, avec elle.

En venant ici, il avait eu envie de s'isoler, pour la première fois de sa vie. Entre le naufrage de sa carrière et son avenir brumeux, il avait ressenti le besoin de faire le point. Mais dès que son regard s'était posé sur cette femme penchée au-dessus de son chariot sur le parking d'un supermarché, il avait oublié ses bonnes résolutions. Pourtant, il n'était pas du genre à se laisser surprendre par la vie. Des femmes, il en avait connu – pas énormément, mais un certain nombre tout de même –, et aucune ne lui avait fait un tel effet. C'était comme si, jusqu'à présent, il en était resté au stade des répétitions.

Il avait vu ses amis rencontrer des femmes, puis se marier. Il était devenu le parrain de trois enfants et s'était ruiné en cadeaux. La roue ne cessait de tourner, et il avait fini par se demander s'il n'était pas voué à être le grand frère secourable, l'ami de tous les instants, le meilleur parrain du monde, « l'oncle Sam » de service.

Alors qu'il avait à peu près acquis la certitude que tous les hommes ne font pas la rencontre de leur vie, voilà que le destin lui prouvait le contraire.

Elle murmura quelque chose dans son sommeil et colla ses reins contre lui. La douce chaleur de son corps lui parut plus enivrante que tout le champagne du monde. Il savait à quoi elle ressemblait quand elle sortait de son bain, qu'elle avait une petite tache de naissance sur le sein droit. Elle portait une alliance bien qu'elle soit veuve, et le type aux cheveux blonds clairsemés avait paru amoureux d'elle.

Couchaient-ils ensemble ? L'idée qu'un autre puisse la toucher lui nouait le ventre.

Et où était son mobilier? Elle n'avait pas l'air d'une ascète. Cet énorme lit tout en courbes, avec son bois si chaleureux, son matelas accueillant, cette profusion de coussins prouvaient que cette femme tenait à son confort.

Il voulait tout savoir d'elle. Qui aimait-elle ? Était-elle heureuse ? Il avait l'intention de cuisiner Warren Bancroft à ce sujet, et espérait que celui-ci serait disposé à lui répondre.

Mais demain était encore loin. Tourné sur le côté, il moula son corps à celui d'Annie, s'imprégna de sa chaleur, et laissa le reste du monde se dissoudre dans le néant.

Demain, ils se présenteraient l'un à l'autre, puis ils poursuivraient leur route respective. Mais en attendant que le soleil se lève sur l'océan, la nuit leur appartenait.

Annie ouvrit un instant les yeux puis les referma aussitôt. La lumière du jour lui agressait douloureusement la rétine. Elle prit une longue inspiration avant de faire une nouvelle tentative. Cette fois, elle vit la chambre tout de guingois tandis que son estomac menaçait de se retourner. Pas question de recommencer !

Se souvenant vaguement d'une bouteille de champagne absorbée à jeun, elle comprit pourquoi elle avait l'impression qu'un troupeau d'éléphants apprenait à danser le tango dans sa tête. Mais depuis quand George et Gracie ronflaient-ils comme les quatre réacteurs d'un 747 au décollage ?

Vas-y doucement. Pas de mouvements brusques. Direction la douche et tout ira bien.

Les paupières closes, Annie roula sur le côté avec précaution, et s'immobilisa soudain. Elle avait senti une présence. Ouvrant les yeux, elle se retrouva nez à nez avec l'homme du parking. Le torse nu, en jean, il avait le visage enfoui dans un oreiller. Elle baissa lentement les yeux, et constata qu'elle portait sa chemise, à demi boutonnée, sans rien en dessous !

— Ô mon Dieu !

Il se réveilla en sursaut, juste avant qu'elle ne pousse un cri à rameuter tous les policiers de Shelter Rock Cove.

— Il ne s'est rien passé, la rassura-t-il vivement. Vous ne courez aucun danger.

Elle avait l'impression que sa tête allait exploser.

— Qu'est-ce que vous fichez dans mon lit ?

— Il fallait que je vous empêche de vous faire mal.

Il lui suffisait de respirer pour avoir mal !

— Je vous donne dix secondes pour disparaître. Après, j'appelle la police.

Sam balança ses jambes hors du lit et se leva.

— Vous étiez ivre. Vous avez pris un bain. Votre peignoir s'est enflammé, et puis vous avez failli vous noyer.

— Et vous voudriez que je vous croie ? fit-elle en luttant contre une sacrée gueule de bois.

— Oui.

L'odeur de tissu brûlé... la vision de cet homme tenant un peignoir en flammes... Le peignoir dans le lavabo...

— Je pensais que je rêvais.

— Allez voir dans la salle de bains. Votre peignoir est suspendu au-dessus de la baignoire, et j'ai mis un tas de serviettes par terre pour éponger l'eau. Quant à la porte d'entrée, ajouta Sam en esquissant sourire, ne vous en faites pas, je la réparerai dès que j'aurai acheté le matériel nécessaire.

Annie se laissa retomber contre les oreillers en marmonnant :

— Qu'est-il arrivé à la porte ?

— Je n'ai pas eu le choix. Heureusement que j'ai appris le *kick-boxing*.

Une pensée atroce, pire que d'apprendre qu'on avait enfoncé sa porte et que son peignoir était fichu, lui vint alors à l'esprit.

— Vous étiez dans ma salle de bains, hier soir ?

Il hocha la tête.

— Et vous...

Horrifiée, Annie laissa sa phrase en suspens.

— J'ai essayé de ne pas regarder, assura-t-il tandis que son sourire s'élargissait. Mais je ne suis qu'un homme.

Elle s'assit, tira sur la chemise en regrettant qu'elle ne lui arrive pas aux chevilles, et aboya :

— Eh bien, vous avez eu ce que vous méritiez ! J'ai cinq kilos de trop et je ne fais plus d'exercice depuis 1997.

Chaque mot se répercutait dans son crâne comme un coup de feu.

— Vous êtes belle.

— Vous êtes fou.

Il ne répondit rien et se contenta de la regarder torsader ses cheveux d'un geste maladroit, et les rassembler en un vague chignon au sommet de sa tête.

— Vous avez l'intention de rester au pied de mon lit et de me bloquer le passage toute la journée ?

— Vous avez eu une nuit agitée. Je tiens à m'assurer que la matinée le sera moins.

— Je n'ai besoin de personne pour s'occuper de moi, merci.

— Ce n'était pas le cas cette nuit...

— Vous comprendrez que converser poliment avec un étranger qui m'a vue ivre et nue dans ma baignoire m'est plus que difficile dans l'état où je suis, déclara-t-elle d'un ton pincé. Maintenant, si cela ne vous dérange pas de me laisser passer, j'aimerais réussir à gagner ma salle de bains avant de perdre ce qui me reste de dignité...

Elle devait sans doute avoir l'air particulièrement mal en point, parce qu'il s'écarta aussitôt pour la laisser courir vers les toilettes.

Elle était affreusement embarrassée, visiblement en colère, et, devinait Sam, elle souffrait d'une gueule de bois carabinée. Elle ne souhaitait sûrement pas que l'homme qui l'avait vue en si piteux état s'attarde chez elle.

Elle était aussi terriblement sensible à la gentillesse. Elle irradiait la solitude comme d'autres irradient le pouvoir, et Sam, tout aussi seul, ne pouvait s'empêcher d'y réagir.

Et puis, le parfum de sa peau le grisait, l'empreinte de son corps lové contre le sien était gravée en lui. Ce qu'il ressentait était indicible. Il savait seulement que cela allait au-delà du désir. Il avait faim d'elle, de son odeur, de sa voix ; une faim dévorante qui l'effrayait.

Il n'avait pas de travail, pas de maison, pas de perspectives d'avenir. Il avait trahi ceux qui s'en étaient remis à lui. Sa charmante voisine se porterait beaucoup mieux avec le type à la Land Rover qui la contemplait avec adoration.

Il devait s'éclipser avant que les choses n'aillent trop loin. Il appellerait Warren de sa voiture et lui expliquerait qu'il renonçait à sa location, puis il mettrait le cap vers le nord jusqu'à ce qu'il trouve un endroit tranquille. Il avait besoin de solitude, pas de complications, et la solitude, à Shelter Rock Cove, il n'y croyait plus.

Il alla chercher un vieux pull dans sa fourgonnette, l'enfila, puis appela Max qui l'observait, affalé sur le perron.

— Allez ! On s'en va.

Max restant de marbre, Sam renouvela son appel. En vain. La tête posée sur ses pattes, Max se contentait d'agiter la queue. Visiblement, il se sentait chez lui, et seul un filet mignon aurait pu le faire bouger.

Dans la vie, les grandes décisions ne se prennent pas toujours à l'issue de longues réflexions. Parfois, un homme a de la chance, et c'est son chien qui décide pour lui. La femme au regard triste avait jeté un sort au chien comme à son maître. Mais seul Max avait saisi qu'ils devaient s'attarder dans le coin pour voir comment les choses tournaient.

Sam monta dans sa voiture et démarra en espérant que la quincaillerie ouvrait de bonne heure.

Quand son estomac se fut calmé, Annie se lava le visage et se brossa les dents. Elle s'apprêtait à sortir de la salle de bains lorsque son regard rencontra son beau peignoir, suspendu à la corde à linge, dans un tel état qu'elle en frissonna.

La moitié de la ceinture et une partie du côté gauche étaient carbonisées. Elle décrocha le vêtement d'une main tremblante et le jeta dans la poubelle, à côté du lavabo. Combien de couronnes avait-elle vendues pour des victimes d'incendies domestiques ? Un joli nombre. Il suffisait d'une cigarette mal éteinte, d'une bougie laissée sans surveillance, d'un petit court-circuit. Ou d'une bouteille de champagne sur une bonne dose d'inconscience.

Loin d'exagérer, cet homme avait plutôt minimisé les faits. Il lui avait tout bonnement sauvé la vie et, pour tout remerciement, elle l'avait apostrophé comme s'il avait commis un crime contre l'humanité. Certes, il l'avait surprise dans le plus simple appareil, mais trop occupé à la sauver des flammes, puis de la noyade, il n'avait pas eu le temps d'en perdre la tête.

Elle lui devait au moins des excuses, pour ne pas dire un petit déjeuner, préparé avec gratitude.

Quand elle entendit une voiture démarrer dans l'allée, elle se précipita dehors par la porte de la cuisine, mais déjà il disparaissait dans le tournant.

Bon travail, Annie ! Cet homme te sauve la vie et tu l'envoies promener.

Frissonnant dans la fraîcheur matinale, elle s'apprêta à rentrer. Après tout, c'était mieux ainsi. Elle avait suffisamment de pain sur la planche en ce moment. En plus, il devait être marié et père de cinq enfants, comme elle l'avait imaginé la veille. Elle l'entendait déjà raconter à sa femme : « Elle s'est finalement réveillée et, tu le croiras si tu veux, mais elle ne m'a même pas remercié de lui avoir sauvé la vie ! »

Elle se traita d'idiote. Qu'est-ce qu'il lui prenait de se laisser bouleverser par un homme qu'elle ne connaissait ni d'Ève ni d'Adam ? C'était sans doute un effet du champagne. Elle sentit les larmes lui monter aux yeux, et s'essuya vivement du revers de sa manche. Ou, plus exactement, de la manche de la chemise de cet homme. Une chemise imprégnée de son odeur : une touche de citrus, un effluve épicé, un autre indéfinissable. Il avait, sans doute, également laissé son odeur dans le lit ; rien que d'y penser elle en avait les jambes flageolantes.

« Entreprends une lessive et tu te sentiras mieux », se conseilla-t-elle.

Rien ne valait les travaux domestiques pour redescendre sur terre. Un bouchon de Mir, de l'eau chaude, et toutes ces idées saugrenues s'évaporeraient. Mais alors qu'elle poussait la porte, elle entendit un joyeux aboiement. Max ? Était-ce possible ? Elle se retourna et vit le chien débouler au coin de la maison. Il se jeta sur elle avec une telle fougue qu'elle faillit tomber à la renverse.

Si Max était encore ici, elle en concluait que son maître devait revenir, et qu'elle aurait finalement l'occasion de le remercier comme il le méritait, et décemment vêtue en prime.

Annie installa le labrador dans le séjour devant un reste de pizza, nettoya la litière des chats, puis entreprit de faire disparaître de son visage les traces de sa folle nuit. Elle n'avait pas lu consciencieusement tous ces articles de *Vogue*, et autres magazines féminins, pour rien.

Se rappelant les remarques de Ceil à propos de ses formes généreuses, Annie fouilla dans les vêtements entassés près du lit, à la recherche d'une tenue susceptible de la faire paraître svelte. Perchés sur le rebord de la fenêtre, George et Gracie regardèrent le lit disparaître sous la montagne de vêtements que leur maîtresse rejetait les uns après les autres. Finalement, Annie dénicha un pantalon noir et son pull rouge préféré, celui qui camouflait intelligemment ses hanches et ses cuisses.

Sur un bloc-notes, elle inscrivit : *Acheter un miroir*, et souligna de deux traits. Si elle devait grimper quotidiennement sur la cuvette des toilettes pour se regarder dans la glace, au-dessus du lavabo, elle risquait d'en avoir vite assez. Elle fit une tentative pour discipliner ses boucles rebelles, mais à peine les eut-elle aplaties qu'elles se détendirent comme des ressorts. Rien à faire, elle était née avec cette crinière, et elle mourrait avec.

Elle avala une aspirine, puis jeta un coup d'œil par la fenêtre du séjour. Cet homme lui avait-il fait cadeau de son chien ?

À 8 h 22, elle décida qu'elle avait mieux à faire que de rester le nez collé à la fenêtre. Un tas de cartons n'attendait que son intervention. Elle pouvait très bien en vider quelques-uns, cela l'aiderait au moins à prendre un peu de recul par rapport à cette invraisemblable histoire. Quand le propriétaire de Max reviendrait, elle lui lancerait : « Ah, vous étiez parti ? J'étais tellement occupée que je ne vous ai pas vu sortir. »

Une demi-heure plus tard, elle remplissait les bols des chats d'eau et de croquettes. Puis elle attrapa son fourre-tout, son portefeuille et un gilet, et se dirigea vers la porte de la cuisine. Autant aller travailler. La porte en façade attendrait jusqu'à ce soir pour être réparée.

— Que penses-tu des magasins de fleurs ? demanda-t-elle à Max.

Il pourrait être la mascotte de sa boutique s'il ne confondait pas ses bouquets avec des pizzas.

L'oreille dressée, Max aboya.

— Ah, Max ! Si tu savais ce que c'est que d'avoir la gueule de bois, tu ne me ferais pas ça.

Le chien agita la queue, aboya trois fois de suite, puis se rua vers la porte d'entrée à l'instant où une fourgonnette noire, immatriculée à New York, s'arrêtait dans l'allée.

Dès qu'Annie eut ouvert la porte, il s'élança dehors en aboyant frénétiquement tandis que son maître tournait à l'angle de la maison.

Elle s'avança à sa rencontre.

— Pardonnez-moi, dit-elle d'emblée, vous m'avez vraiment sauvé la vie, et je ne sais comment vous remercier.

Son débit précipité n'avait rien d'élégant, mais, du moins, était-elle sincère.

Sam avait les bras chargés de deux grands sacs en papier, qu'il tenait assez haut pour qu'ils soient hors d'atteinte de Max.

— Comment ça va ? demanda-t-il.

Il semblait un peu distant, mais comment lui en vouloir ? Jusqu'à présent, elle ne s'était pas montrée particulièrement chaleureuse.

— Je survivrai. Mais je ne suis pas prête à boire du champagne de sitôt.

— Pensez aussi à surveiller vos bougies, la prochaine fois.

— Je ne sais pas ce que je serais devenue sans vous.

— C'est Max qui a donné l'alarme, fit-il, esquivant toute manifestation de gratitude. Il s'est précipité sur votre porte et s'est mis à gratter comme s'il voulait passer au travers.

Il lui raconta la suite : les flammes derrière la fenêtre de la salle de bains et l'odeur de brûlé.

— Jusqu'à maintenant, j'ai réussi à transformer votre voiture en poubelle et à forcer votre porte, conclut-il. Je dois reconnaître que c'est une curieuse façon de se présenter à sa nouvelle voisine.

Les cannes à pêche à l'arrière de la fourgonnette, les plaques new-yorkaises, le simple fait que cet homme connaisse l'existence de la route qui menait jusqu'ici… Tout s'expliquait !

— Vous êtes l'ami de Warren ?

— Exact.

— Je vous imaginais vieux et retraité.

— Je ne vous imaginais que vieille.

— Annie Galloway, se présenta-t-elle, la main tendue. Je tiens un magasin de fleurs en ville.

— Sam Butler. En congé sabbatique.

— Donc, vous n'êtes pas retraité.

— À trente-cinq ans? fit-il avec un éclat de rire légèrement contraint.

Leurs mains étaient toujours étroitement serrées. Ni l'un ni l'autre ne semblait vouloir être le premier à rompre le contact. Une curieuse chaleur passait entre eux. Depuis la mort de Kevin, d'autres hommes avaient approché Annie: séduisants, gentils, intéressants, mais aucun n'avait suscité chez elle cette envie de se blottir contre lui, la joue appuyée contre son torse, en respirant profondément.

Tu as fait quelque chose de ce genre, cette nuit. Tu ne te souviens pas d'avoir dormi dans ses bras?

Elle aimait la façon dont sa main retenait la sienne. Une main solide, chaude, aux doigts légèrement calleux. Une main de travailleur manuel qui devait savoir se glisser autour de la taille d'une femme.

Ressaisis-toi, Annie. Tu as eu un homme dans ton lit, la nuit dernière, mais ce n'était pas pour les bonnes raisons. Garde tes rêves pour le feuilleton du vendredi soir.

Puis elle rencontra le regard de Sam, et il se produisit comme un déclic. Elle eut soudain l'impression d'avoir attendu cet instant toute sa vie. Elle passait du noir et blanc au technicolor, sauf qu'il ne s'agissait pas d'un film. En une seconde, le sang s'était mis à courir à nouveau dans ses veines, faisant monter sa température d'un cran dans une déferlante de couleurs, de bruits, d'odeurs dont elle avait oublié l'existence dans ce demi-sommeil qu'elle appelait sa vie. Elle sut instantanément qu'elle ne pourrait plus revenir en arrière, même si elle le voulait.

Sam serait probablement resté ainsi, sa main dans la sienne, devant son perron, pendant une semaine ou deux, si Max n'avait décrété que cela suffisait. En essayant brusquement d'attraper l'un des sacs en papier, le chien obligea Sam à un rapide mouvement d'esquive.

— Sacré Max ! dit-il en hochant la tête.

Dans un éclat de rire, Annie vint à la rescousse et prit le sac.

— Vous êtes passé chez *DeeDee* ? fit-elle quand elle vit le contenu du sac.

— Je n'étais pas le seul. Toute la ville faisait la queue.

— Vous n'avez encore rien vu. Attendez dimanche matin. Le père Luedtke a menacé de faire la messe devant le magasin, un de ces jours. Il sera sûr de tripler le nombre de ses ouailles.

Sam retrouvait la femme douce, d'un abord agréable, rencontrée sur le parking du supermarché. Il l'avait crue perdue en la voyant avec ses cheveux tirés en arrière, et ce long pull qui masquait ses rondeurs. Un voile de maquillage dissimulait ses quelques taches de rousseur et les cernes sous ses yeux, et, si ravissante qu'elle soit en ce moment même, elle avait été infiniment plus belle, la nuit dernière, lorsqu'elle était nue dans ses bras.

— Les beignets de *DeeDee* sont légendaires, reprit-elle en le faisant entrer dans la cuisine.

— Ils sortent du four.

— Votre séjour commence à merveille. À peine arrivé, vous allez tout droit chez le meilleur boulanger de la ville.

— En fait, ce n'est pas la première fois que je viens à Shelter Rock Cove. J'ai passé quelques semaines ici quand j'avais dix-sept ans.

— Vous plaisantez ?

— Non. Pourquoi ?

— Cette ville est si petite. Je suis étonnée de ne pas me souvenir de vous.

— Warren ne me laissait guère le temps de me promener.

— Tout de même. Si vous alliez chez *DeeDee,* nous avons dû nous croiser.

— Entourée de prétendants comme vous deviez l'être, vous ne risquiez pas de remarquer un garçon de passage.

— Je n'avais qu'un petit ami, et je l'ai épousé.

— Nancy m'en a parlé. Je suis désolé.

— Ah ! Je n'ai donc pas besoin de vous dire que vous serez très vite au courant de tout ce qui se passe ici.

— Elle m'a simplement dit que vous étiez veuve.

Elle feignit de frissonner

— Je déteste ce mot. Le premier qui m'appellera la veuve Galloway me contraindra à la violence !

— Vous savez, j'ai été qualifié de noms plus désagréables que ça.

Annie le fixa une seconde, puis éclata d'un rire franc et vibrant qui lui ressemblait, et qui charma complètement Sam. Puis elle tressaillit et ferma les yeux.

— On devrait coller une mise en garde sur les bouteilles de champagne bon marché, remarqua-t-elle.

— À part la tête, tout va bien ?

Fasciné, il la regarda rougir.

— Je me sens extrêmement gênée.

Nous avons passé la nuit ensemble, et je n'ai pas la moindre idée de ce qu'il s'est passé entre nous.

— Vous n'avez aucune raison de l'être.

— Vraiment ? Je me saoule dans ma baignoire, je mets le feu à mon peignoir. Il me semble que ce sont deux bonnes raisons de se sentir embarrassée.

— Ne vous plaignez pas. Vous avez évité le pire.

— Sans vous, je n'aurais rien évité du tout.

— J'aimerais que ce soit vrai. Mais, je vous l'ai dit : c'est Max qui a donné l'alarme.

— Et qui a éteint le feu ?

Le croirez-vous, j'ai trente-huit ans, et mes mains tremblent comme celles d'une gamine ?

— Vous m'avez sauvé la vie, insista Annie. J'aurais au moins pu être aimable avec vous ce matin.

— Vous ne m'avez pas jeté de lampe à la figure.

— Arrêtez de me faire rire ! Ma tête va exploser.

Votre rire est aussi vrai que vous, Annie Galloway. J'aimerais qu'il ne cesse jamais.

— Café, aspirine et beignets : il n'y a pas de meilleur remède contre la gueule de bois, décréta Sam.

— Ah, oui, le café ! Je savais que j'oubliais quelque chose. Laissez-moi le préparer avant que les beignets refroidissent.

Sam rompit un beignet, mit le morceau dans sa bouche, puis en détacha un autre morceau.

— Tenez.

— Une seconde. Je remplis le filtre.

— Ouvrez la bouche.

— Attendez...

— Non. Mangez pendant que c'est encore chaud.

— Juste le temps de...

Il fourra le morceau dans sa bouche ouverte, et rit de la voir écarquiller les yeux de surprise, puis, presque aussitôt, de plaisir. Un peu de sucre était resté sur sa lèvre inférieure et il l'enleva du bout du doigt.

L'étonnement, la magie vibraient dans l'air tandis que leurs regards restaient soudés l'un à l'autre.

Il hésita à peine, s'inclina vers elle sans provoquer le moindre mouvement de recul, et effleura sa bouche, une fois, deux fois.

— Vos lèvres sont sucrées, dit-il.

— Les vôtres ont un goût de framboise.

Il plongea la main dans le sac en papier et en sortit un autre beignet.

— Celui-ci est à la framboise.

— Ne me tentez pas. Je risque de ne plus pouvoir m'arrêter.

La température grimpa de plusieurs degrés dans la pièce, bien que Sam s'abstînt de réagir au double sens de cet aveu.

— Ne me dites pas que vous êtes abonnée aux crudités.

— Avec des hanches comme les miennes ? Hier, Ceil m'a fait remarquer que j'étais sur la mauvaise pente.

— Cette personne doit avoir un problème de vue.

— Ceil est caissière au supermarché. Elle a son franc-parler mais, dans le cas présent, elle n'a pas tort. J'ai vraiment pris du poids.

— J'ai eu le plaisir de faire sa connaissance. Elle en sait déjà plus sur moi que mon percepteur. Une vraie fouineuse. Je m'étonne qu'elle ne m'ait pas demandé avec qui je couchais.

— Heureusement que je ne vois personne, sinon...

Ô mon Dieu, Annie, qu'as-tu fait ? Elle se serait giflée.

— Heureusement, fit Sam aussitôt, c'est aussi mon cas.

Annie ressentit un immense soulagement, un plaisir presque ridicule. Leurs yeux s'aimantèrent de nouveau, et elle aurait juré entendre une mélodie, quelque part, dans le lointain.

— Heureusement, en effet, répéta-t-elle.

C'est même parfait.

5

Hall trouva Claudia dans tous ses états quand il pénétra dans la boutique.

— Annie ne m'a pas encore donné signe de vie, et il est presque 10 heures ! s'écria Claudia en arrachant les feuilles d'une sublime rose jaune. Elle aurait dû arriver avant 9 heures.

Hall soupçonna la tension artérielle de Claudia de battre un record.

— Elle n'a pas appelé ?

— Non ! J'imagine que son téléphone n'est pas encore branché. Je lui ai dit de recharger son portable, mais elle ne m'a pas écoutée.

« Ses moyens sont tellement limités, Claudia, qu'elle a encore de la chance d'avoir un toit », eut-il envie de lui rétorquer.

— Je me demande à quoi pensait Warren quand il lui a vendu cette cabane. La prochaine fois que je le vois, il va m'entendre !

— Warren lui a rendu un grand service, riposta Hall, conscient de se mêler de ce qui ne le regardait pas. Et Annie me semble très satisfaite.

— Elle a commis une énorme erreur. Jamais elle ne sera heureuse dans cette maison, jamais, insista Claudia en arrachant une nouvelle feuille à la belle rose jaune.

Hall était habitué aux accès de colère de Claudia depuis le lycée. Il revoyait encore les amis de Susan prendre la fuite dès que Claudia haussait les sourcils. Aujourd'hui, elle lui faisait plus pitié qu'autre chose. Depuis la disparition de John, elle se raccrochait à son rôle de mère, critiquant à la première occasion le comportement de ses enfants. Inutile de dire qu'elle considérait Annie comme l'une de ses filles, et qu'elle la couvait d'un œil de faucon auquel rien n'échappait depuis la mort de Kevin.

Mais, ce matin, Hall ne se sentait pas d'humeur à supporter les commentaires de Claudia.

Pressé de mettre fin à cette discussion, et sachant qu'il jouissait encore de quelques heures de liberté avant de reprendre son travail – fait exceptionnel, même pour un samedi – il proposa :

— Et si j'allais voir ce qu'il se passe ?

— Tu as le temps ? s'étonna Claudia. C'est gentil. J'aurais déjà fait un saut là-bas si on n'attendait pas une grosse livraison pour le mariage Sorenson-Machado.

— Alors, j'y vais. Elle a probablement commencé à ouvrir ses cartons et elle en a oublié l'heure.

— Tu as sans doute raison. Annie est extrêmement ponctuelle d'habitude.

Hall allait sortir quand Claudia posa la main sur son bras en fixant le sac en papier plein de beignets tout chauds qu'il venait d'acheter.

— Tu es allé chez *DeeDee* ? Vraiment, tu es un amour.

Comme il n'y avait ni chaises ni table dans la cuisine, Annie et Sam emportèrent leur café et les beignets sur le perron où ils profiteraient en même temps du soleil matinal. Toujours aussi vigilant, Max se mit à renifler les pâtisseries, et Sam, qui ne savait pas lui résister, lui offrit un gros morceau de beignet recouvert de sucre glace.

— Il a déjà eu de la pizza tout à l'heure, observa Annie. Je ne sais pas comment il pourra se réhabituer à ses croquettes.

— Je l'ai déjà mis en garde contre ces mauvaises habitudes, mais il s'en moque.

Tandis qu'elle humait l'arôme délicieux du café, Annie se demanda si elle avait jamais connu instant aussi parfait. Sam Butler avait raison. Rien de tel que de la caféine, du sucre et deux mille calories de beignets pour vous remettre d'aplomb !

La dernière miette avalée, Max contempla le beignet à la framboise d'Annie avec des yeux suppliants.

— Tu es aussi filou que George et Gracie, remarqua Annie.

— George et Gracie ?

— Mes chats. Vous avez dû les voir, hier soir.

— Si je les ai vus ? Ils m'ont griffé le mollet. Oh, rien de grave ! Je crois qu'ils n'appréciaient pas de partager le lit avec moi.

— Ils défendaient leur territoire. Montrez-moi ces coups de griffes.

— Ce n'est rien.

— Il faut toujours se méfier des griffures de chat. Vous devriez mettre un désinfectant.

— Ne vous en faites pas, ça va.

— J'ai du Mercurochrome dans ma pharmacie. C'est l'affaire d'une seconde.

Sam posa sa tasse sur la balustrade, puis découvrit son mollet.

— Vous voyez. Ce n'est rien. Juste deux légères égratignures.

— Comme vous voulez. Mais, à votre place, je serais plus prudent.

Max vint poser sa tête sur les genoux d'Annie, et ferma les yeux en soupirant dès qu'elle le gratta derrière l'oreille.

— Un lien s'est créé entre nous, commenta la jeune femme. La pizza doit y être pour quelque chose.

— À propos de pizza, si vous voulez me laisser votre fourgonnette, je la ferai nettoyer dès que j'aurai réparé votre porte.

— Et comment irais-je travailler ?

— Vous travaillez aujourd'hui ?

— Le samedi est un jour chargé pour moi. Il y a des mariages, des anniversaires, des naissances à fêter. Et tout cela nécessite des montagnes de fleurs.

— Prenez ma voiture.

— Mais vous allez être coincé ici.

— Nous ferons l'échange quand j'aurai terminé.

— Vous n'accepterez aucun refus de ma part ?

— Pas cette fois-ci.

— Mes outils sont rangés dans la remise, derrière la maison. Il y a aussi un tas de clous et de vis. J'avais prévu de réparer la porte en rentrant ce soir.

— Vous savez manier un marteau ?

— Il vaut mieux, parce que mon mari n'avait aucun talent pour réparer des maisons, fit-elle avec un sourire.

— C'est comme ça que j'ai connu Warren Bancroft.

— En réparant des maisons ?

— Des bateaux. Quand j'étais au lycée, je travaillais à mi-temps à la marina, près d'Old World Fair, dans le Queens. Comme beaucoup de gamins des grandes villes, je croyais tout savoir. Warren s'est chargé de me prouver le contraire.

— Ainsi, il vous a pris sous son aile, vous aussi.

Elle lui parla de la bourse, attribuée par Warren, qui lui avait permis d'obtenir son diplôme de l'école des Beaux-Arts de Bowdoin, dans le Brunswick.

— Je m'étonne qu'il n'ait jamais eu d'enfants, observa Sam en finissant le dernier beignet.

— En revanche, il a eu plusieurs femmes. Ne me dites pas que vous l'ignoriez.

— Nous n'avons jamais eu de conversations personnelles.

— Ah, je vois. Il n'a été question que de fonctions et de chiffres. De vraies conversations d'hommes !

— Vous oubliez le base-ball.

— Vous savez que la maison que vous avez louée appartenait à sa sœur, Ellie ?

— Nous avons réussi à esquiver le sujet.

— Et il ne vous a pas dit non plus qu'il avait grandi ici ?

— Dans votre maison ?

— Huit personnes s'entassaient dans ces quatre pièces. Étonnant, non ?

Annie raconta comment les parents de Warren – des Irlandais de la première génération – avaient quitté Gloucester pour venir pêcher dans les eaux poissonneuses de Shelter Rock Cove. Elle décrivit une famille, profondément attachée aux traditions, qui n'avait jamais compris les prétentions de leur aîné à une vie meilleure.

Sam fut plus sensible à la voix d'Annie qu'à ce qu'elle lui disait. Elle faisait de ses phrases une mélodie apaisante. Quand elle parlait de la mer, elle avait une expression où se mêlaient l'amour et le chagrin, et c'était son histoire à elle que Sam avait envie de connaître.

Elle devait avoir à peu près le même âge que lui – trop jeune pour être veuve. Il essaya d'imaginer la jeune épouse, la femme comblée, la mère aimante. Avait-elle des enfants ? Il n'en avait pas vu trace. À quoi avait ressemblé son mariage ? Avait-elle eu avec son mari une relation faite de tendresse ou, au contraire, très physique ? S'étaient-ils contentés, comme certains couples, de vivre sous le même toit ?

Ou bien avait-elle été profondément heureuse ? Elle aimait rire, et le faisait à la perfection. Il lui semblait improbable qu'elle ait vécu une union sans joie.

Annie savait qu'il ne l'écoutait pas vraiment, et, cependant, elle ne doutait pas de retenir son attention. Quand elle se pencha pour reprendre du café, elle sentit son regard sur ses seins, ses cuisses, son visage. Un regard intense, enveloppant. Et, au bout d'un moment, elle laissa la brise océane souffler dans le silence. Les mots sont superflus quand on est assis ensemble sur une véranda ensoleillée et que l'on a la certitude que, pour rien au monde, on ne souhaiterait être ailleurs.

Hall s'engagea sur la route qui menait chez Annie. Il arrivait les mains vides. Qu'aurait-il pu dire à Claudia quand elle avait sauté sur les beignets ? « Désolé, ce n'est pas pour vous. Avec ces beignets, j'ai l'intention de séduire votre belle-fille. »

Séduire ? Hall ne put s'empêcher de rire. Il ne voyait pas si loin. Inviter Annie au cinéma serait déjà d'une grande hardiesse.

Il vit la fourgonnette garée dans le tournant et, croyant qu'il s'agissait de celle d'Annie, s'étonna qu'elle ne soit pas dans le garage ou dans l'allée. Il ne remarqua les plaques new-yorkaises que lorsqu'il s'immobilisa derrière le véhicule. Sean Galloway serait-il descendu d'Albany pour aider sa belle-sœur à emménager ? C'était bien son genre. C'était un type très serviable, qui avait l'esprit de famille.

Malheureusement, ce n'était pas Sean qui était assis sur la véranda avec Annie. Hall eut un pincement au cœur. Elle avait une façon de le regarder, de se pencher vers lui qui ne trompait pas. Où avait-il déjà vu cette fourgonnette délabrée ? N'appartenait-elle pas à ce type dont le cabot avait sali le siège d'Annie ? L'homme lui-même lui semblait vaguement familier.

S'efforçant de sourire, Hall s'avança vers eux, mais le chien fut le seul à remarquer sa présence. Discrètement, Hall toussa.

— Hall !

Surprise, désorientée, telle une femme qui émerge d'un rêve, Annie se leva d'un bond.

— Excuse-moi de débarquer à l'improviste, fit Hall sur ce ton légèrement impersonnel qu'il employait lorsqu'il faisait ses visites à l'hôpital. Et les mains vides, en plus ! Mais je suis passé au magasin et Claudia...

— Oh, non ! fit Annie en jetant un coup d'œil à sa montre. J'attends les fleurs des Sorenson, et Claudia ignore ce que j'ai commandé.

Annie se débarrassa du sucre en poudre qui s'était répandu sur les manches de son pull et sur son pantalon. Cela faisait longtemps que Hall ne l'avait pas vue aussi radieuse.

— Elle va faire une crise, la pauvre.

Aussitôt, elle attrapa son fourre-tout, puis s'adressa à l'homme.

— Merci pour les beignets. Je regrette de vous laisser en plan ainsi, mais il faut que je me sauve.

— Ne vous en faites pas. Je m'occupe de tout.

Quand l'étranger se leva, Hall nota avec satisfaction qu'il était moins grand que lui.

— Empêchez George et Gracie de se sauver. Si Max a soif, vous pouvez lui donner de l'eau dans l'un des bols blancs que j'ai laissés à côté de l'évier.

— Ne vous inquiétez pas. Tout sera en ordre avant que vous soyez arrivée au magasin, affirma l'homme.

Annie lui adressa le sourire dont Hall rêvait depuis toujours, et ce salaud n'en parut même pas étonné.

Puis le sourire s'effaça, et Annie devint l'incarnation de l'amitié platonique quand elle se tourna vers Hall.

— Je te remercie d'être venu jusqu'ici. Tu as sauvé la décoration florale du mariage Sorenson-Machado. Je te revaudrai ça.

— Dans ce cas, que dirais-tu d'une invitation à dîner pour demain ? fit Hall.

La phrase était sortie aussi spontanément que s'il l'avait répétée – et, en un sens, c'était le cas –, sauf qu'il lui avait fallu deux ans pour trouver le courage de l'exprimer.

Annie s'efforça visiblement de ne pas regarder le New-Yorkais.

— Franchement, je ne devrais pas...

— D'ici à demain soir, tu auras déballé tellement de cartons que tu auras besoin de faire une pause, observa Hall.

Il semblait à l'aise, sûr de lui : tout le contraire de ce qu'il ressentait.

— Nous irons manger une friture chez *Cappy*. Je te ramènerai de bonne heure, précisa-t-il.

L'hésitation d'Annie lui fit l'effet d'une gifle. Mais, après tout, c'était sa faute ; il avait manqué de doigté en essayant de lui arracher un rendez-vous devant cet homme.

— Écoute, Annie, je ne voudrais pas te bousculer. Ce sera pour une autre fois.

— Non, déclara-t-elle, tout à la fois rougissante, embarrassée et charmante. C'est une bonne idée. On se retrouvera là-bas vers 19 heures.

Et voilà ! Avec le plus grand naturel, elle avait transformé le rendez-vous qu'il attendait depuis si longtemps en une sorte de banale formalité.

Après un coup d'œil rapide au New-Yorkais, elle courut vers sa fourgonnette. Les deux hommes la suivirent du regard tandis qu'elle s'installait au volant, attendirent qu'elle eût disparu dans le premier virage, puis se tournèrent l'un vers l'autre.

— Sam Butler, se présenta celui-ci, la main tendue.

Non seulement le visage mais la voix de ce type paraissaient familiers à Hall.

— Nous nous sommes déjà rencontrés ?

— Je ne crois pas. Mais vous pouvez me rafraîchir la mémoire.

Hall se sentait idiot devant cet étranger, et ce n'était pas dans ses habitudes. Il se ressaisit et opta pour une approche différente.

— Hall Talbot, dit-il en tendant la main à son tour. Dr Hall Talbot.

Parfois, un homme a besoin d'abattre ses meilleures cartes d'entrée de jeu.

•

Il fallut quelques secondes à Sam pour reconnaître dans le bon docteur l'homme qu'il avait vu avec Annie sur le parking. C'était bien lui, avec son allure policée, son port de tête altier et cet air d'être dans son bon droit qui donnait à Sam l'envie de lui rabattre le caquet. Réaction instinctive qui datait de son adolescence dans le Queens, quand le fossé entre les nantis et les autres semblait impossible à franchir.

— Ne vous attardez pas à cause de moi, fit Hall. Je fermerai la maison.

— Parfait. Mais avant de mettre la clef sous le paillasson, il vous faudra réparer la porte.

Hall se tourna vers la porte d'entrée.

— Qu'est-il arrivé ?

Bonne question, Colombo. Tu as mis le temps.

— Un petit incident, répondit Sam. J'ai dit à Annie, *hier soir*, que je me chargerais de la réparer.

Il avait apporté une précision – en appuyant légèrement sur les mots – dont il n'était pas mécontent. À trente-cinq ans, il jouait les adolescents narquois à cause d'un bon vieux Yankee un peu trop guindé. L'homme ne trahit aucune curiosité.

— Dans ce cas, je vous laisse faire. Bonne journée.

Sam regarda Hall monter dans sa Land Rover à 60 000 dollars, puis s'éloigner. Il se pencha pour gratter la nuque de Max qui venait de lui flanquer un coup de museau.

— Je ne suis pas plus impressionné que toi, Max. Moi aussi, j'ai eu une voiture de luxe, et regarde où j'en suis maintenant.

À quoi avait ressemblé le mari d'Annie Galloway ? Avait-il été un bourgeois BCBG qui ne perdait son sang-froid que dans le feu d'une partie de croquet ? C'était peut-être un médecin, une copie conforme de celui-là, un notable respecté par tous, le genre de type que toutes les femmes rêvaient d'épouser ?

Sam se retourna pour regarder la maison. Non, une femme de médecin ne serait pas venue partager ce petit espace avec un énorme lit et deux chats.

Mais est-ce que la vie nous apporte toujours ce que l'on attend d'elle, ou même ce qu'on mérite ? À un certain moment, Annie avait dû rater une marche et se retrouver finalement ici. Ce qu'elle en pensait, il aurait bien aimé le savoir.

Lui-même savait ce que signifiait « rater une marche ». Il arrivait à la moitié de sa vie, seul, sans un projet en tête et, ça, qui aurait pu le prédire ?

Soucieux d'assurer l'avenir de ses frères et sœurs, Sam n'avait pas pris le temps de fonder une famille. Il était passé maître dans l'art d'entretenir des liaisons sans lendemain qui s'achevaient sans disputes, sans cœurs brisés. Quand venait l'heure de se quitter, les femmes avaient eu le temps de constater qu'il était peu disponible ; elles étaient généralement aussi préparées que lui à la séparation.

Les regrets ? Il ne connaissait pas. Une fois la romance achevée, il ne regardait jamais en arrière. Il se disait qu'un jour, quand il serait libéré de ses responsabilités familiales, il rencontrerait la femme de sa vie et tout suivrait naturellement : les fiançailles, le grand mariage, les deux enfants, la maison. Enfin, il réussirait à faire coexister une grande carrière, une union et une paternité heureuses, avec la complicité de ses frères et de ses sœurs qui seraient ravis de garder ses enfants quand il sortirait avec sa femme.

Jamais il n'aurait imaginé qu'à trente-cinq ans, non seulement il serait toujours célibataire, mais, en plus, au chômage, sans argent devant lui, et sur le point de tomber amoureux.

« Tu vas prendre tes distances au galop, s'ordonna-t-il en s'attaquant à la porte. Laisse le bon docteur occuper le terrain. » Doué pour rompre une liaison avant de s'y empêtrer, il se demandait s'il aurait autant de talent pour mettre fin à une histoire avant qu'elle ait commencé.

À 10 h 15, Annie entra en trombe dans sa boutique où Sweeney, l'étalagiste de la coopérative des artisans, était en train de redécorer la vitrine centrale.

— Claudia a massacré les roses, annonça Sweeney.

— C'est bien ce que je redoutais. Où est-elle ?

— Dans l'entrée de service, en train de torturer la fille qui a livré les fleurs.

— Ne me dis pas qu'il y a un problème avec la livraison !

— Je n'en sais rien. Mais cette fille dit qu'elle va attraper une migraine si ça continue.

Annie laissa tomber son sac derrière la caisse.

— J'y vais. Tu m'appelles si une cliente arrive, Sweeney ?

— J'ai la situation en main, fit Sweeney, du haut de son tabouret.

Annie se fraya un chemin parmi les objets hétéroclites entassés dans le fond du magasin et qui permettaient à des stagiaires d'apprendre le métier. Elle se félicitait de louer une partie de son espace à l'association des artisans de la ville. Non seulement c'était une source de revenus, mais cela lui permettait de s'intégrer à la communauté créatrice de Shelter Rock Cove qui comprenait, entre autres, des tisserands, des peintres, des sculpteurs, des souffleurs de verre.

Le front plissé, sa liste à la main, Claudia vérifiait que la livraison de Bangor était conforme à la commande. La jeune fille chargée de la livraison achevait de décharger sa camionnette, l'air sombre.

— Je suis désolée d'être en retard, s'excusa Annie. On n'a pas oublié les anthuriums, j'espère.

— Non, fit Claudia en donnant un petit coup de pied dans les emballages.

C'était sa façon à elle de reprocher à sa belle-fille son retard. Mais Annie savait que la mauvaise humeur de Claudia était toujours passagère et sans conséquences. Elle laissa sa belle-mère poursuivre sa vérification tandis qu'elle aidait la jeune fille à décharger les derniers cartons de fleurs.

— Elle me fait peur, murmura la jeune employée.

— Ma belle-mère effraie tout le monde. Ne vous inquiétez pas, elle aboie mais ne mord pas.

Soudain, Sweeney passa la tête par la porte.

— Excusez-moi de vous déranger, mais il y a un petit problème avec une commande pour l'hôpital.

— Je m'en occupe, décida Claudia, puisque Annie a l'air de maîtriser la situation, ici.

Le ton était encore aigre, et Annie préféra ne pas relever.

Vingt minutes plus tard, la jeune fille de Bangor repartait et Annie achevait de jeter les emballages dans la poubelle sous le comptoir où elle préparait les commandes, quand Claudia vint la trouver pour lui dire ce qu'elle avait sur le cœur.

— Je me suis fait un sang d'encre, Annie, quand j'ai vu qu'à 9 h 30 tu n'étais toujours pas arrivée. Tu aurais pu téléphoner, tout de même.

Tu sais que je t'aime, Claudia. Pourquoi sommes-nous à couteaux tirés, ces derniers temps ?

— Je suis désolée, mais…

— Tu aurais dû m'appeler sur ton portable.

— Je n'ai pas de portable en ce moment, tu as oublié ?

— C'est ridicule. Pourquoi ne l'as-tu pas rechargé ? Tu es si souvent sur la route. Le monde est plein de dangers, et…

— … les portables coûtent une fortune. Or, je dois faire des économies. Je te l'ai déjà expliqué.

— Des économies ? Le magasin marche très bien, tu as certainement empoché une somme rondelette en vendant la maison. Ne me dis pas que tu es à court d'argent.

— Je refuse de parler de ce genre de choses avec toi, Claudia. Je regrette que tu te sois inquiétée à cause de moi. Ça ne se renouvellera pas. Ma ligne est branchée maintenant.

— J'ai le tort de me faire du souci trop vite, avoua Claudia, soudain radoucie. C'est ma nature. N'empêche que dans cette petite maison isolée, tu devrais être plus prudente que jamais, Annie.

— J'ai fait la connaissance de mon voisin, hier soir.

Une paire de ciseaux à la main, Claudia attrapa le rouleau de ruban de satin blanc.

— Susan m'a dit que c'était un New-Yorkais qui avait loué l'ancienne maison d'Ellie Bancroft. Il est bien ?

Quand Annie lui eut décrit la rencontre sur le parking, Claudia leva les yeux de son travail.

— Il va payer le nettoyage, j'espère.

— Il s'y est engagé.

— Bien, fit Claudia en donnant un coup de ciseaux dans le ruban. Avec les voisins, il faut instaurer des limites, dès le départ. Sinon, un beau matin, ils viennent s'asseoir sur ta véranda et attendent que tu leur serves le petit déjeuner. Hall a apporté des beignets ce matin. Je les ai laissés à côté de la cafetière.

Hall était du pays. Il savait ce qu'offrir des beignets de chez *DeeDee* à une femme signifiait – du moins pour un homme de sa génération. Annie commença à s'inquiéter en pensant qu'elle avait accepté de dîner avec lui le lendemain. Si Sam Butler n'avait pas été là, elle n'aurait pas hésité à refuser. Hall risquait de se faire des idées, et elle ne pourrait s'en prendre qu'à elle-même.

— Quelque chose ne va pas ? demanda Claudia.

— Non, rien.

Les deux femmes travaillèrent en silence jusqu'à ce que Sweeney ressorte de l'arrière-boutique avec des éléments de décoration supplémentaires. Sweeney ne croyait pas au silence. Si elle ne parlait pas, elle chantait ou sifflotait, tout en écoutant le baladeur accroché à sa ceinture. Pour l'heure, elle avait choisi de siffloter sur des accords de *The Sound of Music*, et Annie se prépara à mettre ses boules Quies avant qu'elle attaque la mélodie suivante. Par chance, elle changea d'avis, posa ses cisailles et annonça :

— J'ignore si vous avez faim, mesdames, mais mon estomac me rappelle qu'il est temps de déjeuner. Que diriez-vous si j'allais réchauffer un peu de potage.

Elle avait à peine fini sa phrase que le carillon du magasin tinta. Sam Butler entra, et l'atmosphère devint électrique.

6

Dès que Sam mit le pied dans le magasin, Claudia sut que cet homme était synonyme d'ennuis. Si elle n'avait pas l'habitude de prendre quelqu'un en grippe dès le premier regard, elle fit une exception ce jour-là. L'inconnu lui paraissant aussi dangereux qu'un malfaiteur venu rafler la caisse, et elle eut envie de cacher ses bijoux dans ses chaussures.

— Waouh ! fit Sweeney, perchée sur son escabeau. Je suis preneur !

Claudia lui décocha un regard noir en priant pour que l'homme n'ait pas entendu cette réflexion de dévergondée. Une dévergondée de cinquante ans, en plus !

Annie s'était déjà dirigée vers le coin cuisine, Claudia s'avança donc vers l'homme.

— Je peux vous aider ? demanda-t-elle de son ton le plus professionnel.

L'inconnu la gratifia d'un sourire qui la laissa pantoise.

Extraordinaire ! Il illuminait son visage par ailleurs banal, si bien que cet homme en devenait presque beau. Mais, au lieu de lui répondre, il continua à sourire en regardant un point derrière elle. Elle se retourna et vit l'expression complètement ridicule de sa belle-fille.

Depuis combien de temps Annie n'avait-elle pas eu l'air si jeune ? Et si jolie ? Claudia détesta carrément cet individu qui avait un tel pouvoir sur Annie.

— Je vous rapporte vos clefs, dit-il sans se préoccuper de Claudia.

Comme aimantée, Annie alla vers lui.

— Ce n'était pas la peine. Je vous avais dit de les laisser sous le paillasson, fit-elle, visiblement ravie de le voir.

— Je n'ai pas pu. N'oubliez pas que je viens de New York.

Il avait une voix grave, un peu rude, très différente de la chaude voix de baryton de Kevin. S'il venait de New York, s'agissait-il du voisin dont Annie avait parlé ?

— Bonjour ! Bonjour ! fit Sweeney en agitant son agrafeuse. Il n'y a donc personne pour nous présenter ? Les nouveaux talents ne courent pas les rues. J'essaie de former une équipe. Je vous engage tout de suite.

L'homme parut décontenancé, ce qui était tout à son honneur. Mais son embarras n'était rien en comparaison de celui d'Annie, qui avait viré à l'écarlate. « Oh, Annie, songea Claudia, tu n'as jamais su dissimuler tes sentiments ! » L'époque où la petite Annie suivait Kevin partout, simplement pour être avec lui, était-elle si lointaine ? Ce genre de souvenir était à jamais gravé dans le cœur de Claudia.

— Je vous présente Sam Butler. Sam a loué l'ancienne maison d'Ellie Bancroft. Voici ma belle-mère, Claudia Galloway, ajouta Annie, la main sur le bras de Claudia.

— Vous avez un très beau magasin, commenta Sam Butler en serrant la main de Claudia.

— Il appartient à Annie, rectifia Claudia. C'est elle qu'il faut féliciter.

Elle s'efforçait de sourire aimablement alors qu'elle n'avait qu'une envie : barricader la porte et creuser un fossé autour du cœur d'Annie. Elle était la première surprise par la violence de sa réaction.

La pauvre Annie n'avait d'yeux que pour ce Sam Butler tandis qu'elle poursuivait les présentations.

— Voici Mary Sweeney, qui assure la décoration du magasin. C'est à elle que nous devons les vitraux de la porte.

Mary se pencha vers Sam et happa sa main.

— Appelez-moi Sweeney, fit-elle avec l'un de ces rires voluptueux qui n'appartenaient qu'à elle. Vous pouvez même me téléphoner.

Les yeux noirs de Sweeney allaient et venaient entre Annie et Sam, et les derniers espoirs de Claudia volèrent en éclats.

Annie éclata de rire, aussitôt imitée par ce Butler. Le sourire contraint, Claudia fut soulagée d'entendre le téléphone sonner au fond du magasin.

— Excusez-moi, dit-elle à la personne, à l'autre bout du fil. Bien sûr que je vous écoute ! Oui... Oui... Une douzaine de roses rouges... Pas de carte... Absolument... Je comprends. Elles seront prêtes pour 17 heures.

Quand elle raccrocha, son regard rencontra une petite photo de Kevin et de John épinglée sur le tableau de liège, au-dessus du téléphone. Kevin venait de terminer sa première année dans l'équipe de base-ball junior. Ce qu'il était maigre, à l'époque ! John l'appelait la crevette, et Kevin désespérait de ressembler un jour à son père. Mais les années s'étaient chargées de le transformer, et Annie avait épousé un jeune homme tout aussi grand, costaud, et souriant que John.

Le père et le fils avaient d'autres points communs. Tous deux adoraient leur famille, et croyaient en un monde empli de poésie et de rires. Claudia se demandait pourquoi ces deux hommes étaient morts prématurément.

— Oh, John ! murmura-t-elle en effleurant la photo. Pourquoi faut-il que tout change ?

Sam remit à Annie les clefs de sa maison, échangea quelques mots avec une Claudia sur la défensive, et une Sweeney chaleureuse, puis déclara qu'il devait partir.

— J'ai attaché Max à un lampadaire. Le connaissant, je crains le pire.

Claudia renifla bruyamment, ce qui donna envie à sa belle-fille de planter un tuteur dans son impeccable coiffure. Sweeney affichait un sourire béat. Tout cela parce que Sam Butler venait de rapporter les clefs de la maison.

Annie l'accompagna sur le trottoir.

— Je ne sais pas ce qu'elles ont, fit-elle en manière d'excuses. Sweeney n'a jamais été aussi extravagante. Quant à ma belle-mère, c'est une femme charmante habituellement.

— Je n'étais pas venu pour elles, mais pour vous.

— Merci. J'admets que laisser les clefs sous le paillasson n'était pas une idée géniale. Je...

— Qu'y a-t-il entre ce médecin et vous ?

— Pardon ? fit-elle, désarçonnée.

— Entre ce médecin et vous, il y a quelque chose ?

— Vous n'aimez pas tourner autour du pot, n'est-ce pas ?

— Alors ? Il y a quelque chose entre vous ?

— C'est un ami d'enfance.

— Qui vous a donné rendez-vous pour demain soir.

— Un rendez-vous, c'est beaucoup dire.

— Il y croit.

— Il fait fausse route. De toute façon, ça ne vous concerne pas.

— Pour l'instant, affirma Sam en plongeant son regard dans celui d'Annie, qui se sentit littéralement fondre, là, dans la rue, et sous l'œil intrigué de Claudia et de Sweeney.

— Je vous assure que vous vous méprenez.

— J'en suis heureux.

Ils restèrent si longtemps les yeux dans les yeux qu'Annie se demanda s'il n'allait pas la prendre par la main, ou même l'attirer contre lui et l'embrasser. Il n'en fit rien, se contentant de la regarder comme jamais personne ne l'avait regardée. Puis il détacha Max et s'éloigna, et elle eut l'impression de sortir de ses bras.

Il marchait comme on marche dans une grande ville, d'un pas rapide et déterminé, et donnait, en plus, l'impression d'être conscient de sa valeur personnelle. Qu'est-ce qui avait pu le conduire à louer la maison de Warren, au bord de l'eau ? Les hommes de cette trempe menaient généralement une brillante carrière, et s'affichaient avec des femmes en petite robe noire griffée et collier de perles. Ils ne débarquaient jamais à Shelter Rock Cove dans une vieille guimbarde, flanqués d'un labrador tout fou, et ne faisaient pas perdre la tête à une femme devant des beignets et une tasse de café.

Derrière elle, on frappa à la vitrine. Les regards de Claudia et de Sweeney la transperçaient, mais elle se sentait incapable de les affronter dans l'état où elle se trouvait. Pour le moment, elle n'avait qu'une envie : caresser ses lèvres comme si elles portaient la trace d'un baiser. Et elle dut lutter pour ne pas céder à la tentation.

Max et son maître disparurent au coin de la rue, Annie cessa de penser à la démarche de Sam Butler et se sentit enfin capable de retourner dans le magasin.

— Alors, où est-ce que tu le cachais ? lança Sweeney. Pas de doute, cet homme n'est pas d'ici.

Annie prit un air faussement décontracté. Ce qu'elle ressentait était si nouveau pour elle, elle n'avait pas l'intention de le partager avec quiconque. Elle se glissa derrière le comptoir et reprit son sécateur en expliquant :

— Il s'est installé hier dans la maison d'Ellie Bancroft. Son chien a sali ma voiture dans l'après-midi et il a voulu arranger ça.

Pas question, évidemment de mentionner les événements de la veille au soir...

— Je pourrais emprunter ces deux fauves pour une semaine ou deux ? s'enquit Sweeney. Je m'ennuierais moins avec eux que devant une bière au pub du coin.

— Arrêtez, vous deux, intervint Claudia en arrachant un lys blanc à sa tige. On dirait deux gamines.

Annie s'empressa d'éloigner les fleurs de Claudia. Au train où sa belle-mère s'acharnait sur elles, il faudrait doubler les commandes. En fait, Claudia se montrait aussi excessive dans son comportement que Sweeney. Mais, plutôt que de mordre à l'hameçon, Annie préféra fournir quelques informations supplémentaires – légèrement modifiées.

— Sam s'est proposé de réparer ma porte qui fermait mal. Je lui avais dit de laisser les clefs sous le paillasson, mais il a jugé plus prudent de me les rapporter. Voilà tout !

— Oh, j'entends mon estomac gargouiller ! annonça Sweeney. Alors, on le mange ce potage ?

Annie s'essuya les mains sur son pantalon.

— Il y a aussi des crackers, je crois.

— Et de la sauce aux piments ?

— Tu me vois vivre sans ? Claudia, tu prends ton potage avec du tabasco ou pas ?

Claudia sortit son porte-monnaie de dessous le comptoir.

— Si vous n'y voyez pas d'inconvénient, je vais aller me chercher un sandwich chez *Bernie*. Je reviens tout de suite.

Dès que Claudia fut sortie, Sweeney se pencha vers Annie.

— Ne la laisse pas te mettre les bâtons dans les roues. Si tu veux cet homme, fonce. Elle s'y fera.

— Sweeney, si tu savais gérer ton activité comme tu gères la vie des gens, tu serais une nouvelle Tiffany.

Sweeney rit de bon cœur.

— Je n'en doute pas. C'est un don, n'est-ce pas ?

Quelques minutes plus tard, toutes deux s'installaient devant leur bol. À la vue du potage crémeux, l'estomac d'Annie protesta, et elle ne porta sa cuillère à ses lèvres qu'au prix d'un sérieux effort.

— Migraine ou gueule de bois ? demanda Sweeney. Je parierais sur la seconde option.

— Mauvais champagne à jeun, répondit Annie en se massant les tempes. Je ne suis pas faite pour les excès d'alcool.

— La modération est de rigueur en tout, sauf en ce qui concerne le chocolat et l'amour, déclara Sweeney. Tiens, ajouta-t-elle en sortant un petit flacon de sa poche. Advil à la caféine, ça devrait te remettre d'aplomb.

Mais ce n'était pas seulement la beuverie de la veille qui faisait résonner des tambours dans la tête d'Annie. C'était le choc ressenti en voyant Sam Butler passer la porte du magasin sous l'œil acéré de Claudia. Bien sûr, dans une petite ville comme Shelter Rock Cove, il ne risquait pas de passer inaperçu, Annie ne l'ignorait pas. Mais, en attendant, elle trouvait très perturbant de présenter à sa belle-mère l'homme dans les bras duquel elle avait passé la nuit.

Sweeney, qui n'avait pas quitté Annie des yeux, repoussa soudain son bol et se pencha vers elle.

— Depuis quand nous connaissons-nous ?

— Depuis toujours.

— Alors, tu sais que je ne veux que ton bien.

— Holà ! Qu'est-ce que tu vas m'annoncer ?

— J'ai été veuve, moi aussi, et je sais combien il est difficile de recommencer sa vie.

— Je serai très bien dans ma nouvelle maison. J'ignore ce que Claudia t'a raconté, mais...

— Annie, je ne te parle pas de ta maison, et tu le sais.

— Tu te fais des idées.

— Je t'ai observée tout à l'heure.

— Franchement, me lancer dans une liaison est bien la dernière chose qui m'intéresse en ce moment. Entre le magasin et mon emménagement, je me demande où je trouverais du temps pour autre chose.

— Tu peux toujours te raconter des histoires, mais ça ne marche pas avec moi. Je t'ai vue ignorer les regards du Dr Talbot et de quelques autres. Tu t'es comportée très différemment avec Sam Butler.

— Claudia aussi l'a remarqué, tu crois ?

— Évidemment. Et elle est en train de préparer la contre-offensive.

— Claudia a du caractère, mais ce n'est pas une manipulatrice.

— Je ne le pense pas non plus. Seulement, elle est seule et elle a peur de te perdre.

— Comment pourrait-elle me perdre ?

— Tu me comprends. Tu représentes son dernier lien avec son fils. Elle aurait voulu que tu fasses de ta grande maison un sanctuaire à la mémoire de Kevin. Comme elle-même l'a fait pour John.

Sweeney avait raison, bien sûr. La vente de la maison avait blessé Claudia. Mais, blessée, elle le serait sans doute encore plus profondément si elle connaissait les raisons qui avaient poussé Annie à la vendre.

— Je ne cherche pas à remplacer Kevin, et surtout pas par un homme que j'ai rencontré il y a moins de vingt-quatre heures.

— Peut-être. Jusqu'au jour où tu ne pourras plus te cacher que tu es amoureuse. Ne gâche donc pas un temps précieux uniquement pour ménager Claudia.

— Mon Dieu ! Pourquoi la vie est-elle si compliquée ?

Sweeney éclata de rire.

— Ma chérie, si je connaissais la réponse, je serais le maître du monde.

Dès qu'Annie eut terminé les bouquets des demoiselles d'honneur du mariage Sorenson-Machado, un peu avant 15 heures, elle s'attaqua à celui de la mariée tandis que Sweeney et Claudia confectionnaient les corbeilles destinées à l'autel. À la grande satisfaction d'Annie, elles n'avaient finalement pris aucun retard.

Elle se félicitait aussi de la présence de Sweeney, ce jour-là, dont la volubilité empêchait Claudia de se lancer dans un interrogatoire en règle à propos de son voisin.

Jennifer – la fille d'Eileen – et ses amies firent soudain irruption dans le magasin, riant et se bousculant.

— Bonjour, tante Annie. Bonjour, Claudia !

L'adolescente vint les embrasser, attrapant au passage un bonbon au chocolat dans le compotier que Claudia gardait à portée de main.

— Salut, Sweeney ! On peut mettre la radio ? Il y a du soda derrière ? On voit que je suis grosse avec ce débardeur ?

— Grosse ? s'étonna Sweeney tandis que les adolescentes disparaissaient dans l'arrière-boutique. Mes cuisses sont plus grosses qu'elle.

— Elle est belle, observa Annie, l'air nostalgique. Et elle ne le soupçonne même pas.

— Pas plus que vous deux au même âge, fit Claudia en enroulant un fil de fer autour de la tige d'une marguerite. Si j'avais mis un penny dans une tirelire chaque fois que vous avez entrepris un régime, je serais riche, aujourd'hui.

Tout en prenant une rose blanche, Sweeney avoua :

— Je ne voudrais pas avoir de nouveau seize ans. À cet âge-là, on se prend pour le centre du monde. Il m'a fallu attendre d'avoir trente-trois ans pour réaliser que je me trompais.

— Moi, j'aimerais retrouver mes seize ans, riposta Claudia. Toute cette énergie, cet enthousiasme ! Et puis on n'a pas les genoux qui craquent quand on monte un escalier.

— Et pas de cellulite, ajouta Annie, s'efforçant de ne pas penser à ce qu'avait vu Sam Butler quand il l'avait sortie de la baignoire. Je ne me souviens même plus de mes cuisses sans cellulite.

— J'ai l'impression que les miennes ont toujours frotté l'une contre l'autre, fit Sweeney, comme si elles cherchaient à produire une étincelle.

Claudia coupa un morceau de ruban en satin ivoire et observa :

— Un éclairage tamisé et un peignoir ont sauvé plus de mariages que des salles de bains séparées.

Sweeney et Annie éclatèrent de rire, et elle reprit en riant à son tour :

— Mais si, croyez-moi ! Vous y arrivez vous aussi aux lumières douces et aux peignoirs qui vous couvrent jusqu'aux chevilles.

Jennifer et ses amies achevèrent les boutonnières aux environs de 17 heures et prirent congé dans un tourbillon de gloussements et de fleurs perdues. Sweeney et Claudia finirent les dernières gerbes destinées à la décoration des tables, puis les mirent dans l'énorme réfrigérateur, à côté des bouquets des demoiselles d'honneur.

— Désolée de vous abandonner, mesdames, annonça Sweeney, mais j'ai un rendez-vous d'amour ce soir et il faut que je passe chez moi changer les draps et me raser les jambes.

L'œil pétillant, Claudia feignit néanmoins d'être horrifiée.

— Il reste un homme en ville avec qui tu n'es pas encore... sortie ?

Sweeney éclata de rire.

— Ma chère, en ce moment, je les importe du New Hampshire, mes hommes.

Elle rassembla son fourre-tout et chercha les clefs de son vieux minibus.

— Je viendrai à midi vous aider à décorer l'église.

— Ce n'est pas une obligation, observa Annie. Tu nous as déjà suffisamment prêté main-forte.

— Tu me renverras l'ascenseur pour le Salon d'automne, rétorqua Sweeney en riant.

Elle sortait quand Amelia Wright et sa sœur, Terri Cohen, arrivèrent par la porte de derrière, portant un gigantesque carton rempli de leurs dernières créations en tissu. Spécialisées dans les griffons et licornes, elles adoraient exposer leurs créatures fantaisistes dans des coins inattendus de la boutique. Lorsqu'elles virent qu'Annie n'en avait pas fini, elles retroussèrent leurs manches.

Les mains tendues devant elle, Claudia agita les doigts.

— Je n'ai pas encore bouclé les comptes du mois d'août, dit-elle. Je devrais peut-être en profiter pour le faire pendant qu'Amelia et Terry sont ici.

— Bonne idée, lui répondit Annie.

Sa belle-mère lui rappelait ainsi ses problèmes d'arthrite, et Annie regretta de ne pas lui avoir proposé de faire une seule pause de toute la journée. Décidément, en ce moment, elle ne cessait de se sentir coupable ; la vente de la vieille maison, l'achat de la nouvelle, la mise aux enchères de ses meubles...

À 18 h 30, Claudia ferma ses livres de comptes et se leva.

— Eileen et les enfants viennent prendre le petit déjeuner, demain, après l'église. Je t'invite à te joindre à nous avant les derniers préparatifs du mariage.

Annie s'étira en étouffant un bâillement.

— Je te remercie, mais il vaut mieux que je continue à vider mes cartons, sinon je serai encore en train d'emménager à Noël.

Claudia enfila son pull ivoire puis coinça son sac sous son bras.

— Tu travailles trop, Annie. Je te trouve fatiguée. Repose-toi ce soir, insista-t-elle en prenant le visage de sa belle-fille entre ses mains. Tu es surmenée.

À la fois émue et embarrassée par tant de sollicitude, Annie ferma un instant les yeux.

— Je t'aime, Claudia, dit-elle doucement. Ne l'oublie jamais.

Claudia lui tapota la joue.

— Comment le pourrais-je ?

Le samedi soir, Claudia s'arrêtait toujours au Yankee Shopper pour faire ses courses. Ceil ne travaillait pas ce jour-là, et Claudia considérait comme une petite victoire le fait de pouvoir acheter ses deux côtes de veau et ses pommes de terre sans que la caissière détaille ses achats avec son culot habituel. Thomas, qui remplissait un présentoir, lui fit un petit signe auquel elle répondit. Ancien camarade de lycée de Kevin, charmant et bon élève, il n'avait malheureusement pas tenu ses promesses. Claudia n'entendait pas le juger, mais elle regrettait qu'il n'ait pas tiré parti de ses potentialités.

À l'approche de la quarantaine, Thomas commençait à prendre du poids. Une petite panse rebondie se dessinait sous son tablier de manutentionnaire. Claudia songea à Kevin, bâti comme son père, et se rassura en se disant qu'il aurait longtemps gardé la même carrure sans s'alourdir.

La semaine précédente, elle était tombée sur la mère de Thomas, Audrey, au cours de la soirée organisée par l'Association de lutte contre le cancer. Très fière de ses petits-enfants, Audrey avait sorti toute une série de photos en annonçant que Thomas et sa femme, Mary Ann, venaient d'avoir leur quatrième enfant.

— Me voilà grand-mère pour la sixième fois, et bientôt, il y en aura un septième.

Toujours très diserte lorsqu'il s'agissait de parler de ses propres petits-enfants, Claudia sortit à son tour un paquet de photos dont elle ne se séparait jamais et fit un étourdissant numéro de grand-mère comblée qu'elle-même n'aurait pu subir sans s'évanouir.

— Doux Jésus ! s'écria Audrey. Pour une famille fertile, c'en est une !

Claudia adorait ses onze petits-fils et petites-filles, auxquels deux autres allaient bientôt s'ajouter. Pourtant ce qu'elle considérait comme une bénédiction ne pouvait lui faire oublier que jamais le cercle de famille ne compterait un enfant de Kevin et d'Annie. La mort de Kevin avait irrémédiablement mis fin à cet espoir. Le vide qu'il laissait dans le cœur de sa mère ne serait jamais comblé, et la douleur incommensurable qu'elle avait éprouvée en perdant son fils était inguérissable. Une mère ne devrait jamais enterrer un fils. C'était contre nature, inhumain, bien plus douloureux que la perte d'un mari, même si cette perte avait failli vous détruire.

Annie et elle s'étaient beaucoup soutenues en cette période terrible. Claudia ne s'était jamais autant félicitée de l'avoir pour belle-fille. Annie avait aimé Kevin comme une épouse se doit d'aimer son mari. Parfois, Claudia s'était demandé si leur mariage connaissait des difficultés, mais jamais elle n'avait eu le moindre écho d'éventuels problèmes. S'il y en avait eu, Annie les avait affrontés seule, et Claudia avait respecté cette discrétion. Un mari était un être imparfait, et une femme intelligente apprenait à s'accommoder de ses défauts.

Depuis quand n'avait-elle pas dit à Annie combien elle tenait à elle ? Privée de sa présence lumineuse, la famille ne serait pas la même. Le lui avait-elle expliqué ? En vérité, elle considérait Annie comme sa fille, au même titre qu'Eileen ou Susan, et elle espérait qu'elle le savait.

Mais Annie n'était pas sa chair et son sang. Elle avait à peine seize ans quand Claudia l'avait recueillie. À cette adolescente angoissée et en manque d'amour, Claudia avait ouvert son cœur et sa maison comme n'importe quelle mère l'aurait fait.

Quand cesse-t-on de protéger un enfant à tout prix ? Lorsqu'un fils a vingt ans, une fille, trente ? Comment peut-on se résoudre à laisser ceux qu'on aime affronter les dangers qui les guettent ? Oh, comme Annie avait paru jeune et rayonnante quand cet homme était entré dans le magasin, cet après-midi ! Elle s'était avancée vers lui d'un pas dansant que Claudia ne lui connaissait pas. Elle n'était pas si vieille qu'elle ne se souvienne des premiers émois, des préludes amoureux et, du fond du cœur, Claudia souhaita être capable de protéger Annie des désillusions qui ne manqueraient pas de suivre.

— Nous atterrissons à Bangor dans un quart d'heure, monsieur Bancroft.

Warren Bancroft jeta un coup d'œil à sa montre puis leva les yeux vers le jeune homme en uniforme bleu nuit.

— Pile à l'heure, Jason. Comme d'habitude. Je suis impressionné.

Le steward sourit.

— Le commandant Yardley pensait que vous le seriez.

— Dites-lui... Non, je le lui dirai moi-même quand nous aurons atterri, fit Warren qui aimait distribuer les bons points lui-même.

Jason prit le verre de jus de fruits vide, le numéro du *Wall Street Journal* et le jeu de cartes posés sur la tablette, et s'éclipsa pendant que Warren rangeait ses lunettes dans la poche de sa veste.

Sonia Yardley se révélait être l'une de ses plus grandes réussites. Il l'avait rencontrée dix ans plus tôt quand, étudiante, elle se faisait de l'argent de poche en permettant à des enfants de prendre leur baptême de l'air, du côté de Wiscasset. Une petite enquête lui ayant appris qu'elle était loin d'avoir terminé ses études, il avait fait en sorte que la jeune femme bénéficie d'une bourse de sa fondation, et ne l'avait jamais regretté. Maintenant, Sonia avait un séduisant mari pilote, une belle petite fille et de grandes perspectives d'avenir.

Warren n'enviait pas ces vieux fortunés qui laissaient dormir leur argent dans des paradis fiscaux et ne connaissaient jamais la joie de donner à un jeune l'occasion de réaliser ses rêves.

Certes, il n'était pas à l'abri des échecs. Parfois, il ne suffisait pas d'être animé des meilleures intentions du monde pour attirer la chance sur ses protégés. Annie, par exemple, avait dû renoncer à sa carrière artistique à cause des problèmes de son mari. Depuis combien de temps n'avait-elle pas touché à ses pinceaux ? Cinq ans, dix, peut-être. Elle avait aussi abandonné la sculpture. Quand il lui avait demandé de créer une œuvre pour son musée, elle avait ri en affirmant qu'elle avait tout oublié. Ses arrangements floraux, si exquis soient-ils, ne donnaient qu'une faible idée de son talent. C'était un tel gâchis que c'en était une honte.

Quant à Sam, la brillante carrière qu'il avait menée jusqu'ici ne lui avait rapporté que de l'argent. Il avait sacrifié sa vie sentimentale pour des frères et des sœurs qui ignoraient aujourd'hui tout de ses vicissitudes.

Warren comprenait intimement Sam. Rien n'était plus douloureux que de voir l'amour filer entre ses doigts parce qu'on n'avait pas su dire : « Ne pars pas. » Mais là, Warren évoquait sa propre histoire, une histoire qu'il avait su dépasser pour aller vers d'autres rencontres. Jamais, cependant, il n'avait retrouvé l'intensité de ses premières amours.

Il voulait qu'Annie et Sam connaissent ce que lui n'avait pas connu : la joie unique d'aimer et d'être aimé jusqu'à la fin de sa vie. Pour ces deux êtres solitaires auxquels le destin avait joué un bien sale tour, Warren Bancroft avait décidé d'accomplir un miracle avant que le Créateur ne le rappelle à lui.

Seulement, jouer les entremetteurs n'était pas aussi simple que d'accorder des bourses ou d'offrir un emploi. Il n'existait aucune école de l'amour. On pouvait, au mieux, faire en sorte que deux chemins se croisent, et prier pour que l'étincelle se produise.

Lorsque Sam l'avait appelé, en début d'après-midi pour lui exposer son idée, Warren avait failli lui dire : « C'est une femme fière, mon garçon. Si elle a l'impression que tu lui fais la charité, elle t'enverra tout à la figure. »

Mais, sentant que Sam ne renoncerait pas, Warren avait fini par acquiescer. Il ne serait pas surpris cependant d'apprendre que les cadeaux de Sam avaient atterri dans la rue pendant la nuit.

Il était presque 19 heures quand Annie ferma son magasin et monta dans sa voiture. Elle fit signe à George, l'un des policiers de Shelter Rock Cove, qui était en train de verbaliser le jeune Vic Deluca, garé en double file. Pendant sept ans, George et sa femme, Sunny, avaient été ses voisins, avant de s'installer à l'extérieur de la ville, dans une petite ferme. Si George s'était demandé d'où sortaient ces visiteurs nocturnes qui venaient de temps en temps à la porte des Galloway, il n'en avait jamais rien dit, et Annie l'avait parfois regretté.

Les gens ne voient que ce qu'ils veulent bien voir. Dans le cas présent, un couple exemplaire dont le bonheur faisait rêver.

Mais comment dire à ceux que vous aimez que ce couple n'existe plus ? Comment leur faire comprendre que vous suffoquez sous le poids du passé. Elle avait bien vu le regard assassin de Claudia quand Sam était entré dans le magasin.

Mais Claudia n'avait rien à redouter, songea Annie en se garant devant chez elle. Maintenant qu'il avait réparé sa porte et fait nettoyer sa voiture, Sam Butler n'avait plus aucune raison de passer chez elle. À moins qu'il n'espère la surprendre de nouveau dans sa baignoire.

Ce qui ne risquait guère d'arriver. Il avait certainement déjà installé des stores chez lui pour éviter de revoir ce spectacle. Le pauvre devait avoir du mal à s'en remettre ! Il la prenait probablement pour une femme quelque peu pitoyable, incapable de se débrouiller sans un homme. Du champagne bon marché, des bougies autour de la baignoire, un peignoir de soie que seuls ses chats avaient dû la voir porter. Elle ne serait pas étonnée qu'il raconte toute l'histoire à Warren.

Une telle perspective avait de quoi lui remettre les pieds sur terre. En moins de vingt-quatre heures, son nouveau voisin l'avait vue échevelée, exténuée, exaspérée, ivre morte, nue comme un vers, inconsciente, sans maquillage, avec la gueule de bois et en train de se bourrer de beignets. Quant à l'attirance qu'ils avaient éprouvée, cela n'avait rien que de très humain, après tout ! Mettez un homme et une femme dans une situation intime, et il se produira toujours quelques étincelles. Simple question d'hormones.

Dans ce cas précis, on pouvait peut-être également incriminer un certain champagne...

Sérieuse, réfléchie, discrète, fiable, Annie, dont on sollicitait facilement les conseils, avait donné à cet homme le spectacle d'une dévergondée complètement ivre. Avec, en prime, un corps envahi par la cellulite, de petites vergetures, et une marque de naissance que seuls son mari et son gynécologue avaient vue jusque-là.

« Mais, si cet homme ne s'intéresse pas à toi, pourquoi t'a-t-il demandé si tu sortais avec Hall ? » lui souffla une petite voix agaçante.

Simple curiosité. Nouveau venu à Shelter Rock Cove, Sam Butler essayait de se faire une idée des relations qu'entretenaient les gens. Hall avait surgi – en agissant en propriétaire, il fallait bien le reconnaître – et, deux minutes plus tard, Annie acceptait un dîner chez *Cappy*. Sam Butler se montrait un peu plus curieux que les autres, voilà tout.

« Cela n'explique pas que tu aies failli te liquéfier sur le trottoir, cet après-midi », insista la voix.

— J'ai réagi comme une idiote, c'est tout, déclara Annie à voix haute.

En matière d'hommes, elle en savait moins que la jeune Jennifer et ses copines. Elle les avait entendues parler de leurs petits amis, au magasin. À seize ans, Jennifer avait deux fois plus d'expérience qu'Annie, qui avait épousé son premier et seul amour.

Partager des beignets avec un homme sur sa véranda, était-ce si extraordinaire ? Échanger un chaste baiser avec cet homme qui lui avait tout de même sauvé la vie, n'était-ce pas le moindre des remerciements ? Il y avait eu une raison, une logique à chacun de leurs actes, inutile d'aller chercher midi à quatorze heures.

À peine eut-elle ouvert sa porte qu'elle constata à quel point elle se trompait.

Vide quand elle était partie, le séjour était maintenant meublé. Il y avait même un tas de meubles : un canapé, une petite table avec une lampe ; une autre table en érable et deux chaises parfaitement adaptées au minuscule coin salle à manger ; un rocking-chair capitonné assez profond pour y disparaître. Un bouquet de marguerites trônait au centre de la table d'érable. George et Gracie avaient déjà pris possession de confortables paniers installés sur le rebord de la fenêtre. Ce genre de paniers qu'Annie n'avait jamais achetés en raison de leur prix.

Qui donc avait pu installer tous ces meubles ? Warren ? Non, il aurait carrément meublé toute la maison s'il n'avait craint sa réaction. Claudia et les autres membres de la famille n'auraient pas eu suffisamment d'argent. Et puis, leur sens pratique leur aurait de toute façon interdit une surprise aussi onéreuse.

Annie caressa chaque marque laissée par le temps dans l'érable ancien. Elle se revit, assise à une table identique, en train de rédiger une lettre au Père

Noël. Ellie, la sœur de Warren, était venue la garder en l'absence de ses parents, et...

Une seconde plus tard, elle ressortait en coup de vent.

Sam entendit la voiture d'Annie bien avant de la voir. Le crissement des pneus sur la route sablonneuse, le bruit du moteur qui évoquait des billes s'entrechoquant dans un bol, tout comme son propre moteur, faisaient déjà partie des sons familiers.

— Ne nous défilons pas, Max, dit-il à son chien en le grattant derrière l'oreille. C'est à elle de jouer maintenant.

Assis sur les marches, à l'arrière de la maison, Sam et Max observaient trois mouettes en quête d'un dernier morceau de poisson avant le crépuscule. L'idée qui était venue à Sam en début d'après-midi, sous l'effet tonique des beignets, du café et de l'image d'une certaine crinière auburn auréolée de soleil, lui semblait maintenant pour le moins douteuse. Il avait voulu en parler à Annie en lui rapportant les clefs au magasin, mais la présence des deux autres femmes l'en avait empêché. Pas question de s'exposer à une humiliation publique.

Alors, il était passé à l'acte sans avertissement, sans peser le pour et le contre, dans un pur élan romantique. De sa part, c'était du jamais vu. Quand on a eu dès dix-neuf ans la responsabilité de cinq enfants, on apprend la prudence.

Il avait trouvé son geste diablement angoissant, et terriblement exaltant.

Le moteur se tut. Une portière claqua. Le portail s'ouvrit et se referma dans un grincement. Au moins, elle n'avait pas hurlé ; c'était bon signe. Il regarda Max. Le chien leva la tête vers lui.

— Oui, tu as raison, mon vieux. Il me faut m'expliquer maintenant.

Il fit entrer le chien dans la maison, puis rejoignit sa voisine dans l'allée. Elle ne s'était pas changée. Son pantalon noir épousait ses hanches rondes tandis que son pull soulignait ses seins juste assez pour les rendre tentants. Le soleil couchant embrasait sa chevelure auburn. Elle paraissait un peu fatiguée, très intriguée, et sa présence était si forte, sa beauté si évidente que Sam aurait pu en tomber à genoux.

Autrement dit, rien n'avait changé.

Elle s'immobilisa à quelques pas de lui. Leurs regards s'accrochèrent.

— Vous n'auriez pas dû, Sam.

— Je n'ai pas su résister.

— Vous auriez pu me demander mon avis.

— Il n'y aurait plus eu de surprise.

— Je ne peux pas accepter et vous le savez. Je vous connais à peine.

— Ce ne sont que des meubles.

— Deux étrangers s'offrent rarement le mobilier d'une salle de séjour.

— L'ameublement est envahissant chez moi.

— Vous n'avez pas le droit de vous débarrasser ainsi des meubles de Warren.

— Je l'ai prévenu. Il vous fait dire que vous pouvez vous servir.

Annie enfonça les mains dans les poches de son pantalon. Le léger renflement de son ventre était si féminin, si attirant. Sam gardait dans sa chair le souvenir du corps nu de cette femme dans ses bras.

— Je ne sais que dire, Sam.

— Exprimez votre joie. Dites-moi que j'ai eu une idée géniale, que je pourrais aussi vous apporter une télévision à écran géant pendant que j'y suis. Faites-moi remarquer qu'il faut être drôlement musclé pour transporter des meubles tout seul. À vous de choisir.

Elle ne put s'empêcher de rire, et il trouva cela magique. Avait-elle une idée des sensations que son rire provoquait en lui ?

— Et si je vous disais simplement merci ?

— Non. Ça ne suffit pas.

La brise souleva une mèche de cheveux qui vint balayer la joue d'Annie, mais elle n'y prêta aucune attention.

— Qu'est-ce qui vous satisferait ? fit-elle.

Il regarda sa bouche et sourit.

Une douce chaleur envahit la jeune femme, se répandit dans tout son corps.

— Je vais agir sans rien vous demander.

— Bonne idée, murmura-t-elle.

La seconde d'après, ils étaient dans les bras l'un de l'autre.

— Annie…

— Chut !

Elle ne rêvait que de ses lèvres brûlantes sur les siennes, du goût de sa bouche, de l'odeur de sa peau. Au diable les mots et les pensées ! Si elle commençait à réfléchir, elle prendrait ses jambes à son cou, et c'était bien la dernière chose qu'elle souhaitait.

Elle se colla contre lui, moula son corps au sien, et il crut exploser. Leur désir était au diapason. Entre ses bras, elle cessait de n'être qu'un millier de rêves au cœur d'une nuit sombre et froide pour vibrer de toute la chaleur de la vie. Elle caressa son visage, plongea ses doigts dans ses cheveux, les laissa courir sur ses épaules, sur son dos, comme si elle tentait de graver avec ses mains son image dans sa mémoire.

Quand il resserra son étreinte et remua contre elle, elle laissa échapper un gémissement. S'ils ne s'arrêtaient pas maintenant, ils allaient faire l'amour au milieu de l'allée.

Sans cesser de s'embrasser, ils se dirigèrent en trébuchant vers la maison où ils se laissèrent tomber sur le grand canapé, près de la cheminée. Sam débarrassa Annie de son pull. Les pointes durcies de ses seins étaient visibles sous le soutien-gorge de coton blanc tout simple – et bien plus excitant, aux yeux de Sam, que de la dentelle noire.

Elle déboutonna sa chemise d'une main fébrile, maladroite, tant elle était impatiente de poser ses lèvres sur sa peau et, dans sa hâte, arracha un bouton.

— Je le recoudrai, souffla-t-elle en déposant une pluie de baisers sur son torse. Je sais très bien me servir d'un fil et d'une aiguille.

Lorsque Sam arracha sa chemise pour la jeter à travers la pièce, elle rit doucement, son souffle chaud et humide contre sa peau. Il respira le parfum de son corps, capiteux comme des fleurs trempées dans du miel. Il aurait voulu s'immerger en elle.

Elle laissa échapper un cri lorsqu'il libéra ses seins pour les prendre dans ses mains. Cela faisait si longtemps qu'un homme ne l'avait pas touchée ainsi... Il ne demandait pas, n'hésitait pas, il suivait son instinct, le geste à la fois sûr et tendre. Elle avait l'impression que sa chair s'embrasait sous ses doigts, ses paumes, sa langue.

Tout lui paraissait à la fois familier et terriblement nouveau. Un seul homme jusque-là avait caressé son corps aussi intimement. Elle ne connaissait qu'un rythme, qu'une danse de l'amour. Elle se sentait maladroite par moments, étonnamment sensuelle à d'autres. Chaque baiser, chaque caresse l'entraînait sur un chemin différent, jusqu'à ce qu'elle se sente merveilleusement perdue. Grisée, elle se laissait aller contre les coussins, protégée de la réalité par le corps de Sam qui pesait délicieusement sur elle.

Ses baisers lui coupaient le souffle. Elle voulait se perdre en eux, oublier l'image que les gens avaient d'elle pour découvrir enfin ce qu'elle désirait être au plus profond d'elle-même.

Sam éprouvait le sentiment de tenir dans ses bras une femme évanescente. Ses baisers, sa chaleur, son abandon allumaient en lui un véritable brasier, mais sans lui apporter la certitude qu'elle était bien présente.

Il voulait l'embrasser jusqu'à se fondre dans la sensation pure, loin de toute pensée. Il voulait s'enfouir en elle, l'ancrer dans l'instant présent jusqu'à ce que tout cesse d'exister en dehors d'eux.

Elle laissa sa main glisser sur son torse, sur son ventre puis, intimidée, elle suspendit son geste.

On n'entendait dans le séjour que leur respiration haletante et... les ronflements de Max. Annie ouvrit brusquement les yeux. Sam l'imita. Il prit son visage entre ses mains, il se penchait sur ses lèvres quand Max cessa brusquement de ronfler, se leva, galopa autour de la pièce, puis se jeta sur la chemise de Sam, avant de recommencer à ronfler.

Plus tard, Annie prétendrait que Sam avait ri le premier. Mais lui se souvenait parfaitement de la façon dont ses épaules laiteuses avaient commencé à s'agiter, secouées par le rire qui montait de sa gorge et qui avait fini par éclater, le prenant au dépourvu. Son propre rire n'avait pas tardé à faire écho à celui de la jeune femme, réveillant Max qui leur jeta un regard indigné et disparut. À demi nus, accrochés l'un à l'autre, ils rirent à perdre haleine.

— C'est fou, murmura-t-elle, les lèvres sur le torse de Sam.

— Tu parles trop, dit-il avant de l'embrasser doucement.

Elle aimait qu'il ne la traite pas avec ménagement, sainte Annie la pauvre veuve, mais comme une femme de chair et de sang, et elle répondait à son ardeur avec un naturel confondant. Ses lèvres s'entrouvrirent sous la pression de celles de Sam, et elle soupira voluptueusement quand il explora sa bouche. Elle avait l'impression de pouvoir enfin étancher sa soif après une interminable traversée du désert, de ranimer son âme. Il se serait sans doute enfui s'il avait su que personne, depuis de très longues années, ne l'avait embrassée avec cette fougue qui la laissait pantelante.

Elle se raidit soudain quand il glissa sa main sous la ceinture de son pantalon pour la poser sur son ventre.

— Je devrais faire des abdominaux, commença-t-elle, mal à l'aise. J'ai acheté l'une de ces cassettes et...

Sam se pencha sur son ventre, l'embrassa, joua avec son nombril, puis se mit à rire doucement en entendant son cri de plaisir et de surprise.

Ô mon Dieu! Sa main avait glissé plus bas, et il la caressait lentement, savamment. Elle se sentit emportée dans une spirale de plaisir pur. Comme il était facile de se laisser aller, de vivre le moment présent, de s'ouvrir à ses caresses! La nuit précédente, entre ses bras, elle avait rêvé de cet embrasement charnel qui fait oublier tout le reste. Elle avait faim de lui, faim de son corps. Pour la première fois de sa vie, le désir était plus puissant que son sens de la prudence, et elle tendit les mains vers les boutons de son jean, pressée soudain de le lui ôter.

Quelques instants plus tard, ils étaient nus, sur le sol, à côté du canapé. Sam s'allongea sur les vêtements épars et attira Annie sur lui. Elle le chevaucha, se pressa contre lui, le caressa – velours de la main sur le marbre de ses muscles. Il y avait si longtemps... trop longtemps, une éternité...

Les seins épanouis, les pointes roses sur l'albâtre de la peau, elle se pencha pour poser ses lèvres sur son ventre. Sa crinière auburn lui effleura le torse. Il frissonna, le sexe dressé fièrement entre eux ; elle eut un petit rire, mais ne le toucha pas. Il voulait qu'elle le prenne en elle, qu'elle soit sa fougueuse amazone. Il voulait voir son visage lorsqu'elle atteindrait l'extase, voir l'émerveillement dans ses yeux assombris par le plaisir, entendre ses gémissements. Sur son ventre et ses cuisses, il sentait se répandre sa moiteur. Il lui agrippa les hanches, gagné par un désir qui devenait plus brûlant, plus urgent à chaque seconde, quand il se rappela brutalement qu'il ne s'était absolument pas préparé à ce qui leur arrivait.

Son corps souple se mouvait sur lui avec grâce, et il avait une indicible envie d'elle, mais il y avait des choses incontournables.

— Annie, fit-il.

Son prénom resta un instant comme suspendu dans l'air.

Le cerveau embrumé par le désir, elle dut lutter pour regagner le monde réel.

— Je n'avais pas prévu ça, expliqua-t-il.

Elle non plus, bien sûr. Il y a des flamboiements impossibles à prévoir.

— Il faut une protection. J'imagine que tu ne prends pas la pilule.

La magie et la réalité ne font pas bon ménage. Annie eut l'impression de recevoir un plein baquet d'eau froide et, pour la première fois ce soir-là, elle se sentit embarrassée par sa nudité.

— Non. En effet.

Elle faillit ajouter que cela n'avait pas d'importance, qu'en presque vingt ans de mariage, elle n'avait jamais réussi à être enceinte, mais les mots restèrent coincés au fond de sa gorge. Cela faisait partie de son ancienne vie, et elle souhaitait que cela le reste.

Un lourd silence tomba entre eux. Elle avait envie de se rhabiller et de retourner vers ses chats, sa maison, sa routine, mais il était trop tard. Sam agrippa plus fermement ses hanches et la fit glisser sur son torse, l'embrasant de plus belle. Elle sentit son souffle tiède entre ses jambes.

— Sam ?

Sa voix trahit l'hésitation et ce rien de frayeur qu'elle éprouvait au même instant.

— Laisse-toi aller, Annie, fit Sam.

Ni crainte ni hésitation chez lui. Seulement la détermination d'un homme dont le désir est aussi ardent que celui de sa partenaire.

— Il n'y a pas qu'une seule façon d'aimer une femme, murmura-t-il avant de l'effleurer de ses lèvres.

Il y avait mille raisons pour lesquelles cela n'aurait pas dû se produire, songeait-elle, luttant contre son désir. Elle ne faisait pas ce genre de choses... Elle n'était pas très sensuelle... Même l'homme qu'elle avait aimé ne l'avait jamais entraînée dans un monde à ce point gouverné par les sens... Ô mon Dieu, cette langue !... Et que ses cheveux étaient doux entre ses cuisses ! Après tout, elle était peut-être sensuelle... Simplement, elle n'avait jamais eu l'occasion de s'en rendre compte. Mais était-il question d'amour ? Peut-on aimer quelqu'un qu'on vient de rencontrer ? Même si le regard de cet homme vous dit que vous méritez beaucoup de tendresse... Même s'il vous a sauvé la vie... Ce n'était pas de l'amour... C'était impossible... Oh, non, ne t'arrête pas ! Là, juste là, oui... Ou alors l'amour se résumait à un embrasement charnel...

En donnant du plaisir à Annie, jamais Sam ne s'était senti plus égoïste. Son odeur, ses gémissements, les longues cuisses qui frissonnèrent à l'instant de la jouissance ultime, tout cela lui procura un plaisir qu'il n'avait jamais connu jusque-là. Sensuelle, féline à l'extrême, elle l'entraînait dans une sphère qu'il ne soupçonnait pas, et il savait que ce n'était qu'un commencement. Rien ne semblait impossible avec elle.

Mais alors, pourquoi ces sanglots contre son épaule ? Il ne savait que lui dire. Invincible, une minute plus tôt, il en était maintenant réduit à lui caresser les cheveux en lui murmurant des banalités qui se voulaient apaisantes. Son désir s'évanouit devant la complexité inattendue de la situation.

De légères traces rouges marquaient l'intérieur des cuisses d'Annie, et il se sentit empli de remords. Lui avait-il fait mal ? Dans sa fougue, avait-il abîmé ce corps si doux, si beau ? Qu'est-ce qui diable avait foiré en cours de route ?

— Je suis navré, Annie. Je ne voulais pas te blesser.

Elle essuya vivement ses larmes, et Sam la vit lutter pour se ressaisir. Ce qui acheva de l'émouvoir. Il était prêt à tout pour elle, et elle n'en avait aucunement conscience.

Annie s'en voulait doublement. Elle avait laissé les choses aller trop loin et, en même temps, elle-même n'était pas allée assez loin. Elle avait eu trop de temps pour penser, pour se rappeler l'image que la ville avait d'elle. Annie Galloway, la veuve de Kevin, la belle-fille de Claudia ne laissait pas de place à l'amante de Sam Butler. Mon Dieu, comme elle avait encore envie de lui ! Comme ils avaient encore envie l'un de l'autre ! C'était une telle évidence, mais Annie était comme paralysée. Elle n'était plus une épouse, mais elle n'était pas certaine d'être prête à être une amante. Elle se sentait avide, égoïste et craignait de ne pas être à la hauteur.

— Je dois te décevoir, dit-elle en s'efforçant de rire. Rassure-toi, toutes les femmes de Shelter Rock Cove ne fondent pas en sanglots quand un homme vient de leur faire l'amour.

Toutes sauf celles qui viennent d'enterrer leur mari, mais n'ont pas encore enterré leur culpabilité.

— Je me fiche complètement des autres femmes. Est-ce que je t'ai fait mal, Annie ?

Il paraissait anxieux et, s'il était en colère ou déçu, il le cachait bien. Ses gestes n'étaient que tendresse soucieuse.

C'était exactement ce dont elle avait besoin. Elle avait faim également de réconfort, de la chaleur d'un corps à côté d'elle, de plaisir sensuel, faim de reconnaissance, de compréhension, d'amour inconditionnel. Sa solitude, l'ampleur de ses renoncements – tant de rêves abandonnés – n'étaient rien en comparaison de ces attentes, et cela l'effrayait.

— Est-ce que je t'ai fait mal ? répéta Sam.

Pourquoi fallait-il toujours que les émotions intenses la fassent pleurer ?

— Non, non ! s'écria-t-elle. Simplement, je... C'était tellement...

Soudain embarrassée, elle ne trouvait plus ses mots. Elle jeta un coup d'œil à sa montre et ressentit un mélange vertigineux de colère et de honte.

— Jusqu'à aujourd'hui, il n'y avait eu personne d'autre que mon mari.

— Personne ? Même avant ton mariage ?

— Il n'y a pas eu d'« avant ». Ça peut te sembler risible qu'une jeune fille épouse son premier amoureux. Mais nous avions eu tout de suite la certitude que nous étions faits l'un pour l'autre.

— Il n'y a rien de risible, dit Sam. Il a eu de la chance, je trouve.

Le regard qu'elle lui lança était un mélange de chagrin, de colère, de gratitude, et il aurait eu du mal à isoler chacune de ces émotions. « Le mariage est comme une société secrète », songea Sam. Une société qu'il n'avait jamais pu rejoindre, par manque de temps. Le reste du monde la regardait de l'extérieur, et en était réduit à imaginer ce qui s'y passait.

— Claudia estime que je n'aurais pas dû déménager, mais je ne pouvais plus rester là-bas. Deux années, ça suffit. Quand, finalement, j'ai...

Elle se tut, horrifiée de constater qu'elle avait failli révéler ses secrets les mieux gardés.

— Je ne suis pas vraiment comme ça, reprit-elle. D'habitude, c'est vers moi que les gens viennent quand ils ont des problèmes.

Les grandes et belles mains de Sam caressèrent ses cheveux.

— Et toi, Annie Galloway, à qui t'adresses-tu quand tu as un problème ?

— Tu n'as pas entendu ? Je n'ai pas de problème. Je suis celle qui résout ceux des autres.

Sam s'apprêtait à lui répondre quand le téléphone sonna. Une fois, deux fois... quatre fois. Finalement, il alla prendre son portable. Dans la pénombre du séjour, un vent frais soulevait les rideaux et, dans la cuisine, Max gémissait, le ventre creux. Des bribes de conversation entre Sam et sa sœur parvenaient jusqu'à Annie.

— ... Ce n'est pas le moment, Marie... On verra ça plus tard... Oui, oui... Tu lui offres le dîner... Il appellera... Ce n'est pas urgent... Demande à Jimmy... Non, tu n'as pas à t'inquiéter...

Annie enfila son pantalon et son pull.

— ... Je suis occupé en ce moment, Marie...

Elle fourra ses chaussettes et son soutien-gorge dans sa poche.

— ... Ça ne te concerne pas. Est-ce que je te pose des questions au sujet...

Annie récupéra ses chaussures sous le canapé.

— ... Je te rappelle... Quand ? Je n'en sais rien, Marie. Bon sang, pourquoi tu ne...

Annie se glissa dehors sans un regard en arrière.

7

On sonna à la porte de Claudia à 20 heures précises, comme pratiquement chaque samedi soir, depuis quinze ans.

— J'ai un compte à régler avec toi, Warren Bancroft, attaqua-t-elle bille en tête en faisant entrer son visiteur dans le salon.

Elle n'accepta qu'avec réticence le baiser de Warren.

— Calme-toi, dit-il. Pense à ta tension.

— Ma tension ne serait pas un problème si tu laissais ma famille tranquille.

— Tu ne vas pas recommencer !

Warren prit le verre de scotch qui l'attendait sur la table basse.

— J'ai simplement aidé Annie à acheter cette maison. Je ne me mêle pas des affaires de ta famille !

Claudia aurait pu facilement lui rappeler pas mal de choses à ce sujet. Au fil des années, il avait pris la regrettable habitude d'être toujours là quand elle avait besoin de lui. Il s'était arrogé le droit de jouer les anges gardiens de la famille, sans même abandonner ses éternels cigares !

— Je parle de cet homme que tu as installé dans l'ancienne maison d'Ellie.

— Retiens ta langue de vipère, fit Warren.

Claudia ignora sa remarque.

— J'espère que tu n'essaies pas de les rapprocher, sinon je...

— Si tu parles par énigmes, je finis mon scotch et je rentre chez moi.

Claudia se redressa de toute sa hauteur – en oubliant qu'elle se tassait avec l'âge – et rétorqua :

— Garde tes bonnes manières pour toi, Warren Bancroft, et assure-moi que tu ne manigances rien. Je te connais !

Le voyant prendre une longue gorgée de scotch au lieu de lui répondre, Claudia faillit se jeter sur lui pour lui faire sortir les mots de la gorge.

— Sam est un ami de longue date, finit-il par expliquer. Il cherchait un lieu de retraite. Je le lui ai procuré, c'est tout.

— Pourquoi ne lui as-tu pas proposé la grande maison, à côté de chez toi ?

Warren reprit une gorgée d'alcool et la savoura en se réjouissant de la fureur de Claudia.

— Tu sais que je tiens à mon espace, dit-il.

— Tu aurais pu faire une exception.

De la poche de sa veste, Warren tira l'un de ses horribles cigares, puis tâta ses autres poches à la recherche d'un briquet. Claudia se refusait à lui offrir une allumette.

— Je sens que tu vas bientôt me dire comment mener mes affaires, ironisa-t-il.

— Oh ! En affaires, tu t'y connais !

Il sortit finalement un briquet de sa poche arrière, le geste ample, provocateur.

— Et toi, ta spécialité, c'est de dire tout ce qui te passe par la tête.

Quel culot il avait d'allumer son cigare sans même demander la permission !

— Laisse Annie tranquille. Ça ne te suffit donc pas de l'avoir poussée à vendre la maison ? Tu ne vas pas aussi jouer les entremetteurs.

Warren tira longuement sur son cigare, les joues creusées par l'aspiration voluptueuse de la fumée odorante. Le vieux fou !

— Toutes les femmes ne font pas du veuvage une carrière. Annie est trop jeune pour prendre le voile, déclara-t-il.

Il avait fait mouche... Même après toutes ces années, leur histoire les poursuivait, mais il n'était plus question de pleurer devant lui.

— Annie est adulte, déclara Claudia. Elle n'a besoin de personne pour prendre ses décisions.

— N'oublie pas ces paroles, Claudia. Un jour, elles reviendront te hanter.

« Tu ne connais pas Annie, comme je la connais, Warren, brûlait-elle de lui répliquer. Je sais ce qui lui convient. »

— Tu dînes avec moi, ou tu n'es venu que pour me compliquer la vie ? demanda-t-elle à la place.

Elle se leva. Warren la suivit dans la cuisine.

— Je n'aurais jamais dû te laisser partir, Claudia. Aujourd'hui, si tu me laissais faire, je t'épouserais une seconde fois sans hésiter.

En 1950 – sa dernière année d'études –, Warren Bancroft avait été élu à l'unanimité le garçon le plus populaire de sa promotion. On lui avait également décerné la palme du candidat le plus contesté par certains. Warren était d'accord avec ces deux jugements. Généreux, plein d'entrain, il semblait cependant destiné à poser des nasses toute sa vie, en maugréant contre le temps, comme son père et son grand-père, pêcheurs de langoustes. Une certitude que lui-même partageait.

Beau ou mauvais, le temps était un élément primordial pour les habitants de Shelter Rock Cove. On s'en inquiétait avant de sortir en mer, chaque matin.

De lui dépendait la pêche du jour. Ou, tout simplement, le retour au port des pêcheurs, sains et saufs.

À sa troisième sortie en mer, après la fin de ses études, Warren Bancroft essuya une tempête comme les anciens n'en avaient jamais vu. Lorsque, au bout de quatre jours, son bateau réussit à regagner le port tant bien que mal, il jura qu'on ne l'y reprendrait pas, et entreprit aussitôt de changer de cap.

Dix ans plus tard, Warren revint à Shelter Rock Cove en ne parlant que d'ordinateurs. Son aspect et sa façon de s'exprimer n'ayant pas changé, ses anciens camarades de lycée l'écoutèrent poliment, puis oublièrent ses idées folles. Jusqu'au jour où il arriva en limousine noire avec chauffeur.

L'adolescent sur lequel personne n'aurait misé avait réussi au-delà de toutes ses espérances, et on constata par la même occasion qu'il ne demandait qu'à en faire profiter sa ville natale. En revanche, on ignorait que pendant six mois, en 1951, Warren et Claudia Perrine avaient été mariés. Warren n'en concevait aucune gêne. Au contraire. Il l'aurait volontiers crié sur les toits. Non, c'était Claudia qui ne voulait à aucun prix que ce secret soit révélé.

Ils s'étaient séparés le jour où elle lui avait annoncé :

— Le mariage a été annulé. Autrement dit, il n'a jamais existé.

Par amour, Warren n'en avait jamais parlé à personne.

Claudia aurait voulu un mari qui rentre chaque jour à 17 h 30 et s'installe dans son fauteuil pour lire le journal pendant qu'elle achevait de préparer le dîner. Elle désirait de nombreux enfants, en bonne santé, heureux, et qui feraient d'elle une grand-mère comblée. Ce qui était aventureux, risqué, elle ne le comprenait pas. Elle était incapable d'imaginer une vie privée de tout ce qui avait fait le bonheur de sa mère et de sa grand-mère.

Malheureusement, le jeune Warren avait d'autres projets. Il voulait voir le monde, y imprimer sa marque. Les histoires d'enfants et de clôture autour du jardin, ce serait pour plus tard.

Aujourd'hui encore, il revoyait les larmes dans les yeux de Claudia le soir où elle lui avait annoncé d'une voix tremblante l'annulation de leur mariage.

— Je suis allée voir le prêtre. Je lui ai expliqué que tu refusais d'avoir des enfants.

— Un jour, j'en aurai, avait répondu Warren, bien qu'il sache que la bataille était déjà perdue. Mais pas pour l'instant.

— Le prêtre m'a dit que cela suffisait pour annuler le mariage dans les plus brefs délais.

Claudia épousa John Galloway et éleva six enfants, plus Annie Galloway, que Warren regarda grandir à distance en regrettant qu'ils ne soient pas les siens.

Profondément généreux, il n'eut de cesse d'aider les habitants de Shelter Rock Cove. Il régla les emprunts de sa famille, s'assura que ses amis pouvaient payer leurs frais médicaux, sortit son chéquier quand la police avait besoin d'une nouvelle voiture ou si la digue nécessitait des réparations. Il créa une fondation destinée à accorder des bourses aux enfants de marins disparus en mer, fit agrandir l'hôpital et finit par se préoccuper de toute personne dans le besoin, où qu'elle soit. Il avait tant reçu qu'il se faisait un devoir de donner à son tour. C'était sa façon à lui de remercier le destin.

Mais parmi tous ceux qu'il avait envie d'aider, deux adolescents étaient particulièrement chers à son cœur : Annie Lacy et Sam Butler.

Sam avait quinze ans lorsque Warren l'avait rencontré à la marina, près de Flushing, dans le Queens. L'adolescent effectuait toutes les petites réparations qu'on voulait bien lui confier. Intelligent, travailleur, habile de ses mains, Sam adorait les bateaux, et son enthousiasme était unanimement apprécié. Cette année-là, alors que Warren ramenait son yacht des Bahamas avant la saison des ouragans, il avait eu, au large de New York, une avarie qui l'avait contraint de se diriger vers la marina. Par cette chaude soirée de juillet, seul un adolescent maigre, doté d'une masse de cheveux noirs et d'une énergie étonnante, travaillait encore. Quand Warren avait repris la mer, Sam et lui étaient devenus amis.

Ils se revirent chaque année; au début de l'été, quand Warren remontait dans le Maine, puis lorsqu'il redescendait vers les Bahamas, pour l'hiver. Un an avant la mort de Rosemary, la mère de Sam, Warren avait invité le jeune homme et tout un groupe d'adolescents new-yorkais à s'embarquer avec lui afin de découvrir la vie des pêcheurs. Cet été-là fut le dernier que Sam, alors âgé de seize ans, vécut sans soucis.

Deux ans plus tard, il enterrait son père, Patrick, aux côtés de sa femme. À cette époque, Warren s'était installé au Japon afin de concrétiser un partenariat avec l'un des géants de l'électronique japonais, partenariat qui devait engendrer la création de nombreux emplois dans ses entreprises. Sa femme l'avait quitté pour un homme dont la seule ambition était de rentrer à l'heure pour le journal télévisé, et Warren se félicitait que son mariage avec Claudia n'ait pas duré assez longtemps pour qu'ils aient d'enfants – un divorce n'étant jamais sans conséquences pour eux. Mais, au fond, il se mentait à lui-même, et le savait. Il enviait son ex-épouse et sa bruyante maisonnée. Souvent, il se disait que c'était pour cette raison qu'il prenait tant de jeunes sous son aile.

Lorsqu'il revit Sam, il le reconnut à peine. L'enthousiasme du jeune homme avait cédé la place à une âpreté rare, même chez les carriéristes les plus déterminés. Sam ne lui parla pas de la mort de son père, que Warren apprit par l'intermédiaire de Bill, le propriétaire de la marina.

— Ce gosse se tue au travail pour subvenir aux besoins de ses frères et sœurs, lui expliqua Bill. Il fait un maximum d'heures chez moi et c'est encore insuffisant.

En plus de son travail à la marina, Sam vendait des articles de sport et, la nuit, assurait la maintenance d'un immeuble de bureaux sur Queens Boulevard. Il n'avait pas achevé son dernier semestre à l'université et, à moins d'un miracle, il ne pourrait reprendre ses études avant longtemps.

Si Warren ne souhaitait pas mieux que de provoquer ce miracle, il savait Sam trop orgueilleux pour accepter son aide. Vif, intelligent, de contact facile et, en même temps, particulièrement à l'aise avec les chiffres, Sam avait tous les atouts pour devenir, en cette époque de plein essor de la Bourse, un agent de change hors pair, un super *golden boy*, un prince de la finance. Il suffisait de le diriger dans la bonne voie.

Maintenant, le chapitre était clos. Sam avait élevé ses frères et ses sœurs et se retrouvait libre comme l'air. Il pouvait même envisager de reprendre ses études pour obtenir le diplôme dont il rêvait.

Était-il heureux en fin de compte ? Même pas. L'idée qu'il aurait pu faire plus et mieux le poursuivait, et Warren Bancroft s'avouait impuissant à changer cette situation si Sam Butler n'y mettait pas du sien.

Warren n'avait pas écouté un mot de ce que Claudia lui avait dit. Il était là, assis en face d'elle, les yeux aussi mornes que ceux d'un calmar, ingurgitant son pâté à la viande en pensant à Dieu savait quoi.

Claudia porta à ses lèvres sa tasse de café – une jolie pièce en porcelaine ornée de petites roses peintes à la main –, puis poussa un profond soupir.

— Oh, arrête ! grommela Warren d'un ton bon enfant. J'ai entendu ce que tu me disais, ne t'inquiète pas.

— Entendre et comprendre sont deux choses différentes, Warren.

— Eileen pense qu'elle est de nouveau enceinte. Sean ouvre un nouveau magasin. Trois de tes petits-enfants sont entrés à l'université, et tu t'arraches les cheveux à cause d'Annie et de Sam.

— Annie et Sam ! Tu parles d'eux comme s'il s'agissait d'un couple, alors que ce n'est pas le cas et...

Claudia s'interrompit et détourna le regard.

— Vas-y, continue. Je sais ce que tu vas dire.

Seule la bonne éducation de Claudia l'empêcha de vider la cafetière sur la tête de Warren mais, par défi, elle acheva sa phrase :

— ... que ça ne le sera jamais.

Puis elle ajouta :

— Si Annie a envie de sortir avec des hommes – Dieu lui pardonne ! faillit-elle s'écrier –, les célibataires bien sous tous rapports ne manquent pas à Shelter Rock Cove.

Ce qu'elle aurait aimé fumer une cigarette, si son médecin ne le lui avait interdit ! Rien ne souligne mieux la colère d'une femme que le geste d'une main tenant une cigarette allumée.

— Pour ces hommes, elle reste la femme de Kevin, rétorqua Warren. Pour toi aussi, d'ailleurs, précisa-t-il après avoir repoussé son assiette.

— Eh bien, oui ! Elle est toujours la femme de Kevin !

— Elle est sa veuve, rectifia Warren.

Il lui tapota la main.

— Abstiens-toi de pleurnicher, Claudia. Que ça te plaise ou non, la vie continue.

— Ça ne me plaît pas, répliqua Claudia en retirant sa main. Pas du tout, même. Et puis, si tu crois que toutes les veuves cherchent à remplacer leur mari, tu te trompes. Comme moi, Annie avait épousé l'amour de sa vie. Et on ne remplace pas l'amour de sa vie.

— Je sais, murmura Warren Bancroft. Ça fait près de cinquante ans que j'essaie.

8

Le lendemain matin, Sam cherchait un bâton pour Max sur la plage quand il entendit passer la voiture d'Annie. Il dut se retenir pour ne pas grimper sur un rocher dans l'espoir d'apercevoir la jeune femme.

« Du calme ! se sermonna-t-il. Ne la bouscule pas. » Elle avait juré d'aimer un homme pour la vie et, même si cet homme était mort depuis deux ans, son engagement gardait tout son poids et son sens.

La veille, il s'était d'abord dit que c'était le coup de fil de Marie qui avait provoqué la fuite d'Annie. Mais, au fond, il avait la certitude qu'elle n'avait attendu que ce prétexte pour s'éclipser. « Ne t'en prends pas à moi simplement parce que tu es de mauvaise humeur, lui avait lancé sa sœur. Je ne sais pas ce qu'il se passe, mais je te préférais quand tu étais à New York. »

Que faire quand on a pour rival un fantôme ? Sam savait comment s'y prendre avec les vivants – avec ce médecin qui était passé la veille chez Annie, par exemple. Mais, bon sang, comment est-ce qu'on se battait avec un mort ? Annie portait toujours son alliance. Sa belle-famille faisait partie de sa vie quotidienne. Toute son existence reposait sur les liens tissés pendant son mariage, des liens qui se consolidaient un peu plus chaque jour.

Et lui, qu'avait-il à offrir ? Il n'avait ni travail ni perspectives d'avenir, et seule la vessie hyperactive de Max l'obligeait à se lever le matin. Tôt ou tard, il lui faudrait faire preuve d'imagination, mais, pour l'instant, il ne s'y hasarderait pas.

Marie lui avait posé un tas de questions sur son appartement. Paul et elle voulaient l'utiliser avec leurs enfants en attendant que la construction de leur maison, à Massapequa, soit terminée. « L'appartement est vide, Marie. Vous seriez obligés de dormir par terre. »

En vérité, sa sœur ne lui avait pas téléphoné pour lui raconter ses préoccupations d'ordre familial. « À Wall Street, on ne parle que des ennuis de Mason, Marx et Daniel. On s'attend à une intervention de la commission de surveillance des opérations boursières. Tu es au courant ? » Sam n'avait pas répondu. « Tu es parti à temps, grand frère. Il ne doit pas faire bon être dans les parages en ce moment. »

Journaliste à *Newsday*, chargée de l'information financière pendant quelques années, Marie s'était récemment reconvertie dans la rubrique Magazine en expliquant à Sam qu'elle avait désormais une famille et lui donnait la priorité. Elle s'en était presque excusée, comme si elle le jugeait incapable de comprendre.

Sam avait failli rire, lui qui, depuis l'âge de dix-neuf ans, n'avait cessé de faire passer sa famille avant ses rêves, son avenir, et ses principes moraux.

Il n'était pas mécontent que Marie n'enquête plus sur Wall Street. Elle avait du métier et elle était intelligente, il ne lui aurait pas fallu longtemps pour flairer l'imbroglio qui impliquait son frère. Si elle continuait à s'intéresser à la finance, le temps lui manquait pour tout analyser. Sam aurait pu lui parler de ce qu'il avait mis à l'abri dans le coffre d'une banque, de l'adresse électronique à Arlington, du portable qui permettait à certains de le tenir en laisse. Il aurait pu lui dire qu'il était en danger.

« Comment ça s'est passé pour les clients ? lui avait demandé Marie, poussée par son instinct de journaliste chevronnée. Moi et toi, nous savons bien que ce sont toujours les mêmes qui retombent sur leurs pattes. En revanche, ceux qui leur ont fait confiance… »

Il n'avait pas de réponse. Il avait fait ce qu'il avait cru bon de faire, avec l'espoir qu'il serait capable d'en assumer les conséquences. Mais combien de temps lui restait-il avant que ne tombe le couperet ? Une semaine, un mois, une année ? Son téléphone pouvait sonner à tout instant, et il se retrouverait sur la sellette, à New York, quelques heures plus tard.

Au cours des seize années passées, à aucun moment il n'avait agi, pris une décision, dépensé un seul dollar sans penser au bien-être de sa famille. Il avait dû faire des compromis dans bien tous les domaines, accepter un travail qu'il détestait afin d'épargner la même situation à ses frères et sœurs. Ses amis, ses voisins avaient vu en lui un héros et l'avaient félicité de prendre ainsi en charge de jeunes enfants. « Plus personne ne tient ses promesses, aujourd'hui », lui avait dit Mme Ruggiero. Dieu qu'il aurait aimé fuir, sauter dans le premier avion et tout plaquer ! Il avait parfois failli demander à Warren Bancroft de l'aider financièrement, mais, au dernier moment, il s'était retenu. Non, il n'avait jamais été un héros. Les héros ne regrettent rien, ne cherchent pas d'échappatoires. Sam aimait ses frères et ses sœurs, mais il n'avait jamais voulu être leur père.

Rien d'étonnant qu'il ne se soit jamais marié. Instinctivement, il avait été attiré par des femmes qui ne cherchaient qu'une liaison passagère.

Jusqu'à ce qu'il rencontre Annie.

Elle était belle, et grave, et sérieuse. Elle avait eu une vie avant lui, et cette vie avait fait d'elle la femme qu'elle était aujourd'hui, capable d'apprécier le geste de Sam. Oh, ce n'était pas le summum du romantisme que d'apporter quelques meubles dans sa maison ! Mais offre-t-on des roses à une fleuriste ? Cela dit, il n'avait pas réfléchi qu'apporter un canapé pouvait laisser croire à des arrière-pensées.

Fais attention. Déjà, hier soir, elle t'a laissé en plan.

Sam entendait encore la porte se refermer derrière elle. Il avait raccroché au nez de sa sœur, puis s'était précipité dans le séjour pour constater qu'Annie était bel et bien partie. Ses propres vêtements étaient soigneusement pliés sur le canapé, des effluves de son parfum flottaient encore dans l'air, et c'était tout. À croire qu'il ne s'était rien passé. Le cœur d'Annie appartenait toujours à Kevin Galloway, et Sam n'y pouvait rien.

Il entraîna Max dans une marche forcée le long du rivage avant de rentrer. La marée montait. Bientôt, les vagues lécheraient les rochers, et la nature indomptée reprendrait ses droits. Fatigué, Max s'étala au milieu de la cuisine, haleta bruyamment pendant que Sam lui remplissait son écuelle. Penché sur lui, Sam le gratta derrière l'oreille.

— Fainéant ! Dire que je t'ai connu jeune et téméraire.

Max avait appartenu à Phil, un voisin que Sam croisait dans l'ascenseur, et qui l'avait beaucoup surpris le jour où il lui avait demandé s'il connaissait quelqu'un prêt à adopter un vieux labrador à la mauvaise haleine ayant un penchant à la destruction.

— Je me marie en septembre, et ma fiancée déteste les chiens. Si je ne trouve personne pour le prendre, il faudra que j'abandonne Max dans un refuge.

— Je le prends, avait déclaré Sam sans se poser de questions.

Aussitôt, il s'était retrouvé avec le chien, une écuelle et un sac de croquettes à moitié entamé.

Quelle idée de s'engager comme ça ! Mais, au moins, avec un chien, on ne risquait pas la séparation à la moindre anicroche. Annie avait parlé de presque vingt ans de mariage. Plus rien ne durait si longtemps de nos jours, et surtout pas les mariages. Elle avait dû être heureuse avec son mari, sinon elle aurait divorcé. En tout cas, elle ne continuerait pas à lui être aussi attachée.

Avait-elle des enfants ? Il l'ignorait toujours, mais, vu la durée de son mariage, cela lui semblait plus que probable. Il se surprit à lui prêter une fille, étudiante, dotée du même sourire qu'elle. Ou bien un fils, grand, sportif, attentif à sa mère.

Arrête de fabuler. Tu ne sais rien d'elle.

Rien n'était plus vrai, mais il ne demandait qu'à la connaître, à tout apprendre d'elle et, surtout, à trouver une place dans sa vie.

Quarante-huit heures plus tôt, il ignorait l'existence d'Annie Galloway, et voilà qu'à présent, il ne pouvait imaginer le monde sans elle.

Elle le prenait pour un héros, elle aussi, alors qu'il avait simplement éteint un début d'incendie. Mais elle avait eu pour lui un regard qu'aucune femme n'avait eu avant elle, et qu'il ne méritait pas. Le vrai héros, c'était Max, pas lui. Qu'elle demande aux personnes dont il avait mis l'avenir en péril, elles auraient deux ou trois choses à lui raconter à propos de l'héroïque Sam Butler…

Au fond, il valait peut-être mieux qu'elle ait repris ses distances.

Il allait se servir des corn-flakes quand le téléphone sonna quelque part dans la maison. Il dénicha finalement son portable, coincé entre deux coussins du canapé.

— Il t'en a fallu du temps pour répondre ! remarqua Warren Bancroft. Sept sonneries. J'allais raccrocher.

— Où êtes-vous ? Ici ou à Boston ?

— Ici. Je suis arrivé hier soir. Je repars demain après-midi. Ça fait du bien d'être un peu chez soi.

— Dites à Nancy que la tourte était délicieuse.

— Tu le lui diras toi-même. Elle est en train de faire ses fameuses gaufres aux myrtilles, et il y en a pour toute une armée.

Un quart d'heure plus tard, Sam et Max entraient dans la cuisine où Nancy étalait une couche de pâte dans le gaufrier.

— Tu tombes à pic, déclara-t-elle en embrassant Sam. Warren vient de se mettre à table.

Tandis que Max s'asseyait près de Nancy, au cas où un morceau de gaufre tomberait par inadvertance dans sa gueule, Sam alla rejoindre Warren dans la véranda qui surplombait le port. L'océan était un peu agité, et la crête blanche des vagues dentelait joliment l'eau d'un bleu profond. Dès qu'il vit Sam, Warren se leva et vint lui serrer chaleureusement la main.

— Tu n'as plus que la peau sur les os ! Nancy, préparez une double ration !

— C'est déjà fait !

Sam s'installa en face de Warren.

— Pourquoi voulez-vous toujours que je prenne du poids ?

— Attends d'avoir passé l'hiver ici, et tu comprendras, expliqua Warren en attrapant le pichet de sirop d'érable.

Ils dînèrent en silence, le temps de dévorer deux platées de gaufres. Puis Warren repoussa sa chaise, desserra sa ceinture et demanda :

— Les meubles ont plu à Annie ?

— Beaucoup. Et elle était heureuse qu'ils viennent de chez Ellie.

Warren alluma une cigarette, tira une bouffée, puis écrasa le reste dans le petit cendrier, à côté de son assiette.

— Elle a insisté pour signer un reçu, je parie.

— Tout a été noté, jusqu'au nombre de coussins du canapé.

— C'est bien elle. Scrupuleusement honnête. Tu as quelque chose d'autre à me dire ? ajouta Warren en observant Sam.

Celui-ci baissa les yeux sur sa tasse de café.

— Non.

— Bien. De toute façon, ça ne me regarde pas.

À 9 heures, Annie livra le bouquet de la mariée à une Karen Sorenson très sereine, puis les boutonnières, une demi-heure plus tard, à Frankie Machado, qui lui parut quelque peu nerveux. La journée promettait d'être longue et, d'une certaine manière, Annie s'en réjouissait. Elle avait besoin de prendre de la distance par rapport aux événements de la veille, et peut-être aussi par rapport à Sam lui-même.

La nuit précédente, elle avait découvert une femme dont elle ne soupçonnait pas l'existence. Une femme passionnée, ivre de désir, prête à jeter son bonnet par-dessus les moulins. L'intérieur de ses cuisses portait encore les traces laissées par les joues et le menton râpeux de Sam, dans des circonstances dont le souvenir lui donnait envie de courir se jeter dans ses bras.

Elle n'était pas sûre, cependant, d'être bien accueillie. Sam s'était montré un amant parfait, il l'avait protégée quand elle avait eu besoin de l'être, l'avait emmenée progressivement jusqu'au vertige ultime. Et comment l'avait-elle remercié ? En s'éclipsant dès qu'il avait eu le dos tourné. Quelle lâcheté ! Elle s'étonnait qu'il n'ait pas encore bombardé sa maison de tomates et crevé ses pneus.

Lui faire l'amour, redessiner son corps avec ses lèvres, voilà ce qu'elle avait ardemment désiré. Ses expériences sexuelles étaient peut-être limitées, mais elle n'était pas pour autant innocente et savait aussi donner du plaisir.

Si seulement elle n'avait pas remarqué son alliance tandis que sa main glissait sur le torse de Sam.

Les souvenirs refluaient : le premier baiser échangé avec Kevin, derrière la marina, le gardénia qu'il lui avait offert le soir du bal du lycée, sa demande en mariage sur les marches de la bibliothèque universitaire, la cérémonie sous une pluie battante dont ils s'étaient moqués, sûrs qu'ils étaient de tenir entre leurs mains un monde de bonheur. Et puis, il y avait eu les nuits blanches à l'attendre, les étrangers qui venaient frapper à leur porte, ces voix profondes au téléphone qui laissaient des messages qu'elle refusait de comprendre, et ce dernier soir où tout s'était achevé au milieu du grand lit de cuivre, tandis qu'elle murmurait follement : « Non, non, non... »

Après deux années de lutte pour tenter d'accepter la mort de Kevin, elle avait soudain réalisé, dans les bras d'un autre, qu'elle était vivante, et libre de bâtir une nouvelle vie sur les fondations de l'ancienne. Trop longtemps elle n'avait vu que les factures à payer et les désastres à éviter.

La femme passionnée et insouciante qu'elle avait découverte la veille lui plaisait. Elle avait semblé plaire aussi à Sam Butler, en tout cas jusqu'à ce qu'elle s'enfuie sans le moindre mot aimable. Certes, elle accordait peut-être trop d'importance à ce qui s'était passé entre eux. Lui n'y avait peut-être vu qu'un interlude agréable et rien de plus. Elle rougit en se rappelant qu'elle avait été comblée, alors que Sam n'était pas allé jusqu'au bout. Qu'en pensait-il ? Il le lui dirait sans doute, si toutefois ils se revoyaient.

Heureusement qu'aujourd'hui elle serait très prise par ce mariage ! C'était un énorme travail, une foule de détails à régler, un horaire à respecter, des surprises de dernière minute pour lesquelles il fallait trouver une solution.

Aujourd'hui, elle était l'Annie Galloway que tout le monde connaissait, qui faisait prospérer son commerce en fournissant à ses clients ce qu'ils attendaient, et même un peu plus. Cela représentait d'interminables journées de travail, des heures de sommeil en moins, mais le jeu en valait la chandelle. Bientôt, elle pourrait aller à la boîte aux lettres sans redouter les factures qui s'y trouveraient peut-être.

Elle ressortit de chez Frankie et retourna en vitesse au magasin pour charger les fleurs à l'arrière de sa fourgonnette. Elle vérifia que les tiges avaient de l'eau et que les pétales gardaient leur fraîcheur, ajouta des ciseaux, trois rouleaux de rubans de satin, un énorme carton de fougères et de gypsophile, et prit le volant. La dernière messe se termina à 11 heures et, dix minutes plus tard, Annie et Claudia entreprenaient de transformer la vieille église sombre en une corbeille de fleurs.

Tandis qu'elles disposaient sur l'autel les superbes compositions de fleurs de frangipanier, d'hibiscus et de lys, Annie remarqua :

— Je crains que Frankie ne se sauve avant la fin de la cérémonie. Il a l'air d'avoir une frousse bleue.

— Les hommes sont toujours comme ça. Je me souviens de mes trois fils !

— Pas Kevin !

— Oh, que si ! Il était tellement nerveux que John lui a demandé de s'asseoir et lui a fait avaler un whisky.

— Je n'arrive pas à y croire.

— Tu sais, il t'aimait plus que tout. Mais quand ils s'avancent vers l'autel, la plupart des hommes ont l'impression d'être pris au piège.

Annie repensa aux mariages auxquels elle avait assisté, soit en tant qu'invitée, soit en tant que fleuriste, et un invariable schéma émergea d'une brume de fleurs d'oranger. Chaque fois, la mariée s'avançait vers l'autel, la tête haute, l'allure décidée, tandis que le marié épongeait son front et tirait sur son col comme si, brusquement, il étouffait.

— Tu as raison, reconnut-elle en ajoutant gypsophile et fougères aux bouquets. Pourquoi ne m'en étais-je pas aperçue plus tôt ?

Claudia lissait doucement des pétales des fleurs de frangipanier.

— Nous avons plus de bon sens que ces messieurs. Une fois notre décision prise, nous n'hésitons plus.

— C'est ce qui s'est passé avec John ?

Parfaitement assortis, Claudia et John avaient formé le couple le plus heureux qu'ait connu Annie.

— En fin de compte, oui, affirma Claudia.

Tout en décorant la première rangée de prie-Dieu, elles évoquèrent les prochains mariages. Puis elles ramassèrent les pétales et les feuilles qui étaient tombés dans l'allée.

Soudain, Claudia se pencha vers Annie et posa le doigt sur sa joue.

— Qu'est-ce que c'est ? Tes chats t'ont encore griffée ?

— Non. Pourquoi ?

— Tu as la joue rouge. On dirait tout un réseau de petites griffures.

— Je ne vois pas comment...

Annie laissa sa phrase en suspens. Apparemment, la barbe de Sam avait laissé une vraie carte de visite. Elle détestait mentir mais, en la circonstance, avouer la vérité lui parut au-dessus de ses forces.

— Tu sais ce que c'est avec les chats. Au bout d'un moment, leurs coups de griffes passent inaperçus.

Elle se promit de s'amender en gavant George et Gracie de saumon aux épinards.

— Mais, tu viens de me dire...

— Excuse-moi, je pensais à autre chose. Précisément, ajouta-t-elle en jetant un coup d'œil à sa montre, au fait que je dois rejoindre Jennifer, Becky et Sweeney dans dix minutes.

— Dans dix minutes ! Seigneur, dépêchons-nous.

Un beau soleil de septembre brillait haut dans le ciel quand elles sortirent de l'église.

— Merci pour ton aide, Claudia. Nous serons dans les temps.

Claudia mit ses lunettes de soleil.

— Je serais bien restée si je n'avais pas eu mon séminaire cet après-midi.

À son tour, Annie chaussa ses lunettes noires, puis elle chercha les clefs de sa voiture au fond de son fourre-tout.

— Quel est le sujet, cette fois-ci ? Le tai-chi ou la cuisine minceur ?

— Tu es aussi moqueuse que Susan ! Pour ta gouverne, c'est séminaire sur les fonds de pension.

— Ne me dis pas qu'il est dirigé par ce conseiller financier de Boston qui nous casse les oreilles à la radio.

— Il s'appelle Adam Winters et son émission est la meilleure de toute la Nouvelle-Angleterre.

— C'est un escroc, Claudia. Il vend de l'huile de serpents.

Claudia baissa ses lunettes et observa Annie.

— Je te trouve particulièrement cynique aujourd'hui.

Retiens-toi, Annie, sinon tu vas révéler certains secrets de famille.

— Tu te souviens de cet analyste financier de Bangor qui a été inculpé pour malversations ? Il y a des gens qui ont perdu leur maison à cause de lui.

— Je me sens insultée. Tu me prends pour une idiote, Annie ? Tu crois que je vais confier mes économies à un inconnu ?

— Je ne te prends pas pour une idiote. Mais les individus de ce genre usent de leur charme et de leur pouvoir de persuasion.

Claudia remit ses lunettes en place d'un geste sec.

— Je dirai à Roberta que tu nous crois assez bêtes pour laisser quelqu'un nous dépouiller de notre argent.

— Claudia ! Je t'ai simplement recommandé d'être prudente.

Trop tard. Claudia descendit les marches de l'église et se dirigea vers le parking, visiblement ulcérée. À n'en pas douter, Roberta serait dans le même état avant la fin de la journée.

Adam Winters n'avait qu'à bien se tenir.

Quand Warren et Sam eurent achevé leur repas, Nancy vint débarrasser la table en soupirant.

— Les hommes mangent et ce sont les femmes qui grossissent. C'est trop injuste. Je vous le dis comme je le pense.

Elle disparut dans la cuisine, et Warren proposa à Sam d'aller voir le bateau. Ils sortirent et se dirigèrent vers le fond du jardin où, à l'entrée de l'ancienne grange, Max les attendait.

— Vous n'avez pas beaucoup avancé cette année, observa Sam. J'ai déjà eu droit à une visite guidée avec Nancy.

— C'est le problème quand on est occupé à faire fortune. On a l'argent mais pas le temps. Au cas où tu ne l'aurais pas encore compris, c'est là que tu entres en scène.

Dans la fraîche pénombre de l'atelier flottait une riche odeur de copeaux de cèdre, de paille et d'air iodé que Sam respira avec volupté.

— Tu sais déjà, reprit Warren, que je compte ouvrir le musée dans un an. Mais le retard que j'ai pris désorganise le planning des expositions.

Il avait acheté une vieille église catholique désaffectée, à proximité de Small Crab Arbor, et l'avait fait complètement rénover par les artisans locaux. Aux artistes, il avait commandé des peintures murales, des sculptures, des objets typiques de la région. Les dames de la paroisse et les vétérans des dernières guerres avaient réuni toute une collection de photos de famille, de lettres, de journaux intimes qui restituaient à merveille la vie quotidienne des familles de pêcheurs. Une entreprise de Bath restaurait un bateau qui distribuait le courrier dans les années 1920, ainsi qu'une baleinière du XIXe siècle. Tous deux seraient amarrés dans le port de Shelter Rock Cove et assureraient trois promenades quotidiennes si le temps le permettait.

— Tu as déjà visité le musée de l'air et de l'espace au Smithsonian Institute ? demanda Warren.

— Peut-être, quand j'étais gosse.

— Je vais les imiter en suspendant certains éléments à des fils. Ta nouvelle voisine, Annie Galloway, a réalisé l'éclairage et s'est occupée des plantes décoratives. Je crois que c'est très réussi.

Warren prévoyait une exposition permanente de canots indiens des XIIe, XVIIe et XIXe siècles, et d'embarcations actuelles, construites par la troisième génération d'Américano-Irlandais.

— Kieran O'Connor devait nous en faire trois, mais il est immobilisé à la suite d'un accident de voiture.

Warren attendit patiemment la réaction de Sam, puis finit par exploser.

— Tu n'es pas idiot à ce point, bon sang ! Est-ce qu'il faut que je te mette les points sur les i ? Je compte sur toi pour construire ces canots.

— Les réparations et les restaurations, je connais. La construction, c'est une autre paire de manches.

Peu habitué à baisser les bras facilement, Warren insista.

— Où est la difficulté ? Du bois, des outils, des mains habiles, et le tour est joué.

— Je préférerais achever la restauration du vieux bateau de pêche de votre père.

— Non, riposta Warren, la main sur la coque du *Sally B*. Je m'en charge. C'est mon travail.

— Il faudra deux sortes de bois pour les canots, annonça Sam. Vous saviez que je ne pourrais pas refuser, n'est-ce pas ?

— Je l'espérais.

— Pourquoi ne vous adressez-vous pas au chantier naval de Boothbay ? Ils font du bon travail.

— Ils ne sont pas d'ici.

— Les restaurateurs de Bath, non plus.

— Jake et Elli sont nés et ont grandi à Shelter Rock Cove.

— Moi, je ne suis pas du Maine. Il me suffit d'ouvrir la bouche pour qu'on sache d'où je viens. Si vous êtes soucieux d'authenticité...

— Tu es de la troisième génération d'Américano-Irlandais, non ? En plus, tu as passé un certain temps ici, quand tu étais gamin.

— Ça ne fait toujours pas de moi...

— Et tu vis parmi nous maintenant.

— En attendant de connaître la suite.

— La suite ? fit Warren en sortant le plan des canots de sa poche. Tu en as peut-être déjà eu un aperçu.

9

Entre l'église et l'Overlook, Annie commit quelques excès de vitesse, sans se faire coincer. Apparemment, les deux officiers de police de la ville et leur chef étaient occupés ailleurs. Situé sur une falaise, dominant la baie depuis quatre-vingts ans, l'Overlook avait été la propriété éphémère d'un riche constructeur de bateaux qui voulait en faire sa résidence d'été. La Grande Dépression ayant mis fin à ce rêve, la villa avait, par la suite, servi d'orphelinat, de centre de cures, d'hôtel. Depuis quelque temps, elle ouvrait ses salons à toutes sortes de rassemblements bruyants : mariages, séminaires...

De son vieux minibus garé à proximité de la porte de service, Sweeney sortait les bouquets de table pour les charger dans deux caddies qu'Annie avait achetés quelques mois plus tôt à Bangor, dans une vente aux enchères.

— Pour quelqu'un qui refuse de porter une montre, tu es extrêmement ponctuelle, remarqua Annie dès que Sweeney s'aperçut de sa présence.

— Toutes les navettes que j'ai dû faire, pendant des années, entre mon domicile et mon lieu de travail m'ont appris... Ça alors ! Que vois-je ? Des joues mal rasées ont laissé des traces sur le visage d'Annie Galloway !

Cette fois, Annie ne fut pas prise au dépourvu.

— Mais non ! Ce sont George et Gracie les coupables. On devrait accorder des dommages et intérêts aux propriétaires de chats.

— Ne me raconte pas d'histoires. Des chats, j'en ai six, et je suis certaine que ces marques sont l'œuvre d'un homme.

— Tu lis trop de romans sentimentaux.

— Et toi, pas assez, riposta Sweeney en prenant, comme Annie, une gerbe dans le minibus. Mais c'est très bien, ma chérie. En fait, si ces marques sont celles de l'homme auquel je pense, je trouve que c'est merveilleux.

Annie ne put s'empêcher de rire.

— Tu ignores tout de lui, Sweeney. Il est peut-être marié et père de six enfants.

— C'est le cas ?

— Je... je ne pense pas.

Tu sais bien que non, Annie. Ne t'a-t-il pas dit qu'il dormait seul ?

— Tu n'as pas l'air d'en être très sûre.

— Je ne lui ai pas demandé son CV.

Tout en poussant son chariot de fleurs, Sweeney expliqua :

— Hier soir, j'ai interrogé les tarots à son sujet. Il a beaucoup de parents, mais ni femme ni enfants, apparemment. Oui, oui, je sais, tu ne crois pas aux tarots, mais quand je vous ai vus parler tous les deux devant le magasin, j'ai eu cette étrange impression...

Annie grimaça.

— Tu te ramollis à force de manger des biscuits au chocolat.

— Crois-moi, ma chérie, si j'avais une chance de plaire à cet homme, je serais en train de faire la danse des sept voiles sur son perron, au lieu d'être ici. J'ai tiré trois fois les cartes et, chaque fois, la réponse était la même : vous avez un avenir commun.

Tandis qu'Annie essayait de se moquer de la prédiction de Sweeney, une petite voix lui murmura : « Tu as pensé exactement la même chose à l'instant où tu l'as vu sur le parking du supermarché. »

Mais alors, pourquoi s'était-elle sauvée la nuit dernière, comme si sa vie en dépendait ?

« Tu connais la réponse, reprit la voix Il a suffi que tu aies un aperçu de l'avenir pour prendre peur. »

— Oh, tais-toi ! fit Annie en faisant franchir à son chariot la porte de service, suivie de Sweeney.

— Tu me demandes de me taire ? s'écria Sweeney, chagrinée.

— Je me parlais à moi-même.

— Ça t'arrive aussi ? Tu sais, c'est pour cette raison que j'ai des chats. Quand on me surprend à parler seule, j'explique que je m'adresse aux chats. Et ça marche.

— J'ai fait la même chose, la semaine dernière, quand les Fleming sont venus s'installer. Comme ils ont un chien, j'imagine qu'ils ont compris.

Les joues rougies par la barbe d'un homme, des monologues à haute voix... Annie se demanda où elle allait. Bientôt, elle allait rendre Gracie et George responsables de la prolifération d'armes nucléaires !

Entraînée par son imagination, elle en oublia pendant quelques minutes de penser à l'épineux problème que constituaient Sam Butler et les sentiments qu'elle éprouvait pour lui. Un vrai triomphe quand, sans cesse, elle oscillait entre l'Annie Galloway de toujours et cette inconnue ardente, capable d'arracher les vêtements d'un homme qu'elle venait de rencontrer, et d'en jouir pleinement. Comment pouvait-on, au bout de trente-huit ans, se connaître si mal ?

Même les tarots devaient ignorer la réponse.

Susan regarda Hall par-dessus ses lunettes. Devant elle, les principaux hebdomadaires de la Nouvelle-Angleterre et des miettes de sandwich et de biscuits secs se partageaient la table de jardin.

— Voyons si je t'ai bien compris, fit Susan avec malice. Tu avais oublié que tu attendais tes enfants ?

— Complètement, avoua Hall, un pied posé sur le banc. J'étais sous la douche quand ils ont frappé à la porte.

— Les petits ou les grands ?

— Les petits.

— Yvonne a dû être ravie !

— Elle a voulu faire bonne figure, mais elle n'a pas réussi à cacher sa déception.

— Tu m'étonnes ! Où sont-ils ?

— Dans la voiture.

— Va les chercher. Ils resteront à la piscine avec Jeannie. Ne t'inquiète pas, Jack est là pour les surveiller.

Cinq minutes plus tard, Hall avait de nouveau un pied sur le banc.

— Depuis quand est-ce que tu ne peux plus garder tes enfants un après-midi par semaine ? lui demanda Susan avec son habituelle franchise. Est-ce que tu serais venu te faire inviter à dîner avec eux ?

— Je ne reste pas.

— Ah ? Tu as prévu autre chose ?

— Elle ne t'a rien dit ? s'étonna, Hall, déçu.

Susan comprit immédiatement que Hall parlait d'Annie.

— Je ne l'ai pas revue depuis qu'elle a emménagé. Qu'est-ce qu'elle aurait dû me dire ?

— Nous avons rendez-vous chez *Cappy* à 19 heures.

— Et il est...

— 16 h 45, fit Hall en consultant sa montre.

— Tu veux rentrer et te faire beau, j'imagine.

— Quelque chose comme ça.

— Eh bien, qu'est-ce que tu attends ? Mais dis-lui de m'appeler. Je veux les deux versions de l'événement.

— Merci, Susan, je te revaudrai ça.

Hall se pencha vers Susan, déposa un baiser affectueux sur son front, puis regagna en hâte sa voiture. Certes, il avait vieilli depuis le lycée, ses cheveux commençaient à grisonner, mais il gardait cette détermination dissimulée sous une allure décontractée qui ne manquait pas de charme.

Dès qu'il s'éloigna, elle se précipita vers Jack qui arbitrait le match de water-polo des enfants, et s'assit à côté de lui sur le rebord de la piscine.

— J'ai une grande nouvelle à t'annoncer.

— Ne me dis pas que tu es enceinte.

— Ne sois pas idiot ! Écoute, continua Susan en baissant la voix, Hall et Annie ont rendez-vous ce soir.

— Tu ne crois tout de même pas que ça va donner quelque chose ?

— Hall peut être absolument charmant. Et puis, il est médecin. Ce qui n'est pas franchement un handicap.

— Ils se connaissent depuis toujours, et il n'y a jamais eu la moindre étincelle entre eux. Pas même ces derniers temps.

— Kevin n'est pas facile à remplacer.

— Tu comprends très bien ce que je veux dire. À aucun moment ils ne se sont comportés comme ton collègue, Tony Dee et toi.

— Jack !

— Je vous ai vus flirter. Oh, ce n'est pas une critique, Susan ! Juste une constatation. Et tu n'as jamais rien vu de tel entre Hall et Susan.

— Eh bien, non ! Annie est quelqu'un de très sérieux. Elle ne flirtait pas plus avec Kevin.

— Pas ouvertement, mais on sentait qu'il y avait quelque chose.

Susan regarda sa cadette lancer le ballon sur la tête de son frère. Comme il n'y eut ni cri ni sang, elle passa l'éponge.

« Avec le temps, les choses changent, songea-t-elle. Quand approche la quarantaine, on ne fait plus les mêmes rêves qu'à vingt ans. » Avec Kevin, Annie avait trouvé son âme sœur. Il suffisait de les voir ensemble pour comprendre qu'ils ne pouvaient être heureux l'un sans l'autre. Une soirée, un week-end en famille ou avec des amis ne leur étaient jamais aussi précieux que le temps qu'ils passaient en tête à tête.

Susan réprima difficilement un soupir. Kevin adorait Annie. Il lui écrivait encore des poèmes à la veille de sa mort. Lorsque Susan pensait à l'amour que lui portait Jack, elle le comparait à un bon édredon, un soir d'hiver. Or, parfois, une femme avait besoin d'étoiles, de clairs de lune, de violons, d'une petite musique de nuit.

Envier à une veuve un amour disparu, c'était insensé, et pourtant… En tout cas, elle comprenait qu'Annie vive dans le souvenir de Kevin et de leur amour intense. Cela dit, après une telle passion, le soutien, l'équilibre, la stabilité que pourrait lui apporter Hall étaient peut-être exactement ce dont elle avait besoin.

Comme ce serait amusant d'aller au cinéma avec Annie et Hall, de manger un morceau chez *Cappy* avec eux, peut-être même de…

— Hé, vous deux ! s'écria Jack.

Leur fille tentait d'étrangler son frère sous le regard horrifié des deux enfants de Hall.

— Encore une plaisanterie de ce genre, et vous sortez immédiatement de la piscine.

— Pourquoi faut-il toujours que nos enfants se distinguent ?

— Question de gènes, fit Jack en glissant un bras autour des épaules de Susan. On ne leur a pas laissé le choix.

Quand la décoration de toutes les tables fut achevée, Annie emmena Sweeney déguster une glace. Elles échangèrent les derniers potins en riant jusqu'à ce qu'elles s'aperçoivent qu'il était déjà 18 heures.

— Il faut que je file, annonça Sweeney. Je vais à un concert avec un copain, à quelques kilomètres d'ici. Tu devrais m'accompagner. Je commence sérieusement à m'ennuyer avec Fred.

— Je compatis. Il te faudrait emmener tout un cirque pour te distraire quand tu es avec ce genre d'homme.

— À mon âge, je ne risque pas de séduire un Harrison Ford.

Annie souriait encore lorsqu'elle se gara devant chez elle. La maison était fraîche, George et Gracie ouvrirent à peine un œil à son entrée. Tout était calme. On n'entendait que le bruit des vagues sur le rivage, ponctué de temps à autre par le cri d'une mouette affamée. La voiture de Sam était invisible et Annie se demanda où était passé son voisin.

De quel droit se posait-elle cette question? Qui s'était éclipsée sans un au revoir? Elle avait fait un pas en avant et deux en arrière: quel courage!

Tu sais ce qui te reste à faire, Annie. Tu es une grande fille. Arrange-toi un peu, va le voir avec une bouteille de vin, la pizza qui te reste, et demande-lui de te pardonner ta fuite digne d'une voleuse.

Susan fit de son mieux pour se tenir à distance du téléphone mais, à 18 h 30, elle rendit les armes. Abandonnant mari et enfants autour du barbecue, elle se glissa dans le bureau et appela Annie. Dès que celle-ci répondit, elle attaqua, sans prendre la peine de la saluer :

— Je trouve incroyable que tu ne m'aies rien dit ! Je ne voulais pas te téléphoner maintenant, mais j'ai craqué. Qu'est-ce que tu vas porter ? Ton pantalon blanc et ton pull rouge ? Il fait assez frais pour que tu mettes le pull. Tu pourrais peut-être...

— Qui est au bout du fil ?

— Pardon ? fit Susan, piquée au vif. C'est moi, Susan. Je veux savoir pourquoi tu me fais des cachotteries, Annie ? Tu as raccroché ?

— Non... Comment tu as su ?

— Il me l'a dit, pardi !

— Il te l'a dit ? J'ignorais que vous vous connaissiez.

— Est-ce que je t'ai réveillée ? Je te trouve bizarre. Il m'a amené ses enfants en expliquant que vous aviez rendez-vous.

— Ô mon Dieu !

— Annie, tu vas bien ? Tu veux que je vienne ?

— J'ai complètement oublié Hall, avoua Annie dans un éclat de rire. Il faut que je te laisse. Je t'appelle demain.

— Elle a raccroché ! s'exclama Susan en fixant le combiné, incrédule.

Annie Galloway, la femme la plus polie de la terre, lui avait raccroché au nez, et en riant comme une folle qui plus est.

Il se passait de drôles de choses à Shelter Rock Cove, et Susan était bien décidée à découvrir de quoi il retournait.

Sam et Warren passèrent la journée dans un musée maritime, près de Camden. Ami de Warren, le conservateur partageait son intérêt pour les expositions interactives avec d'éventuelles croisières à la clef, lesquelles exigeaient de prendre en compte les risques encourus, le coût de l'assurance et les humeurs du ciel. Prêt à financer l'entreprise, Warren écouta les informations que lui apportait son ami, sans prendre une seule note, selon une habitude qui soulevait toujours l'admiration de Sam.

Laissant Warren à ses discussions, Sam alla visiter le chantier naval. Il y avait longtemps qu'il n'avait pas respiré cette odeur unique, mélange de bois, de vernis, de fuel et de poisson. Il avait la sensation de se retrouver à la marina de Queens. Jamais il n'avait été plus heureux que lorsqu'il travaillait là-bas. Conclure des transactions d'un million de dollars ne lui avait jamais procuré le même bonheur.

Peut-être qu'il finirait sa vie en réparant des bateaux dans une quelconque marina, les ongles éternellement noirs, la peau tannée par le soleil, le compte en banque frôlant le rouge. Ce serait parfaitement supportable, à condition que la femme de ses rêves accepte de partager ses jours et ses nuits.

Mais qu'avait-il donc à offrir à une femme en ce moment ? Six mois plus tôt, il aurait pu se targuer de posséder une voiture et un appartement luxueux, et de nourrir des projets mirobolants. Pour l'instant, même Annie Galloway était mieux lotie que lui. Elle avait au moins une maison à elle et un emploi. Lui n'avait qu'un vieux labrador.

— On dirait que tu portes le poids du monde sur tes épaules, remarqua Warren sur la route du retour. Tu n'aurais pas quelque chose à me dire ?

— Votre Jeep est bien fatiguée. Il serait peut-être temps que vous vous intéressiez à une voiture de moins de dix ans.

— Tu m'amuses ! Alors, tu m'expliques ce qui se passe, ou il faut que j'emploie la force pour t'arracher des confidences ?

Sam éclata de rire.

— Vous croyez que j'oserais me mesurer à vous ?

Amateur de boxe dans sa jeunesse, Warren avait conservé une impressionnante paire de biceps.

— À toi de voir.

— Il faudrait d'abord que je m'entraîne.

— Si tu as une femme dans ta vie, tu n'auras pas le temps. Qu'est-ce que tu dirais d'aller manger un steak quelque part ?

Sam consulta la pendule au tableau de bord. Il était 18 h 30. Dans trente minutes, Annie retrouverait le bon docteur tandis que la Jeep arriverait tout juste à Shelter Rock Cove. Un signe du destin, en somme.

— Je préférerais de la langouste, fit Sam, sachant que Warren comprendrait. J'ai entendu parler de *Cappy*...

Sur le parking de l'*Holiday Inn* de Bangor, Roberta se tourna vers Claudia.

— Ce jeune homme, quelle élocution ! Sa conférence était vraiment passionnante.

— Il pourrait être notre petit-fils. Les jeunes sont vraiment plus brillants qu'autrefois, ou je me fais des idées ?

— Ils ingurgitent tellement de vitamines et de compléments alimentaires, observa Roberta en ajustant la courroie de son sac sur son épaule. Nous aussi nous aurions été brillantes, à ce régime-là.

Il y avait une bonne part de vérité dans ce jugement, songea Claudia tandis que Roberta prenait la route de Shelter Rock Cove. Économiser sou par sou, s'accrocher jusqu'à la retraite à son premier emploi, les jeunes ignoraient ce que cela représentait. Tout au long de ces quatre heures de séminaire, Adam Winters avait dépeint un monde nouveau avant de conclure devant son auditoire de retraités :

« Ne croyez pas qu'il soit trop tard pour modifier votre avenir. Nous vivons de plus en plus vieux, et notre niveau de vie suit la même courbe ascendante. Pourquoi ne pas profiter de cet âge d'or ? Pourquoi ne pas prendre votre part du gâteau ? »

Bonne question. La démonstration du jeune orateur avait totalement convaincu Claudia. John et elle avaient travaillé très dur et, depuis la mort de son mari, Claudia veillait sur leurs économies. La maison était entièrement payée – une bénédiction ! –, elle possédait sa propre voiture et une assurance maladie appropriée, mais qu'elle ait un grave problème de santé et ses économies seraient en péril. Si elle vivait confortablement, il lui manquait cependant de quoi se sentir en sécurité jusqu'à son dernier jour. Or, Adam Winters avait affirmé qu'elle avait autant droit à la sécurité qu'au confort.

Susan serait absolument horrifiée si jamais elle apprenait que sa mère avait signé un chèque de deux mille dollars pour assister à un séminaire d'Adam Winters qui devait durer une semaine, le mois prochain. Elle l'entendait déjà s'exclamer : « Tu as perdu la tête, maman ? Pourquoi ne pas lui avoir donné la clef de ton coffre-fort, pendant que tu y étais ? »

Mais Claudia était convaincue qu'en confiant ses économies à l'association d'Adam Winters, elle récupérerait aussitôt les trois quarts du montant de son chèque. Même Susan devrait admettre que c'était une affaire.

Ses enfants s'arrogeaient le droit de gouverner sa vie. Ils avaient des opinions sur tout : la maison où elle vivait, sa façon de se nourrir, ses amies, et elle leur en voulait. Elle s'efforçait de ne pas se mêler de leurs affaires et attendait d'eux qu'ils agissent de même. Cet argent – le sien et celui de son cher John – lui appartenait et, si elle voulait le faire fructifier, elle le ferait envers et contre tout.

— Je ne dirai rien à Jessica et à Peter, annonça Roberta tandis qu'elles approchaient de Shelter Rock Cove. S'ils essayent encore de me persuader de vendre mon cabinet d'avocat, je léguerai tout à mon chien.

— Moi non plus, je ne dirai rien.

Roberta s'engagea dans Willow Road.

— Que fait-on ? On va manger un steak chez *Brubaker* ou de la friture chez *Cappy* ?

— Allons chez *Cappy*.

— Au diable le cholestérol ! En avant toute ! fit Roberta en enfonçant la pédale de l'accélérateur.

10

Ancienne cabane de pêcheur, puis modeste établissement vendant des plats à emporter, *Cappy* s'était peu à peu agrandi jusqu'à offrir à ses clients une salle de quarante couverts, plutôt confortable. Ses langoustes et ses tartes aux myrtilles étaient si renommées qu'on en oubliait le plancher irrégulier, le plafond bas, et la chaleur qui régnait quand on se trouvait à proximité de la cuisine.

Ce fut la belle-fille du propriétaire qui accueillit Hall.

— On désespérait de vous revoir, docteur. Vous n'êtes pas venu depuis le 4 juillet ! Je vous conduis à votre table.

— Il y a eu beaucoup de naissances cet été, Gloria. Comment est la soupe de palourdes aujourd'hui ?

— Excellente, assura Gloria en lui présentant le menu. Vous commencerez par un thé glacé ?

— Pas tout de suite, fit Hall, un peu gêné. J'attends quelqu'un.

— Ah ? Qui ?

— Une amie.

— Je la connais ?

— Vous connaissez tout le monde en ville, répliqua Hall, aussi embarrassé qu'un adolescent interrogé par ses parents.

— Si elle ne vient pas déguisée, alors, oui, je la reconnaîtrai ! Deux thés glacés, dans ce cas.

Pourquoi s'embêter à passer commande quand Gloria le faisait à votre place ? Quand on vit dans une ville qui vous a vu grandir, vous ne surprenez plus personne. Le meilleur et le pire, en somme. Libraires, disquaires, barmen connaissent vos goûts. Ici, chez *Cappy*, Gloria vous récitait votre menu favori, même si vous n'étiez pas venu depuis des mois. Et comme tout le monde connaissait tout le monde, la ville disposait d'une gigantesque banque de données sur ses habitants qui les privait de toute intimité.

Gloria revint avec les thés glacés.

— Quelle que soit cette amie, elle est en retard, remarqua-t-elle.

— De quelques minutes.

Exactement onze minutes et trente secondes. Mais non, Hall n'était nullement inquiet...

La cloche suspendue à la porte d'entrée résonna au même instant.

— Bonsoir, Annie ! lança Gloria. Choisissez votre table, j'arrive.

Annie s'avança vers la table où Hall était assis et s'y installa à son tour.

— L'un de ces thés glacés m'est destiné, j'espère.

Gloria faillit en rester bouche bée.

— Devinez ! dit-elle finalement. Et la soupe de palourdes sera là dans quelques secondes.

— Comment fait-elle ? s'étonna Annie en secouant la tête, incrédule. Elle sait ce que je veux avant moi.

— Question d'habitude, commenta Hall.

Le regard fixé sur son set en papier, il en déchiffra machinalement la publicité : « *Vos dents vous dépriment ? Venez consulter les spécialistes de la prothèse du* XXIe *siècle.* » Quel romantisme ! Pourquoi n'avait-il pas proposé d'aller chez *Renaldi* ? Là-bas, il y avait de vraies nappes et une ventilation qui ne distillait pas des relents de poisson.

Annie semblait ne rien remarquer. Elle lui raconta une anecdote amusante à propos du mariage Sorenson-Machado. Hall rit quand il était censé rire, mais restait distrait. Annie avait quelque chose de changé. Il n'aurait su dire quoi exactement, mais cela ne faisait aucun doute.

Soudain, elle montra du doigt la fenêtre qui donnait sur les quais.

— Ce n'est pas Susan, là-bas, appuyée contre la rambarde ?

« Je vais te tuer, Susan ! promit Hall silencieusement. Mais qu'est-ce qui lui prend ? »

— Nous devrions lui demander de se joindre à nous, suggéra Annie.

— Elle est certainement avec les enfants.

— Ça ne fait rien. Certains sont nos filleuls, non ?

Hall n'eut pas le temps de répondre. Deux petits visages apparurent à la fenêtre et quatre mains tapèrent sur la vitre.

— C'est papa ! s'écria Willa.

— Papa ! répéta Mariah, l'aînée.

Elle fit une grimace, le nez écrasé contre le carreau. Annie adressa un signe de la main aux fillettes.

— J'ignorais que tu avais tes enfants pour le week-end.

— Moi aussi, marmonna Hall.

— Proposons-leur de s'asseoir avec nous. On ne peut pas faire comme si on ne les avait pas vues.

— Excellente idée... Plus on est de fous, plus on rit, paraît-il.

D'un geste, Annie invita Susan, Jack et les enfants à entrer. Quand ils s'approchèrent de la table, elle pria tout ce petit monde de s'asseoir. Hall afficha le sourire imperturbable qu'il réservait d'ordinaire à ses patients, mais n'en observa pas moins :

— Je suis sûr que notre Susan a mieux à faire que de nous regarder dîner.

La main sur l'épaule d'Annie, Susan prit une tomate cerise dans une coupelle sur la table.

— Hall a raison, acquiesça-t-elle, l'air coupable. Nous ne restons pas. Nous allons à la pizzeria.

— Tu sais, intervint Jack, innocemment, je goûterais bien un peu de langouste. On devrait rapprocher une table et des chaises.

Gloria se matérialisa, des menus à la main.

— Regardez-moi ça ! La famille au grand complet !

Autant essayer d'arrêter une coulée de lave sortant d'un volcan en éruption... Jack déplaça une table, Susan prit des chaises, et les enfants se chargèrent de mettre les pieds dans le plat.

— Tu vas te marier avec mon papa ? demanda Willa à Annie. Tante Susan a dit...

— Willa !

Susan avait visiblement envie de disparaître sous la table. Annie, en revanche, garda son calme.

— Non. Je n'ai pas l'intention d'épouser ton père, ou qui que ce soit d'autre d'ailleurs.

Elle éclata de rire, et jeta un coup d'œil à Hall, s'attendant qu'il l'imite. Mais elle se trompait. Non seulement Hall ne semblait pas d'humeur à rire, mais il lançait à Susan des regards assassins.

— Papa aime se marier, renchérit Mariah. Maman dit que c'est pour ça qu'il recommence.

Le rire fut général, cette fois-ci, et allégea l'atmosphère. Ce n'était après tout que des paroles d'enfants dont il valait mieux s'amuser.

— Quel monde pour un dimanche soir ! observa Roberta en pénétrant dans le parking de *Cappy*.

Claudia fouillait dans son sac à la recherche de son rouge à lèvres.

— C'est en quelque sorte le feu d'artifice à la fin d'un long week-end.

Sans utiliser de glace, Claudia passa rapidement du rouge sur ses lèvres. Avec l'âge, une femme devient capable de se maquiller les yeux fermés, non ? Roberta, quant à elle, préféra ouvrir son poudrier, appliqua soigneusement du rose sur ses lèvres avant de se repoudrer le nez, puis se mit à rire.

— Nous nous faisons belles pour qui ? demanda-t-elle en sortant de la voiture. À notre âge, les hommes ne nous remarquent plus.

— Nous cessons de les intéresser à quarante ans. Mais nous continuons à soigner notre apparence, non ?

— Sommes-nous futiles à ce point, Claudia ?

— Absolument, affirma Claudia en poussant la porte du restaurant.

Derrière le comptoir, Gloria leur fit signe.

— J'aurais dû me douter que vous n'étiez pas loin, Claudia. Allez, venez rejoindre la famille.

Roberta donna un coup de coude à Claudia.

— Regarde la table, là-bas : Susan, Jack, les enfants. Oh ! Et ce n'est pas ce cher Dr Hall avec Annie ? Ah, ah...

Claudia ressentit une brûlure à l'estomac qui n'avait rien à voir avec le sandwich qu'elle s'était accordé pendant le séminaire. Hall et Annie ? C'était grotesque.

Le fils de Susan se précipita vers elle.

— Grand-mère, dis à maman qu'on peut commencer par le dessert.

Ah, ces chers petits-enfants ! Ils avaient le pouvoir d'illuminer les heures les plus sombres de leur grand-maman.

— C'est ta mère qui décide, mon chéri, déclara Claudia. Comme je le faisais avec elle quand elle avait ton âge.

L'expression du petit garçon révéla toute son incrédulité. Comment des parents avaient-ils pu être des enfants ? Claudia songea, en regardant son petit-fils, qu'un beau jour, elle serait tout aussi incrédule en le voyant marcher vers l'autel, comme venait de le faire Frankie Machado.

En parfait gentleman, Hall se leva.

— Mesdames. Vous vous joignez à nous, n'est-ce pas ?

Roberta étouffa un petit rire de collégienne. Elle avait un petit faible pour Hall, comme la plupart des femmes de son âge, ce que Claudia comprenait mal. Pour elle, Hall restait l'étudiant dégingandé qu'elle avait toujours vu dans le sillage de Susan. Certes, elle aurait été plutôt flattée que sa fille épouse un médecin, mais Susan ne l'entendait pas de cette oreille. Claudia regarda Jack qui parlait avec l'une des petites de Hall. Bon mari, bon père, c'était en plus un mécanicien de premier ordre et, très égoïstement, Claudia s'en félicitait. Grâce à son gendre, son Oldsmobile, achetée quatre ans plus tôt, roulait encore impeccablement.

— J'ignorais que vous aviez tous rendez-vous ici, fit-elle comme si elle n'avait pas remarqué qu'Annie était assise en face de Hall. Quelle charmante surprise !

— Nous venions de commander quand nous avons aperçu Susan sur le quai, expliqua Annie.

Elle se tourna vers la cadette de Hall et lui caressa les cheveux.

— C'est plus drôle ici qu'à la pizzeria, non ?

Nous venions de commander...

Sur le qui-vive, Claudia se demanda si elle avait bien entendu.

Susan se pencha vers elle et lui souffla à l'oreille :

— Dis quelque chose, maman, aide-moi, et je ne te demanderai plus jamais de garder les filles.

Claudia feignit de s'absorber dans la lecture du menu. S'il se passait quelque chose entre Annie et

Hall, cela ne sautait pas aux yeux. Annie discutait avec Hall comme elle l'aurait fait avec n'importe qui. En revanche, Hall ne cessait de la regarder, et son regard n'avait rien de platonique. Pas de quoi s'alarmer, cependant. Libre à lui de faire sa cour, même en y mettant de l'ardeur, tant qu'Annie restait stoïque.

En ce qui concernait l'autre homme, celui qui avait débarqué au magasin sans crier gare, Claudia était plus inquiète. Elle avait senti entre Annie et lui quelque chose qui ne lui avait pas du tout plu. La veille, elle avait prié Warren de ne pas se mêler de la vie de sa belle-fille. Certes, celle-ci avait commis l'erreur de vendre la maison où elle avait été heureuse avec Kevin mais, à part cela, Claudia n'avait rien à lui reprocher. Cependant, si elle devait aimer de nouveau – ce que Claudia osait à peine envisager –, ce ne pourrait être qu'un homme de Shelter Rock Cove, quelqu'un qui partagerait son passé et ses valeurs. Certainement pas l'un de ces New-Yorkais renfrognés.

De toute façon, dès qu'il était question d'amour, c'étaient les femmes qui étaient au volant, songea Claudia. Elle jeta un coup d'œil à Hall et à Annie – l'un, prêt à se déclarer, l'autre, amicale et décontractée – et retint un sourire. À son avis, ces deux-là ne voyageraient pas encore ensemble dans le même véhicule.

«Tu as l'air un peu trop satisfaite de toi, à mon goût, Claudia», se dit Annie en grignotant son chou en salade.

Sa belle-mère avait visiblement essayé de jauger la situation. En ayant conclu que Hall ne menaçait pas le *statu quo* auquel elle tenait tant, elle s'était autorisée à savourer tranquillement son repas.

Annie observa Susan et lui trouva l'air coupable et déçu. Puis elle sourit à Hall qui s'évertuait à décortiquer une pince de langouste pour Willa. Elle ne saurait jamais si elle l'intéressait vraiment, et lui ne saurait jamais qu'elle n'avait aucune visée sur lui.

— Alors, Roberta, comment s'est passé le séminaire ?

L'interpellée glissa un regard furtif à Claudia.

— Nous avons appris tellement de choses que nous n'avons pas encore tout assimilé.

Hall fit une pause et leva les yeux.

— Encore un séminaire, mesdames ? Sur quel thème, cette fois-ci ?

Les deux amies échangèrent un regard qui intrigua Annie.

— L'argent et la façon de le faire fructifier à travers différentes époques. Une sorte d'histoire de la finance aux États-Unis, expliqua Claudia.

Hall fronça les sourcils.

— Racontée par cet Adam Winters qu'on voit à la télévision ?

L'éclat de rire de Claudia ne trompa personne.

— Jeune homme, gardez vos médisances pour vous. J'en entends assez avec mes enfants. Sachez que Roberta et moi, nous considérons ces séminaires comme des représentations théâtrales.

— C'est faux ! intervint Susan. À ma mère, ajouta-t-elle en se tournant vers Jack qui venait de lui flanquer un coup de coude, je peux dire ce que je pense !

— Sûrement pas ! riposta Claudia. Ce que je fais de mon temps ne te regarde pas. Est-ce que moi, je m'occupe de ce que tu fais ? Respecte ma liberté, et ce sera l'entente cordiale.

— Interviens, Hall ! s'écria Susan. Tu es le seul, ici, qui n'ait aucun lien avec Claudia. Explique-lui que ces soi-disant conseillers financiers sont dangereux.

Devant l'air pensif de Hall, Annie s'exclama :

— Ne me dis pas que tu es également abonné à ce genre de séminaires !

— Non. Mais, bon sang, quelque chose m'a poursuivi toute la journée, et j'allais enfin mettre le doigt dessus quand tu as parlé de ce séminaire.

— Ce devait être sans grande importance, fit Jack. Sinon tu t'en serais souvenu.

— Brillante conclusion, ironisa Susan. Comme si, toi, tu n'avais jamais oublié un anniversaire...

La discussion cocasse qui s'ensuivit entre les deux époux permit d'oublier Adam Winters et ses tours de passe-passe financiers.

Annie décida de finir sa langouste, de commander une glace, puis de se retirer avant que Hall ne prenne une quelconque initiative. Jamais elle n'avait tenté le diable, et elle n'avait pas l'intention de commencer maintenant.

Sam se faufila entre deux voitures, à l'extrémité du parking de chez *Cappy*.

— Il y a du monde, remarqua Warren. Ce ne doit pas être le cas dans ce nouveau restaurant qui vient d'ouvrir. Pourtant, il paraît qu'ils servent une de ces entrecôtes !

— Puisqu'on est là, tentons notre chance.

— Ah ! Une entrecôte moelleuse, des pommes de terre en robe des champs et une sauce aigre ! Je ne connais rien de meilleur.

— Rien de meilleur pour avoir une crise cardiaque, oui. Mieux vaut manger de la langouste.

— Comme si les crustacés ne donnaient pas de cholestérol...

Sam n'écoutait plus. C'est ici qu'il souhaitait être, pas ailleurs. Il avait immédiatement repéré la voiture d'Annie et, les paumes moites, le ventre noué, il se sentait comme un collégien qui se rend à son premier rendez-vous en craignant de dire une bêtise. Quelque chose de fou, comme : « Je t'aime », par exemple. On ne peut aimer une femme qu'on ne connaît pas. Le coup de foudre, c'est une légende. Rien de tel n'existe dans un monde où règne le béton. Mais essayez de raisonner votre cœur...

Sam se sentait à la fois impatient, plein d'espoir, exalté, déterminé, et effrayé par sa propre audace. Jamais il n'était entré dans un restaurant où une femme dînait, invitée par un autre homme, probablement amoureux d'elle, avec l'intention de les séparer.

— J'ai passé un merveilleux moment, déclara Annie en prenant son sac. Mais la journée a été longue, et je préfère rentrer avant de m'écrouler.

— Tu ne pars pas déjà ? s'exclama Hall, l'air catastrophé.

— Si. Je suis désolée. Après le mariage Sorenson, il y a le pique-nique de demain. Je n'ai plus vingt ans, tu sais.

— Pourquoi ne pas...

Hall s'interrompit, les yeux fixés sur la caisse. Annie suivit son regard, et son cœur fit un bond dans sa poitrine. Sam et Warren se tenaient là, en grande conversation avec Gloria. Sam lui parut nerveux, solitaire, à la fois familier et étranger. Elle avait dormi dans ses bras. Ils avaient fait l'amour. Elle savait tout et rien de lui.

Leurs regards se rencontrèrent, et une joie démesurée submergea Annie. Son rire déferla tandis qu'un silence de plomb s'abattait autour d'elle. Toute la tablée la regardait comme si elle avait perdu la tête. Ce qui était peut-être le cas. Parce que ce qu'elle ressentait en cet instant pour cet homme qu'elle venait à peine de rencontrer ressemblait à de l'amour fou. Un pur moment de bonheur, comme elle n'en avait pas connu depuis de longues années.

Elle repoussa sa chaise, se leva sans que quiconque ose respirer. Puis elle déposa dix dollars sur la table et franchit lentement la distance qui la séparait de Sam.

Personne ne fit le moindre geste.

— Je n'aurais pas dû me sauver comme je l'ai fait, hier soir, fit-elle à mi-voix lorsqu'elle l'eut rejoint. Je suis désolée.

Sam la dévisageait sans mot dire.

Elle attendit.

Tous observaient la scène, médusés.

Là, en plein restaurant, Annie Galloway avait le sentiment de s'être métamorphosée en une autre femme. Une femme qui osait faire le premier pas, parce qu'elle était lasse de n'avoir pour toute compagnie que les battements de son propre cœur.

« Dis quelque chose, Sam, l'implora-t-elle silencieusement. Tout de suite, sinon je vais devenir folle. »

— Viens, fit Sam en lui attrapant par la main. Sortons d'ici.

11

L'explosion d'une bombe atomique n'aurait pas été plus dévastatrice que la sortie d'Annie Lacy Galloway, main dans la main, avec Sam Butler. Warren avait assisté à plus d'une scène de ce genre, mais celle-là était tout simplement grandiose.

Ce fut Roberta qui brisa le silence.

— Elle le connaît ?

— Non, répondit Jack.

— Je l'ignore, fit Susan.

— Si ! clamèrent en chœur Hall et Claudia.

Warren s'approcha et prit la chaise d'Annie.

— C'est Sam Butler, expliqua-t-il simplement, comme si aucun raz-de-marée ne s'était produit. Il occupe pour quelque temps l'ancienne maison d'Ellie.

Claudia frotta ses doigts repliés sur la table et marmonna, dépitée :

— Comme si cela expliquait quoi que ce soit.

— Je le connais depuis son adolescence, poursuivit Warren, imperturbable. C'est le meilleur des hommes.

— Ô mon Dieu ! s'écria Susan, en agrippant le bras de son mari. Il s'agit du propriétaire du chien dévoreur de pizzas.

— De quoi est-ce que tu parles ? grommela ce dernier.

Susan lui raconta l'histoire telle qu'elle l'avait entendue de la bouche d'Annie.

— Que c'est romantique ! fit Roberta. Quelle charmante rencontre ! On se croirait dans un vieux film avec Rock Hudson et Doris Day.

— Tu confonds la vie et le cinéma, riposta Claudia.

— Ce soir-là, je suis tombé sur Annie, devant le supermarché, intervint Hall. Ce type est parti sans même prendre la peine de nettoyer le siège.

— Je suis au courant de cette histoire, glissa Claudia.

Nullement disposée à se montrer honnête vis-à-vis de Sam Butler, elle se garda bien d'ajouter qu'il avait finalement réparé les dégâts.

— Je dois dire qu'il lui a rapporté ses clefs au magasin comme si la maison lui appartenait, précisa-t-elle à la place.

L'exclamation d'effarement général précipita vers la tablée une Gloria inquiète.

— Annie aurait... s'étouffa Susan.

— Impossible, affirma Jack.

— Mmmm ! fit Roberta, envieuse.

Les fillettes rirent comme des sottes, les garçons pouffèrent. Hall, les joues en feu, réussit néanmoins à garder son sang-froid.

— La porte d'entrée d'Annie avait besoin d'être réparée et, en voisin, il s'en est chargé.

— Annie est restée trop longtemps seule, risqua Roberta. Elle est encore jeune. Qu'est-ce qui l'empêcherait de prendre un amant ?

— Tu parles comme une vieille idiote, cingla Claudia tout en déchirant méthodiquement son set en papier. Ce type n'est pas de sa classe, c'est clair. Tu devrais changer de lunettes, Roberta Morgan.

Roberta lança un regard noir à son amie.

— Tu voudrais me faire croire que tu n'as jamais lu *L'Amant de Lady Chatterley* ?

— On dirait que personne n'est allé à la messe ce matin, observa Warren en allumant un cigare. Que penserait le père Luedtke de ce genre de conversation ?

— La vérité est la vérité, déclara Claudia. Il ne faut pas confondre charité et hypocrisie.

— J'ai l'impression que vous avez tous besoin de trouver un moyen de vous occuper l'esprit, reprit Warren. Ce qui vous éviterait de vous répandre en hypothèses sur un homme que vous ne connaissez pas. Maintenant, je pourrais vous parler de ce garçon, tout vous dire sur lui et vous faire ravaler vos préjugés, mais j'aurais l'impression de trahir sa confiance. À lui de décider s'il a envie de vous raconter sa vie.

Hall Talbot prit le chèque qu'il avait posé sur la table et se leva.

— Il est tard. Je vais ramener les filles à la maison.

Willa et Mariah se levèrent d'un bond.

— On pourra faire un jeu vidéo avant de dormir ? demanda Mariah.

— Oui. Sans problème.

Hall s'était à peine éloigné pour aller à la caisse que Susan se penchait déjà vers Warren, avide de l'interroger.

— Alors, racontez-nous comment vous avez connu ce Sam Butler ?

— N'insiste pas, Susan, intervint sa mère. Tu as entendu Warren. Ça ne nous concerne pas.

— Tu as vu la façon dont ils se regardaient ? répliqua Susan. Dès demain, ça concernera tout le monde.

Warren n'en doutait pas. Il espérait seulement qu'Annie et Sam sauraient ne pas s'en préoccuper.

Ils s'embrassèrent à chaque feu rouge et s'arrêtèrent même au bord de la route pour échanger un baiser à en perdre le souffle.

— Fichu levier de vitesses! marmonna Sam en essayant de trouver une position confortable.

— Le siège est inclinable, haleta Annie en sentant sa main se glisser sous sa jupe.

Mais le mécanisme refusa de fonctionner.

— On va chez moi, proposa-t-elle, les mains tremblant sur le volant.

— Accélère.

Annie découvrait que l'impatience d'un homme pouvait la ravir. Quand Sam tira sur la dentelle de son slip, elle faillit quitter la route.

— Je ne peux pas conduire si tu fais ça.

Ni penser, ni respirer...

— Tu es humide, fit-il d'une voix rauque.

Les quelques mètres qui les séparaient encore de chez elle devinrent des kilomètres qu'ils n'avaient plus le temps de parcourir. Annie freina brusquement, au risque d'envoyer son passager à travers le pare-brise, coupa le moteur et se tourna vers Sam, le regard brûlant. Il l'attira contre lui, et les problèmes de levier de vitesses, de siège qui refusait de s'incliner disparurent comme par enchantement.

Elle lui dit ce dont elle avait envie, et comment elle voulait voir ses désirs satisfaits. Elle lui promit que, cette fois-ci, il n'y aurait ni arrêt soudain, ni reculade. Puis elle le chevaucha, déboutonna son pantalon. Il lui enleva son slip, froissa la dentelle humide dans sa main.

Lorsqu'elle l'eut caressé, il l'attrapa par la taille, la souleva. Lentement, très lentement, elle s'ouvrit à lui, le fit glisser en elle, le happa. Elle cria une première fois. Un second cri accompagna la sensation qui montait en elle, une sensation dont elle avait oublié l'existence.

Tandis qu'un grand frisson la secouait, les contractions saccadées de son corps eurent raison de Sam.

Mais cet accomplissement ne fut pas suffisant. Ils laissèrent la voiture sur le bord de la route et, poussés par le désir qui, de nouveau, grandissait en eux, ils titubèrent, enlacés, jusqu'à la maison d'Annie. Sur le perron, Sam la souleva dans ses bras.

Penchée sur la serrure, Annie s'ingénia à introduire la clef.

— Dans les films, la porte est toujours ouverte, remarqua Sam.

— Tu aurais dû l'ouvrir d'un coup de pied. Comme un vrai macho.

— Il est trop tôt pour renouveler ma performance.

Dans la chambre exiguë, la fenêtre était ouverte, le lit baignait dans la clarté lunaire. Les vêtements glissèrent sur le sol, le sommier soupira doucement sous le poids de leurs corps. Annie accueillit Sam en elle de tout son corps, de toute son âme, de tout son cœur. En la comblant, il combla aussi les vides de son propre cœur.

Quelque part à l'extérieur, il y avait le monde qu'ils connaissaient, les gens qu'ils aimaient. Pour l'heure, tout cela importait peu. Leur monde à eux se réduisait au lit d'Annie.

— Vous vous êtes bien amusés, les enfants, fit Gloria, mais maintenant on ferme. Je déteste jouer les rabat-joie, seulement, vous savez ce que c'est.

Roberta jeta un coup d'œil à sa montre.

— Seigneur ! s'écria-t-elle. Il est presque 22 heures. On ne voit pas le temps passer quand on est en bonne compagnie, ajouta-t-elle en gratifiant Warren de son plus beau sourire.

Grand séducteur, celui-ci répondit au sourire de Roberta.

— C'était gentil de ta part de t'intéresser aux histoires d'un vieil homme.

Roberta eut l'un de ses éclats de rire rauque qui donnaient immanquablement à Claudia l'envie de l'assommer. Puis elle battit des cils comme une midinette.

— Tu sais ce qu'on dit, Warren: il n'y a pas meilleurs amis que les amis de longue date.

Susan et Jack se levèrent les premiers et entraînèrent leurs enfants vers la sortie.

Dans la fraîcheur du soir, Susan embrassa sa mère.

— Bonne nuit, maman. On passera te chercher à midi, pour le pique-nique.

Claudia prit un air pincé et refusa d'embrasser sa fille. Rien ne lui ferait oublier que Susan avait, à l'évidence, sa part de responsabilités dans cette débâcle.

Jack klaxonna.

— Il faut que j'y aille, fit Susan.

Elle adressa un petit signe à Warren et à Roberta, puis rejoignit son mari.

Alors qu'elle se dirigeait vers la voiture de Roberta, Claudia fut rattrapée par Warren.

— Accroche-toi à elle et tu la perdras, la prévint-il. Évite cette erreur, Claudia.

— Je ne t'ai pas demandé ton avis, Warren Bancroft.

Derrière eux, Roberta toussota discrètement. Aussitôt, Claudia se ressaisit.

— Il est tard, observa Warren. Je vous escorte, si vous voulez.

Roberta jugea l'idée charmante, Claudia la trouva insultante, mais se tut. Les phares de la vieille Jeep de Warren – qu'elle trouvait ridicule – étaient encore derrière elles lorsque Roberta la déposa au bout de son allée.

— N'oublie pas demain d'apporter les œufs mimosa. Et de rendre son Tupperware à Peggy.

Claudia sortit de la voiture en souhaitant bonne nuit à Roberta puis, sans un regard en direction de

Warren, se précipita vers la maison qu'elle avait partagée avec l'homme de sa vie. Après avoir verrouillé la porte derrière elle, elle brancha l'alarme dont ses enfants lui avaient recommandé l'installation.

Il fallait toujours qu'ils lui donnent des conseils, pour ne pas dire des directives. « Fais installer une alarme. Quitte cette grande maison pour un appartement... Une maison de retraite... » La suite était prévisible. Il lui suffirait de céder une fois pour que tout ce qui faisait son indépendance s'écroule, telle une suite de dominos.

Appuyée contre la porte, les yeux fermés, elle revit Annie et Kevin, le jour de leur mariage, si jeunes, si enthousiastes. Elle les revit le jour de leur emménagement, à court d'argent mais riches de projets. Puis, tandis qu'elle se repassait le film de toutes ces années, quelque chose s'imposa à elle : des ombres, qu'elle avait toujours gommées. Une crispation aux coins des lèvres d'Annie. Le regard fatigué de Kevin. Leurs silences, plus éloquents que des mots.

— J'aimerais tellement que tu sois encore ici, Johnny, dit-elle à haute voix.

Mais, comme d'habitude, seul le silence lui répondit.

Hall se servit un scotch et alla s'installer dans l'un des fauteuils d'osier de la véranda, les pieds sur la balustrade. Velouté par les années, l'alcool lui brûla agréablement la gorge. Dommage qu'il ne puisse également brûler l'image d'Annie quittant le restaurant, main dans la main avec ce New-Yorkais.

Pendant les deux ans de veuvage d'Annie, Hall avait respecté ses sentiments et ceux de sa famille, attendant son heure, et voilà qu'il se faisait prendre de vitesse par cet étranger. Bon sang ! Tout s'était joué à un jour... Non, même pas ! À douze heures !

Jamais Annie n'avait eu ce visage. Pas même le jour de son mariage. Ce jour-là, on aurait presque eu pitié en la voyant si jeune, si innocente, et passablement nerveuse. Toutes les personnes présentes avaient alors songé qu'elle n'épousait pas seulement l'homme mais sa famille aussi.

L'innocence d'Annie s'était depuis longtemps envolée. Elle avait appris à ne pas confondre la réalité et les romans d'amour, et bien d'autres choses encore. Et pourtant, elle avait regardé ce type comme s'il allait lui décrocher la lune.

Hall prit une autre gorgée de scotch et attendit qu'elle le brûle jusqu'aux tripes, tout en se répétant pour la énième fois qu'il avait l'impression d'avoir déjà vu ce Sam Butler quelque part.

Ce bonhomme avait des allures de docker, mais on ne pouvait ignorer l'intelligence qui brillait dans son regard. Pas plus qu'on ne pouvait nier qu'il y avait quelque chose en lui qui commandait de se tenir à distance.

Rien à voir avec Kevin Galloway, que l'on sentait constamment prêt à accueillir le monde à bras ouverts, même lorsqu'il était submergé de dettes. Ce New-Yorkais était loin d'avoir la prestance et cette sorte d'aura poétique que possédait Kevin. S'il avait été facile de comprendre pourquoi Annie était amoureuse de son mari, on pouvait se demander ce qu'elle trouvait à Sam Butler.

Ce qui ne répondait pas à la question qu'il se posait dans l'immédiat. D'où lui venait le sentiment d'avoir déjà rencontré Butler ? À une soirée ? Il imaginait mal que leurs chemins aient pu se croiser, mais rien n'était impossible, comme il le savait depuis longtemps. Comme il venait encore de le constater…

Alors qu'ils se préparaient pour la nuit, Susan avertit Jack :

— Pas un mot. Si tu tiens à ce que je sois encore ta femme demain, je ne veux pas entendre un seul commentaire.

Jack jeta sa serviette dans le panier à linge sale et sourit.

— Je te l'avais bien dit...

— Oh, j'ai envie de t'assommer ! Écoute, on ignore ce qui s'est vraiment passé. Mais, à mon avis, elle a cherché à s'éclipser avant que Hall l'invite de nouveau.

Jack retira la courtepointe et la posa sur la chaise, près de la fenêtre, pendant que Susan se glissait entre les draps.

— Tu ne crois pas à ce que tu racontes, n'est-ce pas ?

— Non, avoua-t-elle misérablement.

— Le problème, ce n'est pas Annie, hein ?

Le matelas s'enfonça sous le poids de Jack.

— Tu captes tout, comme un radar, riposta-t-elle en ravalant ses larmes. Ce n'est pas humain.

— Alors, dis-moi, insista-t-il. Serais-tu jalouse ?

— C'est incroyable. Tu serais incapable de trouver tes chaussettes le matin, même si elles se tenaient toutes droites devant toi, mais tu sais toujours exactement ce qui ne va pas chez moi.

— Je ne suis pas amoureux de mes chaussettes.

Incapable de réprimer un sourire, Susan s'appuya contre Jack et posa la tête sur son épaule.

— Elle avait l'air si heureuse, murmura-t-elle. Ils avaient l'air tellement amoureux.

— Nous le sommes aussi.

— Pas de cette façon.

— C'est vrai. Nous l'étions de cette façon, il y a vingt ans.

— Je me sens nostalgique.

— Pour tout dire, moi aussi.
— Vraiment ?
— Entre le travail, les enfants, et tout le reste... quelquefois j'ai l'impression de te perdre de vue.
— C'est exactement ce que je ressens ! Comme si je me trouvais au milieu d'une foule, et que je t'appelle sans que tu m'entendes.
— Je t'entends maintenant, Susie. Je suis juste à côté de toi et je t'entends.
Ils s'allongèrent sur ce lit qu'ils partageaient depuis deux décennies.
— Je ne voudrais pas qu'il lui fasse du mal, souffla Susan. Elle n'est pas armée pour vivre une aventure.
— Était-elle tellement protégée avec Kevin ?
— Pardon ? fit Susan en se raidissant.
Jack soupira.
— Oublie ce que je viens de dire.
— Non. Explique-moi ce que cette remarque signifie.
— Je pensais à la passion de Kevin pour le jeu.
— Annie n'en a pas souffert.
— Ouvre les yeux, Susie. Annie n'a pas vendu la grande maison parce qu'elle était lasse de voir toujours la même chose de sa fenêtre. Elle a été obligée de la vendre.
— Tu n'en sais rien.
— Je crois ce que je vois.
Bien qu'elle ait le sentiment que ses paroles sonnaient faux, Susan campa sur ses positions.
— Elle voulait tourner la page. Elle se sentait trop seule dans un tel espace. Vraiment, tu te trompes. Kevin était un merveilleux mari. Ils formaient le plus heureux des couples. Personne ne pourra le remplacer.
Le bonheur d'Annie et de Kevin, Susan n'en avait, en vérité, qu'un souvenir très lointain, qui remontait

à une quinzaine d'années, sinon plus. La façon dont Annie s'était jetée à corps perdu dans le travail pour que son commerce soit florissant avait suscité bien des discussions au sein de la famille. Certes, personne ne faisait fortune dans l'enseignement, même si, comme Kevin, on était un professeur hors pair. Lui aussi passait beaucoup de temps hors de chez lui. Il rencontrait les parents de ses élèves après la classe, organisait des cours de rattrapage, enseignait le week-end. En définitive, Annie et lui étaient très peu ensemble. Souvent, leurs occupations les empêchaient de voir la famille, et les invitations dans leur grande maison se faisaient de plus en plus rares. Était-ce là l'image du bonheur ? Susan l'ignorait.

— Nous ne pouvons nous mêler de sa vie, déclara Jack en caressant les cheveux de sa femme. Annie mérite d'être heureuse. Il faut la laisser faire ses expériences.

Il avait incontestablement raison. Mais à l'idée qu'Annie puisse être dans d'autres bras que ceux de Kevin, Susan eut un frisson d'appréhension que les baisers de son mari ne parvinrent pas à dissiper.

Un verre de cognac à la main, Warren était assis dans sa bibliothèque, le pauvre vieux Max somnolant à ses pieds. Comme il était déjà plus de minuit, il y avait de fortes chances pour que Max passe la nuit sur place.

— Tu peux dormir dans la chambre, lui dit Warren. Nancy te fera des œufs et du bacon pour le petit déjeuner.

Le labrador leva vers lui un regard triste.

— Ne t'inquiète pas, mon vieux. Il ne t'a pas abandonné.

En s'entendant parler à Max, Warren se mit à rire. C'était le comble ! Lui, l'homme qui avait fait la couverture de *Forbes* le mois dernier, était en train d'expliquer ce qu'était l'amour à un chien qui buvait l'eau de la cuvette des W-C. Bon sang, quel culot il avait pour parler d'un sujet qu'il connaissait si mal ! Mis à part le fait que l'amour pouvait compliquer la vie au point de la rendre infernale quand tout se gâtait, il savait aussi qu'en dehors de l'amour, rien ne comptait vraiment.

Sam et Annie étaient-ils épris l'un de l'autre ? Il n'en était pas certain. Il y avait à peine trois jours qu'ils s'étaient rencontrés mais, après tout, ses propres parents s'étaient rencontrés un dimanche, mariés le lendemain, et avaient passé les trente années suivantes à raconter cette histoire.

Il espérait que Sam et Annie étaient heureux. Il espérait qu'en cas d'échec, quelque chose de positif survivrait dans leurs cœurs.

La patience n'était pas vraiment son fort, mais il ferait de son mieux. Il les avait réunis, le reste ne dépendait pas de lui. Personne n'avait encore trouvé la recette pour faire naître l'amour par miracle, ni pour l'effacer.

Warren revoyait la peur dans le regard de Claudia, et la colère qui la faisait frémir à l'idée que sa chère Annie risquait de prendre quelque distance. À vrai dire, tout le clan Galloway la considérait encore comme la vulnérable jeune fille de seize ans qu'ils avaient accueillie en leur sein après la mort de ses parents, et qui, par crainte de l'abandon, s'était rendue indispensable. Ils la croyaient fragile, peu sûre d'elle. Ils ignoraient complètement avec quelle vaillance elle avait protégé la réputation de leur Kevin chéri, et réussi à sauver la face sans leur demander de l'aide.

Warren n'avait jamais dit à Annie qu'il était au courant des dettes de jeu de Kevin. Combien de personnes, en ville, en avaient fait autant ? Parfois, il avait eu envie de tout raconter à Claudia, de lui expliquer que sa belle-fille se tuait à la tâche pour que Kevin – qui s'enfonçait dans le désespoir – et elle aient un toit au-dessus de leurs têtes et mangent à leur faim.

La conversation, au restaurant, le poursuivait. Ils avaient tous parlé de Sam comme s'il n'était venu que pour briser leur cher bonheur familial. Qui donc étaient-ils pour se permettre de juger un homme dont ils ignoraient tout ! Et qui étaient-ils pour diriger la vie d'Annie comme si elle n'était qu'une gamine effrayée et perdue. Si le destin avait été plus clément avec elle, elle aurait aujourd'hui des enfants à l'université, qui lui apporteraient leur linge à laver le week-end. Elle aurait pu avoir un mari qui...

À quoi bon rêver ?

Avec Sam Butler, Annie ne pouvait mieux tomber et, si ces esprits mesquins ne s'en rendaient pas compte, ils n'avaient qu'à aller au diable.

Ils comprendraient bien assez tôt. Et Sam aussi, peut-être.

12

Ils préparaient des œufs brouillés et des toasts en pleine nuit quand, simplement vêtue de la chemise en jean de Sam, un sourire rêveur aux lèvres, Annie remarqua :

— C'est fou ! On devrait dormir à cette heure-ci.

— Tu es fatiguée ? demanda Sam, une serviette nouée autour des reins. Je me demande bien pourquoi.

L'exiguïté de la cuisine n'était pas sans avantage, après tout. Elle permit à Annie de se pencher et de déposer un baiser sur l'épaule de Sam.

— Menteur.

Sam lui prit des mains le carton d'œufs, qu'elle venait de sortir du réfrigérateur, pour le poser sur le bar, puis l'attira dans ses bras.

— Nous sommes dans la cuisine, lui rappela-t-elle. On ne peut pas faire ici ce qu'on fait dans une chambre.

— Pourquoi pas ?

Elle réfléchit une seconde.

— Par tradition ?

— La dinde de Noël est une tradition.

— Tu ne devrais pas me faire rire quand tu veux être romantique.

Sam aimait le rire d'Annie. Il aimait tout en elle.

— Tu as ri aussi tout à l'heure. Un autre homme se serait sans doute posé des questions.

— Je suis heureuse avec toi.

Sam ne pouvait mesurer toute la portée de cet aveu – du moins, pas encore – et Annie le savait.

Ils restèrent enlacés un long moment. Leur étreinte aurait peut-être duré jusqu'à l'aube si George et Gracie n'avaient déboulé dans la cuisine comme s'ils avaient le diable aux trousses, avant de battre en retraite et de s'immobiliser dans l'encadrement de la porte.

— Ils ne m'adorent pas ces deux-là, déclara Sam en observant les chats par-dessus l'épaule d'Annie.

— Ils ne sont pas encore habitués à toi.

— Et toi ? Tu crois que tu t'habitueras à moi ?

— Non, répondit-elle en couvrant son visage de baisers. J'espère que je ne m'habituerai jamais à toi.

Sam était à l'aise dans une cuisine. Annie s'en aperçut très vite quand elle le vit manier la passoire, beurrer les muffins et étaler la confiture de myrtilles.

— Quel expert ! Tu as été cuisinier ?

— Seulement à la maison. Je viens d'une famille nombreuse.

— Comme mon mari, fit Annie, qui s'étonnait d'être aussi à l'aise en évoquant Kevin. Il y avait combien d'enfants ?

— Trois garçons – moi y compris – et trois filles.

— Tu es l'aîné ?

— Comment le sais-tu ?

— Tu aimes prendre les choses en main.

— Tu me trouves agressif ?

— Non. Je veux dire que tu as l'habitude d'être aux commandes.

Elle le gratifia d'un regard brûlant qui le fit rire.

— Et toi, tu sais ce que tu veux, observa-t-il en lui mettant un morceau de muffin dans la bouche. Tu es fille unique, j'imagine, et tes parents ne devaient pas être très jeunes. Résultat : une enfant gâtée !

La tristesse qu'il lut soudain dans les yeux d'Annie lui serra le cœur.

— Oui, je suis fille unique.

Annie cassa un œuf sur le bord d'un bol, jeta la coquille à la poubelle, prit un deuxième œuf.

— Mes parents se sont mariés à peine leurs études terminées. Je suis arrivée six mois plus tard. Je te laisse imaginer les commérages.

— Réjouissons-nous que les temps aient changé.

— Ne te méprends pas. Mes parents s'aimaient et se seraient mariés de toute façon. Mais ils n'étaient pas préparés à fonder une famille aussi vite, je pense.

Bien que Sam devinât qu'il avançait en terrain miné, il continua :

— Ils sont encore ensemble ?

Annie ne répondit pas tout de suite.

— J'espère, dit-elle finalement en évitant son regard. Ils sont morts avant mon seizième anniversaire.

Elle raconta sans fioriture le naufrage du petit bateau de pêche qui avait coûté la vie à Eve et à Ron Lacy.

— Les Galloway m'ont recueillie. Tu te rends compte ? Je n'étais que la petite amie de Kevin, mais ils m'ont ouvert leur maison et leur cœur. Quand je pense à ce qui aurait pu m'arriver autrement…

— Moi, j'avais dix-sept ans.

— Quoi ?

— J'avais dix-sept ans lorsque ma mère est morte. Mon père l'a suivie deux ans plus tard.

— Oh, Sam !

— Courtney, la cadette, avait quatre ans au décès de mon père.

— Alors, tu comprends, murmura Annie.

Leurs regards s'aimantèrent et, une fois de plus, ils sentirent au plus profond de leur être que leur rencontre était inévitable.

— Tu avais au moins des oncles, des tantes, reprit Annie. Des parents qui vous ont recueillis.

Sam secoua la tête.

— Malheureusement non. Ma mère était fille unique et, du côté de mon père, ils ont estimé que nous devions être séparés et placés dans des familles d'accueil. Et ça, il n'en était pas question.

— Tu veux dire que tu es devenu le chef de famille ?

— Je n'ai pas eu le choix.

— D'autres, à ta place, auraient tourné les talons et se seraient sauvés en courant.

— J'y ai pensé. Par moments, j'étais au bord de craquer.

— Mais tu as tenu le coup. Tu ne les as pas laissés tomber.

« Si seulement il avait eu quelqu'un comme Claudia, songea-t-elle. Quelqu'un qui s'asseyait près de son lit, lui tenait la main en lui disant qu'il n'avait rien à craindre... »

— C'est Warren qui m'a aidé à trouver mon premier vrai boulot.

Annie versa les œufs battus dans la poêle chaude, puis les remua, tandis que Sam poursuivait :

— Avec cinq personnes à charge, je n'avais pas pu terminer mes études, mais Warren m'a fait confiance et, du jour au lendemain, je me suis retrouvé à Wall Street. Il faut dire qu'au milieu des années 1980, il y avait un tas d'opportunités dans le milieu de la finance, pour ceux qui étaient prêts à travailler dur et avaient un peu de flair.

— Il s'est aussi occupé de moi, expliqua Annie en s'attablant en face de Sam. J'ai pu faire des études grâce à une bourse de sa fondation. J'ai été la toute première lauréate. Il fallait venir d'une famille de pêcheurs pour remplir un dossier.

— Et être douée.

— Disons que c'était préférable. Sinon, certains auraient pensé que le système était truqué. De toute façon, quand Warren ne peut vous aider ouvertement, il se débrouille autrement, et il arrive toujours à ses fins.

— Il m'a parlé de ce que tu prépares pour le musée. Un projet ambitieux, non ?

— Il y a un tas de choses là-dedans, répondit Annie en se tapant le front de l'index, mais je n'ai pas l'occasion de le montrer. Tu as vu la maquette ?

Elle rêvait d'une sculpture représentant une famille de pêcheurs, mais n'avait pas osé en parler à Warren. Il y avait trop longtemps qu'elle n'avait rien entrepris d'aussi important.

— Non. Mais, en attendant, il a réussi à me convaincre de construire les canots.

— C'est formidable ! s'exclama-t-elle, ravie. Nous allons travailler ensemble.

Elle lui expliqua que l'éclairage qu'elle comptait mettre en place comporterait des spots incorporés dans la structure des bateaux suspendus au plafond.

— Apparemment, nous serons appelés à travailler en étroite collaboration, remarqua Sam.

Ils se regardaient en souriant, tels deux collégiens amoureux, lorsque George et Gracie refirent leur réapparition. La chatte se mit à laper l'eau dans son écuelle tandis que George décochait à Sam l'un de ces regards venimeux dont les chats ont le secret.

— Il me hait, fit Sam.

— Il hait tout le monde, sauf Gracie. Ne fais pas attention à lui.

Sa soif étanchée, Gracie se promena dans la pièce, la queue en l'air, suivie de près par George.

— Il y a des comportements éloquents, nota Sam.

— Astucieux, en tout cas. N'oublie pas tes œufs brouillés. S'ils refroidissent, ils seront immangeables.

Sam vida son assiette en un rien de temps, puis s'attaqua au muffin d'Annie.

— Hé ! protesta-t-elle.

Puis, se souvenant que Sam était ressorti de chez *Cappy* sans même avoir eu le temps de consulter le menu, elle poussa son assiette vers lui.

— Tiens, mange.

Il eut une petite phrase très crue, mais qu'Annie trouva si excitante qu'elle se sentit fondre sur place. Kevin ne parlait de sexe que par métaphores et allusions, alors qu'avec Sam, tout était vibrant, charnel, ardent. Il ancrait Annie dans la réalité et, en même temps, lui donnait des ailes.

Une seconde plus tard, ils étaient dans les bras l'un de l'autre. Le dos contre le réfrigérateur, elle noua les jambes autour de la taille de Sam, le prit en elle profondément, le serra, manifesta une énergie qui la surprit. Ils atteignirent l'extase ensemble, dans la fougue et l'urgence, comme s'ils avaient attendu ce moment toute leur vie. Et peut-être était-ce le cas...

— Commencez à faire les crêpes, Nancy. Ils arrivent.

Tout frétillant, Max bondit, posa ses grosses pattes sur le torse de Warren, et aboya joyeusement.

— Je te l'avais dit qu'il reviendrait. Je vais t'ouvrir la porte et tu iras les saluer.

Max dégringola les marches du perron, traversa la pelouse au galop dans un concert d'aboiements, pila à deux pas d'Annie et de Sam, puis, fou de joie, se jeta sur son maître.

— Mes deux dernières femmes ne m'ont jamais accueilli avec autant d'enthousiasme, plaisanta Warren en s'avançant vers ses visiteurs.

Annie agita un grand sac de croquettes.

— Voilà la meilleure recette pour conquérir le cœur d'un chien.

Warren glissa son bras sous celui d'Annie pendant que Sam et Max se faisaient des mamours.

— Tu as l'air heureuse, déclara-t-il en entraînant la jeune femme vers le perron.

— Je le suis.

— Lui aussi à l'air heureux.

Annie jeta un regard par-dessus son épaule.

— Oui, n'est-ce pas ?

— Je suis content que vous vous entendiez bien. Tu sais que vous allez collaborer ?

— Ah, le musée ! Je suis sûre que ça vous inquiétait, fit Annie, l'œil pétillant de malice.

Des jours comme celui-ci mettaient du baume au cœur de Warren. En quelques heures, ces deux jeunes gens s'étaient littéralement métamorphosés. Annie irradiait le bonheur. Elle avait retrouvé sa beauté d'autrefois, que les soucis et le chagrin avaient ternie. Ce matin, avec sa queue-de-cheval et son visage sans le moindre maquillage, elle redevenait l'adolescente d'avant les années sombres.

Quant à Sam, c'était à peine s'il le reconnaissait. Ses éclats de rire fusaient, haut et fort, et son regard restait amoureusement rivé sur Annie. L'espoir que Warren avait nourri était désormais comblé, et le spectacle de ceux qu'il considérait comme ses enfants, penchés l'un vers l'autre, au-dessus de leurs tasses de café, lui semblait mille fois plus réel que les histoires d'affaires, de finance, de bureaux luxueux et de jets privés. Il ne lui restait plus qu'à prier Dieu pour que cette réalité ne se révèle pas fragile et éphémère.

En fin de matinée, Hall et Ellen se retrouvèrent à la cafétéria des médecins. Encore vêtue de sa blouse verte, Ellen glissa les doigts dans sa chevelure rousse en se retenant de bâiller. Hall fit fonctionner la machine à café.

— Maintenant, je sais ce qu'on entend par la fête du Travail ! Qui aurait cru que Perrin et Bradsher accoucheraient le même jour ?

— C'est la pleine lune, fit Hall en tendant une tasse à Ellen.

— Merci... Eh bien, ça promet pour le pique-nique !

Ils s'installèrent à une table, près de l'entrée.

— La vie provinciale commence à vous peser, docteur Markowitz ? lança Hall.

— Je n'en sais rien, avoua franchement Ellen. Mais ce qui est certain, c'est que, jusqu'à présent, le jour de la fête du Travail je me contentais de lisser ma serviette de bain.

— Bienvenue en Nouvelle-Angleterre où l'oisiveté est vraiment considérée comme la mère de tous les vices ! déclara Hall en songeant qu'il aurait bien mangé un beignet avec son café.

— Je vois...

— Ne vous inquiétez pas, Ellen. Nous aurons peu de choses à faire : simplement distribuer des bons pour des visites médicales gratuites.

— Hamburgers et mammographies, plaisanta Ellen. J'ai encore beaucoup à apprendre.

— Vous faites du bon travail. Tout le monde vous apprécie ici... Bien que vous soyez New-Yorkaise, ajouta Hall.

Ellen lui lança un petit sachet de sucre en riant.

— La prochaine fois que vous irez à New York pour un séminaire, je vous emmènerai dans mon quartier et je vous montrerai ce qu'est un vrai beignet.

— Comment saviez-vous que je pensais à un beignet ? demanda Hall, les yeux ronds.

Les coudes sur la table, Ellen se pencha en avant et lui adressa un regard aimable mais sérieux.

— Qu'est-ce qui ne va pas ? s'enquit-elle en baissant la voix. Vous avez une mine épouvantable.

Hall repensa à l'expression qu'affichait Annie Galloway en sortant de chez *Cappy*, main dans la main, avec Sam Butler.

— J'avais oublié que mes filles dormaient chez moi.

— Où sont-elles en ce moment ?

— Stevens, du service de pédiatrie, leur a ouvert la salle de ludothérapie.

— Je n'en saurai pas plus ?

— Non.

— Elle ne sait pas ce qu'elle perd. Et je sais ce que je dis.

— Vous êtes une amie, mais vous parlez de ce que vous ne connaissez pas.

Ellen se contenta de sourire.

Claudia passa une nuit blanche. Dès qu'elle fermait l'œil, elle voyait Annie et cet homme, ce qui lui valait des aigreurs d'estomac et l'obligeait à avaler les comprimés qu'elle laissait en permanence sur sa table de nuit. Finalement, elle préféra descendre préparer les œufs mimosa pour le pique-nique. Si elle avait bonne mémoire, Annie restait au magasin, la laissant libre de récolter des dons – avec Roberta et les autres bénévoles du club du troisième âge – pour la construction d'un nouveau service de gériatrie.

Sur des plats ronds, elle disposa les deux douzaines d'œufs durs, coupés en leur milieu et vidés de leur jaune, qui n'attendaient plus que la mayonnaise. Quand ils furent prêts, elle eut toutes les peines du monde à ne pas en goûter un. Mais comment aurait-elle pris le risque de s'immoler sur l'autel du cholestérol, quand elle avait eu un mari et un fils emportés par une crise cardiaque ?

À 6 heures, elle avait terminé. Aux œufs mimosa s'ajoutaient trois douzaines de rouleaux de jambon à la crème, et un assortiment de légumes avec une sauce délicieuse, sans un gramme de graisse.

Claudia prit un bain, puis son petit déjeuner et constata qu'il lui restait encore quatre heures avant l'arrivée de sa fille. Elle aurait fait un peu de ménage si la maison n'avait déjà été impeccable. Depuis la mort de John, elle trouvait un grand réconfort à accomplir les tâches ménagères. Le lundi, elle faisait la lessive, le mardi, elle entretenait les parquets, le mercredi, c'était au tour de la salle de bains. Le jeudi soir était consacré aux courses au supermarché. Si elle ajoutait à cela les heures qu'elle passait au magasin d'Annie et au club du troisième âge, elle pouvait considérer que sa vie était bien remplie.

Les jeunes lui trouvaient des tendances obsessionnelles et compulsives, et elle craignait qu'ils n'aient pas tout à fait tort. « Tu devrais te détendre un peu, maman, lui avait dit Sean lors de sa dernière visite. C'est le meilleur moyen de vivre plus longtemps. »

Tout en s'installant dans son fauteuil avec un roman, Claudia se dit qu'elle aurait pu répondre à Sean : « Tu sais, quand on arrive à mon âge, cette perspective n'est peut-être pas si attrayante que cela. »

Comme toujours, Susan était en retard. Elle avait préparé le petit déjeuner, rangé la cuisine, s'était assuré que Jack savait ce qu'il fallait emporter pour le pique-nique, puis avait cherché une tenue de sport à peu près digne d'un agent immobilier dont les affaires marchent. Finalement, elle avait opté pour un short, un chemisier et de jolies sandales. À défaut de remporter un prix d'élégance, du moins serait-elle à l'aise.

Elle s'arrêta devant la maison de son enfance avec un quart d'heure de retard et s'étonna de ne pas trouver sa mère sur le perron, tapant du pied, le regard fixé sur sa montre.

— De quoi est-ce que je me plains, marmonna-t-elle en s'engageant dans l'allée.

Claudia avait dû décrocher le téléphone et était sans doute en train d'incendier Jack parce que sa femme était en retard. Toujours le même scénario. Mais demander à Claudia de les laisser respirer un peu aurait été aussi vain que de demander à la Terre de cesser de tourner.

Susan pianota impatiemment sur le volant, regarda l'heure au tableau de bord puis la maison. « C'est ta mère, Susan, se sermonna-t-elle. Même si elle te rend folle, remue-toi et va voir ce qui se passe. »

La porte à l'arrière de la maison était ouverte. Bon ou mauvais signe ?

— Je suis désolée d'être en retard, maman, cria Susan. Mais tu sais ce que c'est avec les enfants.

Pas de réponse.

Elle poussa la porte, inquiète. La cuisine était impeccable, ce qui n'avait rien de surprenant.

— Maman ?

Silence. L'inquiétude saisit Susan. Chaque jour, des personnes âgées étaient victimes d'accidents sans sortir de chez eux.

Elle traversait le salon au pas de charge en direction de l'escalier quand elle aperçut sa mère dans son fauteuil préféré, un livre sur les genoux. L'espace d'une seconde, la peur l'étreignit, puis elle vit bouger doucement la poitrine de Claudia, au rythme de son souffle. Son soulagement fut tel qu'elle faillit s'effondrer. Vite, elle alla poser la main sur le bras de sa mère qui lui semblait soudain si petite, si vulnérable.

— Maman... Maman, réveille-toi.
Claudia prit une longue inspiration, plissa le front, puis ouvrit les yeux.
— Tu es en retard.
— Depuis quand fais-tu un petit somme dans la matinée ?
— J'ai passé une nuit blanche, si tu veux savoir, bien que je n'aie pas à te donner d'explication.
— Quelque chose ne va pas ?
Les problèmes médicaux, Claudia n'en manquait pas. N'importe lequel d'entre eux pouvait être cause d'insomnie.
— Tu étais là-bas. Tu les as vus, comme moi.
Pour une fois, et c'était vraiment exceptionnel, Susan partageait l'opinion de sa mère.
— Je sais, dit-elle. Je n'en reviens pas non plus.
Claudia se leva et se dirigea vers la cuisine.
— J'ai dit à Warren ce que j'en pensais, déclara-t-elle en ouvrant le réfrigérateur.
— Qu'a-t-il à voir là-dedans ? Il a simplement loué la maison d'Ellie à ce type.
— C'est ce qu'il raconte. Mais je le connais. Il a un plan.
— Franchement, tu me fais penser à Sean et à Eileen qui voient des conspirations partout.
La mère et la fille se regardèrent, et Claudia fut la première à éclater de rire.
— C'est nouveau, ou bien je vieillis sérieusement ?
Susan embrassa sa mère.
— Tu as toujours eu trop d'imagination, maman, dit-elle, attendrie.
— Tu as remarqué la façon dont elle regardait cet homme ?
— Comme tout le monde.
Il eut un long silence.
— C'est comme ça que je regardais ton père, finit par avouer Claudia.

Susan soupira. Jack et elle s'aimaient profondément, mais elle n'était pas certaine qu'ils aient jamais échangé ce genre de regards.

— Tu crois qu'elle l'a invité au pique-nique ? demanda-t-elle.

— Après son comportement d'hier soir, rien ne peut plus m'étonner de sa part.

— Vraiment, maman ! Elle ne lui a tout de même pas sauté dessus. Ils se tenaient simplement par la main. Ce n'est pas interdit.

Visiblement, Claudia le regrettait. Et si Susan était honnête avec elle-même, elle devait admettre qu'elle partageait cet avis.

13

Tandis qu'elle aidait Annie à arranger les bouquets sur le trottoir, devant le magasin, Sweeney remarqua soudain :

— Tu ne portes plus ton alliance ?

Annie replia machinalement les doigts.

— Il était temps que je l'enlève.

— C'est à cause de l'homme qui t'a rapporté tes clefs l'autre jour ? insista Sweeney, poussée par la curiosité.

Annie faillit se dérober, puis se dit que Sweeney entendrait parler tôt ou tard de ce qui s'était passé chez *Cappy*. Au hit-parade des commérages, elle serait en tête, cette fois-ci !

— Oui, avoua-t-elle, pour le plus grand plaisir de son amie. Mais moins nous évoquerons le sujet en présence de Claudia, mieux nous nous porterons.

— Elle ne le remarquera peut-être pas.

— Tu plaisantes, je suppose.

— Il vient au pique-nique ?

— Il est déjà là.

Warren arriverait plus tard, quand il aurait fini de préparer le barbecue qu'il offrait devant le musée. Claudia et Roberta installaient les immenses tables à l'ombre des érables, près de l'orchestre, tandis que Susan s'affairait à la devanture de son agence immobilière, à quelques mètres d'Annie. Elle affichait une expression distante.

— Qu'est-ce qui arrive à Susan? s'étonna Sweeney. Pourquoi est-ce qu'elle t'ignore?

— Tu l'as remarqué? Je croyais que c'était un effet de mon imagination.

— Sûrement pas! Mais ne me dis pas qu'elle t'en veut à cause de cet homme.

— Il s'appelle Sam, précisa Annie en riant. Tu sais, le comportement de Susan me surprend. D'ordinaire, elle est la première à reprocher à sa mère de se mêler de ma vie.

— Rappelle-toi ce qui se passe quand on jette une pierre dans une mare.

— Ça fait des ronds dans l'eau. Quel est le rapport?

— Eh bien, dis-toi que le clan Galloway est la mare, et que ton Sam est l'équivalent d'un rocher de cinquante kilos...

La brigade de pompiers de Shelter Rock Cove comprenait sept personnes – de vingt à soixante ans – dont une, enceinte de huit mois, faisait office de standardiste. C'était certainement la brigade la plus invraisemblable que Sam ait jamais vue, mais du dentiste à la retraite aux deux pêcheurs de langoustes en passant par le coiffeur, le droguiste, le cuisinier et l'assistante sociale, la petite équipe semblait parfaitement soudée.

Ethan Venable, le dentiste, se tourna vers Sam.

— Il nous manque quelqu'un en ce moment. Vous pourriez faire l'affaire, vous savez.

Sensible à l'attrait du camion rouge, au sens de l'amitié et de la communauté qui paraissait réunir ce groupe de volontaires, Sam fut désolé de devoir décliner l'offre d'Ethan Venable.

— J'habite l'ancienne maison d'Ellie Bancroft, mais je ne suis que de passage. Entre deux jobs...

— Dommage. Je suis sûr que vous seriez bien intégré dans notre brigade.

Si, quinze jours plus tôt, quelqu'un avait dit à Sam qu'on lui proposerait de devenir pompier à Shelter Rock Cove, il aurait envoyé son interlocuteur chez le psy. Né et élevé à New York, il avait l'habitude de vivre à cent à l'heure, parmi la foule et le bruit. Et voilà qu'il se retrouvait à une fête champêtre et en appréciait chaque seconde. Il pensa à Annie qui n'avait pratiquement jamais quitté Shelter Rock Cove. L'idée qu'elle se faisait de la vie était liée à ces gens. Il faillit demander à la femme qui prenait des photos si elle avait connu Annie enfant. Si elle était réservée ou sociable. Si tout le monde l'aimait ou si on l'ignorait. Il avait envie de savoir ce qui s'était passé à la mort de ses parents. Kevin Galloway avait-il su la réconforter ? L'aimait-elle vraiment, ou aimait-elle surtout l'idée de faire partie de sa famille ?

Dans la matinée, chez Warren, il était tombé sur une photo de Galloway alors qu'il cherchait Max. Il avait découvert le vieux labrador dans le bureau, roulé en boule sur un splendide tapis d'Orient, et s'apprêtait à ressortir quand son regard était tombé sur une série de photos encadrées, près de la fenêtre. Surpris de constater qu'il y en avait une de lui, il avait traversé la pièce, pris la photo et éclaté de rire. Du haut de ses quinze ans, sur le quai de la vieille marina de Queens, il fixait l'objectif avec l'un de ces sourires béats que la vie se charge généralement de vous ôter quand vous atteignez l'âge de voter.

Ses parents étaient encore de ce monde, et il n'avait d'autre souci que lui-même. Après des études superficielles, il s'était plongé jusqu'au cou dans ce travail dur, salissant, ingrat qui consiste à réparer des bateaux. Oh, il savait bien qu'il ne risquait pas de faire fortune ! Mais rien – ni avant ni après – ne l'avait jamais rendu plus heureux. C'était l'époque où la vie lui apparaissait tel un long boulevard, l'époque où l'on n'avait pas encore inventé la limitation de vitesse.

Il jeta un coup d'œil aux autres photos, mais ne reconnut personne. Il allait s'éloigner lorsqu'un couple de très jeunes mariés attira son regard. Le garçon ne devait pas avoir plus de dix-neuf ans. Grand, athlétique, le sourire large, sportif sans doute, l'Américain type avec lequel Sam se sentait peu de points communs. C'était tout à fait le genre d'homme auquel on raconte sa vie, dans l'avion, entre Cincinnati et Houston, simplement parce qu'il attire les confidences. En tout cas, avec sa masse de cheveux noirs bouclés et son physique de star, il n'avait pas attiré seulement les confidences, mais aussi Annie Lacy.

Dieu qu'elle paraissait jeune dans sa longue robe blanche ! On aurait dit une fillette jouant à la mariée. Ses cheveux bouclés cascadaient sur ses épaules. Le visage lisse, sans cernes ni petites rides soucieuses, elle s'appuyait contre son mari comme si elle craignait de tomber. La grande main de Galloway posée sur l'épaule délicate d'Annie éveillait chez Sam des sentiments complexes : mélange d'envie, de chagrin, de colère contre le destin qui avait fait voler le bonheur de ce couple en éclats.

Sam ne doutait pas que si Kevin Galloway avait été encore en vie, Annie serait toujours à ses côtés, appuyée contre son large torse, comme sur cette photo. Elle aurait eu la vie qu'il lui prêtait, trois jours plus tôt, sur le parking du supermarché. Une vie avec des enfants, un chien, une grande maison, tout ce qui va de soi pour un couple ordinaire.

— Tu es superbe, Annie ! s'écria Grace Lowell. Tu n'aurais pas minci, par hasard ? ajouta-t-elle, le regard fixé sur les hanches de la jeune femme.

— C'est vrai ! renchérit Bob Haskell, l'œil brillant. Tu reviens de vacances ?

Sarah Wentworth se pencha et murmura à l'oreille d'Annie :

— Je te promets de garder le secret. Qui est ton chirurgien ?

Annie attendit que Sarah se soit éloignée pour se tourner vers Sweeney.

— Qu'est-ce qu'ils ont tous, aujourd'hui ? C'est la dixième personne qui me complimente.

— L'amour, ma chérie ! clama Sweeney. Ne cherche pas plus loin, l'amour t'a métamorphosée, et ça se voit.

— J'aurais préféré qu'ils croient vraiment que j'ai subi un lifting, avoua Annie, les joues en feu.

— Désolée, mais il est difficile de ne pas remarquer la façon dont vous vous regardez, tous les deux.

Annie fit de son mieux pour ne pas jeter un coup d'œil à Sam. En vain. Sweeney s'en aperçut.

— Tu vois ? C'est tout le temps comme ça, et lui fait la même chose.

Ils s'appliquaient à demeurer discrets. Annie vantait ses fleurs à toute personne qui s'arrêtait pour en respirer le parfum, tandis que Sam feignait d'admirer les stands d'artisanat local. Warren se montra vers 14 heures. Il fit signe à Sam, qui le rejoignit sur son stand consacré aux projets du musée, et tous deux se plongèrent dans une discussion animée à propos des futures expositions.

Claudia, venue utiliser les toilettes du magasin, salua Annie, mais snoba complètement Sam et Warren.

— Ne t'inquiète pas, fit Warren. Demain, ce sera la nouvelle coiffure d'Eileen ou la façon dont Susan élève ses enfants qui fera l'objet de ses critiques. Elle a toujours besoin de s'en prendre à quelqu'un.

Warren n'avait raison que dans une certaine mesure. Cette fois-ci, Claudia n'était pas en colère. Elle était blessée, et personne mieux qu'Annie n'aurait pu en expliquer les raisons.

— Je reviens dans une seconde, dit-elle en rentrant dans la boutique à l'instant où Claudia allait ressortir.

— Tu es ravissante, aujourd'hui, observa cette dernière sèchement. Ce pull te va très bien.

Annie eut un rire embarrassé.

— On ne cesse de me faire des compliments. J'en viens à me demander à quoi je ressemblais ces derniers temps.

Un long silence pesant s'installa entre les deux femmes, que Claudia brisa la première.

— Il faut que je retourne sur le stand. Roberta est incapable de rendre la monnaie.

Annie posa la main sur le bras de sa belle-mère.

— Claudia, à propos d'hier soir…

— Tu ne me dois aucune explication, Annie. Tu es en âge de prendre tes décisions toi-même.

— J'aurais dû dire quelque chose. J'aurais pu au moins vous présenter.

— Tu avais peut-être la tête ailleurs.

Annie prit une profonde inspiration, prête à mentir, puis se ravisa.

— J'avais effectivement la tête ailleurs. Si je t'ai blessée, je le regrette. Ce n'était pas mon intention.

Claudia soutint un instant le regard d'Annie, puis tourna la tête. Annie dissimula instinctivement sa main sans alliance.

« S'il te plaît, Claudia, dis quelque chose, n'importe quoi, supplia-t-elle silencieusement. Dis-moi que tu es fâchée, que cet homme ne me mérite pas. Si nous pouvions en parler, nous serions sur la bonne voie. »

Elles avaient traversé tant de moments difficiles ensemble. Annie détestait l'idée que son bonheur puisse les séparer.

— Qu'est-ce qui t'a pris tant de temps ? demanda Roberta en voyant revenir son amie. J'ai raté des ventes à cause de toi.

— Dis-moi, Roberta, voilà près de soixante ans qu'on se connaît. Est-ce que je suis une garce ?

— Pardon ?

— Oh ! ne fais pas semblant de découvrir ce mot, Roberta Morgan ! Je t'ai entendue l'utiliser une ou deux fois.

— Peut-être. En revanche, *toi*, tu ne l'as jamais utilisé.

— Eh bien, maintenant, c'est fait ! Alors, tu crois que je suis une garce ? insista Claudia en baissant la voix.

— Doux Jésus ! Quelle question !

— Je la trouve parfaitement raisonnable. J'ai pas mal réfléchi aujourd'hui, et je suis arrivée à des conclusions qui ne m'enchantent guère.

— Tu regardes trop de séries à la télé.

— Ce n'est pas ton affaire. Alors, tu me réponds ?

Roberta aurait visiblement souhaité être n'importe où ailleurs.

— Tu me mets dans une situation impossible. C'est une question terrible que tu me poses là.

Pauvre Roberta qui tournait autour du pot sans se rendre compte qu'elle avait déjà répondu à Claudia. *Oui, tu es une garce, Claudia Galloway. C'est évident. Tu es contente maintenant ?*

Claudia avait eu des soupçons lorsque Susan avait remarqué qu'elle avait toujours été difficile à vivre. Jusque-là, elle ne s'était jamais vue sous cet angle. Son cher John, lui, n'avait cessé de lui répéter qu'elle était le soleil de sa vie, la seule personne sur qui il pouvait compter, quoi qu'il advienne. Ils avaient partagé beaucoup d'épreuves – des épreuves qu'elle garderait éternellement secrètes – sans que leur amour en pâtisse. John la jugeait d'humeur égale, tolérante, agréable. Exactement l'inverse de ce que pensaient leurs enfants.

Qu'elle fût une garce, elle venait d'en avoir la confirmation à l'instant même avec Annie. « Est-ce que ça t'aurait fait mal de lui tendre la main ? se tança-t-elle. Elle faisait le premier pas et, toi, tu n'as pas voulu céder d'un pouce. »

Oh ! elle ne souhaitait que le bonheur d'Annie. Mais, Dieu, qu'il était douloureux de l'imaginer avec un autre homme que Kevin ! C'était un peu comme si son fils n'avait jamais existé.

Pour sa part, Claudia n'avait jamais voulu d'un autre homme après la mort de son mari. Des prétendants, elle en avait eu plus d'un – et non des moindres –, mais elle les avait systématiquement éconduits. John restait l'amour de sa vie, et elle avait toujours cru qu'il en irait de même pour Annie. Kevin était en adoration devant sa femme. La famille avait l'habitude de sourire des poèmes et des fleurs qu'il lui offrait. Pratiques et terre à terre, ses frères et sœurs ne faisaient pas la différence entre un sonnet et un distique. Kevin, lui, connaissait non seulement la différence, mais il en parlait si bien que votre cœur s'emplissait de poésie.

Durant ces années, Annie était radieuse. La ville entière baignait dans cette aura de bonheur. Le couple était si soudé qu'on ne les dissociait jamais l'un de l'autre. Aujourd'hui encore, on ne pouvait rencontrer Annie sans penser aussitôt à Kevin.

Claudia sortit ses lunettes de soleil de son sac afin de cacher ses larmes. Il n'y avait pas de mots pour expliquer ce qu'elle avait ressenti, la veille, en voyant Annie avec un autre homme.

S'était-elle leurrée jusque-là, contre toute logique? Un tel choc pouvait difficilement s'expliquer d'une autre manière. Elle avait cru à l'éternelle présence de Kevin, dans la pièce à côté, dans la rue voisine… Jamais elle n'aurait imaginé le spectacle de la veille : une Annie lumineuse, heureuse, le regard tourné vers cet étranger nerveux qui était entré chez *Cappy* avec Warren.

« Reprends-toi, Claudia, s'ordonna-t-elle, ou toute la ville parlera de ta défaillance le jour de la fête du Travail. » Des années de commérages en perspective ; une erreur à ne pas commettre.

À côté d'elle, Roberta bavardait comme une pie avec Adele Roscoe et Jean Gillooley. Elle leur faisait un compte rendu complet du séminaire d'Adam Winters, expliquait que Claudia et elle songeaient à lui confier leur argent, si bien que Claudia dut se retenir pour ne pas lui sauter à la gorge.

Dès que les deux femmes s'éloignèrent, elle jeta d'une voix coupante :

— Quel besoin avais-tu de tout leur raconter? Pourquoi est-ce que tu n'appelles pas tes enfants pendant que tu y es ?

— Elles avaient remarqué la brochure qui dépassait de mon sac. Qu'est-ce que je devais faire ? Leur mentir ?

— Tu pouvais parler du séminaire, mais pas du reste.

— Tu te souviens de la question que tu m'as posée il y a quelques minutes ? Je crois que je peux y répondre, maintenant.

— Oh, tais-toi ! Contente-toi de…

Elle se tut, médusée. Quel culot ! L'ami d'Annie se dirigeait vers leur stand.

— Est-ce que ça ne serait pas… commença Roberta.

— Si, coupa Claudia. Et si tu…

— Madame Galloway ? Nous n'avons pas eu l'occasion de nous voir, hier soir, mais Warren et Annie m'ont beaucoup parlé de vous, fit Sam, la main tendue.

Claudia savait déjà qu'il s'appelait Sam Butler. Elle n'eut d'autre choix que de lui serrer la main. Il avait une poignée de main ferme, mais point trop familière. Apparemment, il savait rester à sa place.

Incapable de se présenter elle-même – au grand agacement de Claudia –, Roberta lui donna un coup de coude.

— Oh ! voici mon amie, Roberta Morgan.

Roberta gratifia Sam d'une poignée de main enthousiaste.

— Ravie de vous rencontrer. Je vous ai vu, hier soir, avec Annie. Je dois avouer que vous formiez un couple adorable.

Visiblement embarrassé, Sam n'en remercia pas moins Roberta.

— Je viens de vous entendre parler d'un séminaire consacré aux investissements financiers, ajouta-t-il.

— Vous avez écouté la conversation ? s'étonna Claudia.

— Oui, j'en ai peur, fit Sam en souriant.

— J'ai une brochure en double, s'écria Roberta spontanément. Si cela vous intéresse…

Le sourire de Sam s'élargit, et elle faillit se pâmer.

— J'aimerais y jeter un coup d'œil. Merci.

Roberta s'empressa de sortir la documentation de son sac et la lui tendit.

— Vous pouvez la garder, dit-elle.

Mais Sam n'écoutait plus. Son regard parcourait les colonnes comme s'il s'agissait du plus fascinant des romans. Les deux amies échangèrent un regard.

« Un bien bel homme, put lire Claudia dans les yeux de Roberta. Et tellement intéressé par la finance ! »

« Il ne voit que les illustrations », répondit le regard de Claudia.

Elle lui trouvait quelque chose de négligé, bien qu'il ait des vêtements propres et bien coupés. Mais, après tout, qui n'était pas en jean et en sweat ? À croire que quelqu'un, quelque part, avait décrété que les moins de cinquante ans devaient porter cet uniforme sous peine d'être exclus de leur génération. Certaines femmes aimaient cette touche de désinvolture et, à voir son air extatique, Roberta devait en faire partie. Pour sa part, Claudia préférait le complet-cravate, si distingué, que John avait toujours porté. Sans être aussi formel, Kevin aussi avait beaucoup d'allure en tweed et velours côtelé.

— ... nous sommes donc allées à ce séminaire, expliquait Roberta. En fait, nous sommes...

— Roberta, l'interrompit son amie, nous sommes à court de bons. Tu pourrais essayer de trouver le Dr Markowitz pour lui demander s'il lui en reste ?

— Une minute, fit Roberta en la fusillant du regard avant de se tourner à nouveau vers Sam. Adam Winters nous a proposé...

Claudia l'interrompit de nouveau.

— Nous avons besoin de ces bons tout de suite, reprit-elle sur ce ton qu'elle employait autrefois avec ses enfants quand ils rentraient trop tard à la maison.

Feignant de ne pas l'avoir entendue, Roberta sourit à Sam Butler.

— Gardez donc cette brochure ! proposa-t-elle. J'ignorais que l'argent soit un sujet si drôle avant d'écouter Adam Winters à la radio.

Bien décidée à garder ses projets secrets, Claudia aiguilla la conversation sur une autre voie.

— Roberta est toujours si enthousiasme, lança-t-elle. La fois où nous avons suivi un cours d'art floral japonais, elle était prête à devenir un maître zen au bout d'une heure.

Comme Claudia l'avait espéré, Sam éclata de rire. La rudesse de cet homme n'était-elle qu'une apparence, après tout ?

— J'ai une sœur qui vous ressemble, expliqua-t-il. Il lui a suffi de prendre trois cours de peinture pour avoir envie d'aller s'installer dans une mansarde à Paris.

Claudia ne put s'empêcher de sourire.

— J'ai deux étagères qui croulent sous mes poteries, et mes enfants n'en veulent à aucun prix.

Elle devinait que Sam Butler la jaugeait autant qu'elle le jaugeait. Elle se demanda ce qu'Annie avait confié à cet étranger au sujet de sa famille. Des choses qu'elle-même ignorait peut-être.

« Il est possible que vous ne soyez qu'une passade, mon cher », songea-t-elle tandis qu'elle lui souriait.

Mais à sa façon de regarder dans la direction d'Annie, Claudia comprit qu'elle se trompait lourdement.

14

— Vous avez tout à fait raison, dit Ellen à l'adresse de Hall. Il a quelque chose de familier.

Une vague de visiteurs venaient de s'éloigner de leur stand, laissant les deux collègues libres d'observer Sam Butler en pleine tentative de séduction face à Claudia Galloway.

— Je me demande s'il n'a pas réparé l'un de mes bateaux.

Ellen secoua la tête et frappa le bras de Hall avec un prospectus médical.

— Dans la mesure où je n'ai jamais posé le pied sur l'un de vos bateaux, je ne vois pas comment il pourrait m'être familier.

— Vous êtes montée sur le sloop.

— Jamais, capitaine !

— Sur le petit voilier ou sur le kayak.

— Pas plus.

— Il faudra remédier à cela.

Ellen ne releva pas

— Vous pensez vraiment qu'il a fait des réparations pour vous ?

— Non. Mais c'est ce que j'ai trouvé de plus vraisemblable. Ce type vient de New York, et je ne vais là-bas qu'une ou deux fois par an. Ce qui nous laisse peu de chances de nous croiser.

— Il est de New York ? s'étonna Ellen.

— Son accent est pire que le vôtre.

— Savez-vous que je peux situer un New-Yorkais avec précision ? Vous dire quel est son quartier, son adresse, l'étage auquel se situe son appartement, ou presque ?

— Je parie dix dollars que vous exagérez.

Ellen éclata de rire.

— Pari tenu. Voilà dix dollars qui ne m'auront pas coûté beaucoup d'efforts !

Adam Winters avait fait imprimer ses fadaises sur papier glacé – avec graphiques en quadrichromie à l'appui – dans l'unique but de soutirer leurs économies aux retraitées de la côte Est. Son portrait illustrait la couverture : visage juvénile, sourire charmeur et mèche tombant souplement sur le front. Le fils idéal, quoi ! Et, qui plus est, se proposant de faire tripler vos revenus.

Sam connaissait la technique par cœur. Lui-même avait eu, plus d'une fois, recours à quelques-unes de ces vieilles ficelles. Il n'y avait rien de neuf dans le baratin de Winters, aucune garantie de faire fructifier vos investissements. Son discours ? En gros, toujours le même : « Faites-moi confiance et je vous éviterai de finir dans l'une de ces maisons de retraite qui sentent l'urine et le délabrement. Je vous montrerai comment vous protéger. »

Ils étaient tous tenaillés par la peur. Dans ce pays, il était impossible de vieillir sans l'être. On préférait mourir avant de manquer d'argent, et plus d'une fortune s'était bâtie sur ces angoisses.

Mais Claudia n'aurait jamais cru Sam s'il le lui avait expliqué. « N'avez-vous pas gagné votre vie de cette façon ? lui riposterait-elle. Alors, où est la différence ? »

Et il serait incapable de lui opposer des arguments valables, parce qu'il était aussi coupable qu'Adam Winters et ses semblables.

Une grande femme rousse s'approcha d'eux.

— Docteur Markowitz, fit Claudia avec un sourire amical, comment se passe votre première fête du Travail à Shelter Rock Cove ?

— Je vous en prie, appelez-moi Ellen, répondit la jeune femme en souriant à Claudia et à Sam. Je n'ai pas mon stéthoscope aujourd'hui.

Sam tendit la main et se présenta, sachant que Claudia ne le ferait pas à sa place.

— Vous venez de Queens, observa Ellen, la tête penchée de côté. Du côté de Bayside, pour être plus précise.

— Bravo !

— J'hésitais entre le Queens et l'ouest du Suffolk, avoua Ellen avec un sourire qui n'avait rien d'une invite.

— Quant à vous, je dirais : Manhattan. L'Upper West Side, en bordure de Colombus Circle.

— Exact. Qu'est-ce qui m'a trahie ?

— Rien. C'est simplement la première idée qui m'est venue.

Ellen rit. Sam fut surpris de voir Claudia l'imiter.

— Je disais à Hall que j'avais impression de vous avoir déjà rencontré, expliqua Ellen. Serait-ce le cas ?

— Je ne crois pas. Je ne suis pas allé souvent du côté de Colombus Circle.

— Alors, vous devez avoir une tête qui revient à beaucoup de gens. Je parierais qu'on vous le dit souvent.

C'était inexact, mais Sam s'abstint de rectifier. Ellen Markowitz ne lui paraissait pas désagréable à première vue, mais elle n'était pas là par hasard. Il l'avait vue en grande conversation avec le bon Dr Talbot, et Annie lui avait expliqué qu'Ellen et Hall travaillaient ensemble. Talbot l'avait sans doute envoyée en reconnaissance.

— J'ai l'impression que vous êtes très occupée à votre stand, fit Claudia.

— Oh, oui ! je n'ai même pas encore eu le temps de goûter à tous ces plats qui me paraissent délicieux.

— Je peux vous offrir un œuf mimosa, si vous voulez. À vous aussi, ajouta-t-elle à l'intention de Sam.

Ellen accepta, puis remarqua la brochure que Sam tenait à la main.

— Oh ! qu'est-ce que je vois ? Ne me dites pas que vous êtes l'un des fans de Winters !

Vexée, Claudia arracha la brochure des mains de Sam.

— Mon amie Roberta et moi-même venons de suivre un séminaire de M. Winters. C'est un excellent orateur.

— Ma tante s'est laissé berner par l'un de ces beaux parleurs, expliqua Ellen en secouant la tête. Elle a tout perdu, sauf sa maison. Méfiez-vous de ce genre d'individus, Claudia.

— Seigneur ! rétorqua Claudia avec un petit rire. Vous prenez ça plus au sérieux que nous. Une semaine, nous nous intéressons aux investissements financiers, et la semaine suivante, au tai-chi.

Claudia avait apparemment tout de la femme posée, incapable de donner les clefs de son royaume sans un chèque en contrepartie. Mais c'étaient justement les femmes comme elle qui étaient les premières à tomber dans le panneau.

— Dites à Claudia que j'ai raison, fit Ellen en se tournant vers Sam.

— Croyez-vous que j'aie des arguments ? répondit Sam, soudain sur le qui-vive.

— Vous étiez absorbé dans la lecture de ce document quand je me suis approchée. Alors, j'ai pensé…

Quelque chose dans le regard de Sam la fit s'arrêter net.

— Ces œufs sont vraiment savoureux, reprit-elle en s'essuyant le coin de la bouche avec une serviette en papier. J'ai été ravie de vous revoir, Claudia, et de faire votre connaissance, Sam. Il faut que je retourne à mon stand avant que Hall n'envoie un avis de recherche.

Tandis qu'Ellen s'éloignait à grandes enjambées, Claudia observa :

— Eh bien ! elle a oublié d'être polie.

N'ayant nullement l'intention de se mêler de la politique de Shelter Rock Cove, Sam se contenta de remercier silencieusement son ange gardien.

Il déposa sur la table, devant Annie, un soda glacé, un plateau de praires et de chair de langouste poêlées, des frites et une part de tarte aux myrtilles qui semblait divine.

— Oh, Sam ! c'est trop ! On partage.

— Je ne demande pas mieux, fit Sam en attrapant une praire.

Annie prit une frite.

— Tu m'as manqué, avoua-t-elle. J'espère que tu ne t'es pas trop ennuyé.

— Je suis resté un moment avec les pompiers. Le dentiste voulait me recruter, mais je lui ai expliqué que je n'étais que de passage.

— C'est la vérité ? risqua Annie.

— Je ne peux pas profiter de la maison de Warren éternellement.

— Pourquoi ? Il a beaucoup d'affection pour toi. Il serait aux anges si tu décidais de rester.

Sam ne répondit rien, et qui aurait pu le lui reprocher ? Annie se faisait l'effet de l'une de ces femmes redoutables qui, au cours d'un *talk-show*, expliquait comment elle avait suivi son homme et couvert de savon les vitres de sa voiture pendant qu'il dînait en galante compagnie.

Bravo, Annie ! Pendant que tu y es, tu devrais coudre ton cœur sur la manche de ton pull.

— Oublie ce que je viens de te dire, reprit-elle.

— Je ne m'attendais pas à te rencontrer.

Annie avait envie de disparaître sous l'estrade de l'orchestre et d'y demeurer jusqu'au Nouvel An.

— Tu n'as pas besoin de m'expliquer quoi que ce soit, fit-elle. Je suis un peu déphasée. Il y a si longtemps que je suis seule.

Le regard et la voix d'Annie trahissaient son embarras et sa contrariété. Sam regrettait de ne pouvoir la tranquilliser. Il aurait aimé lui promettre que rien désormais ne les séparerait, mais c'eût été malhonnête. Il ne se sentait pas le droit d'oublier les incertitudes et les menaces qui pesaient sur sa vie. Tôt ou tard, son passé le rattraperait, et il n'aurait aucun moyen de lui échapper.

La mettre au courant de sa situation, il s'y refusait. Lui faire partager des soucis, des vicissitudes dont elle n'était nullement responsable aurait été d'un égoïsme sans nom. Moins elle en savait, mieux cela valait.

Il lui prit la main, et la portait à ses lèvres quand il remarqua qu'elle avait retiré son alliance.

— Il était temps que je l'enlève, dit-elle en suivant son regard. Elle s'accrochait constamment aux petits fils de fer que j'utilise au magasin...

— Il y a vraiment quelque chose de très fort entre nous, dit-il. Quoi qu'il arrive, il faudra t'en souvenir.

— Je le sais. Je l'ai su dès que je t'ai vu.

Mais elle ne comprenait pas vraiment et, d'une certaine manière, Sam s'en réjouissait. Elle croyait qu'il évoquait les incertitudes de la vie, ce qu'il eût préféré. Il aurait été plus facile d'évoquer la main du destin plutôt que les actes, les décisions, et les compromis qui l'avaient amené jusqu'à elle.

Restait l'instant présent. Bien que ce soit très insuffisant, Sam n'avait rien d'autre à lui offrir.

Teddy Webb travaillait pour le *Shelter Rock Cove Weekly News and Shopper* depuis un nombre incalculable d'années. Il avait couvert les vingt derniers pique-niques de la fête du Travail, et se trouvait désormais à court d'adjectifs pour décrire les hamburgers, les hot-dogs et les tartes aux pommes qui valaient immanquablement à Ceil le premier prix du concours de pâtisserie. Après avoir utilisé mille fois : délicieux, appétissant, délectable, que lui restait-il ? Renversant ? Mais le jour où il se résoudrait à qualifier un hamburger de cette manière, il serait bon pour la retraite.

Teddy avait rempli de notes tout un calepin. Dès qu'il serait rentré, il avalerait un petit réconfortant, taperait ses notes sur son ordinateur, puis les porterait en vitesse au journal afin de ne pas rater l'édition du lendemain.

Seulement, il lui fallait encore trouver une photo qui ferait la une de l'hebdomadaire. Oh ! il avait bien pris quelques clichés de tartes aux fruits, et l'un des fils d'Eileen Galloway en train de dévorer des tranches de pastèque. Enfin, rien de bien folichon. Il pensait resservir aux lecteurs la course en sac de l'année dernière, certain que personne ne s'en souvenait, quand son regard tomba sur un spectacle qui lui fit sacrément plaisir. Annie Galloway et un inconnu se regardaient au fond des yeux, et l'on devinait que les flèches de Cupidon étaient sur le point de leur transpercer joyeusement le cœur. Tout le monde aimait Annie, et chacun serait heureux qu'elle ait retrouvé le bonheur, non ?

Teddy attrapa son appareil photo et, deux secondes plus tard, il tenait son illustration.

Susan expliquait à George et à Lily Williams les vertus d'un aspirateur collectif qui permettrait d'éviter de traîner une poubelle de cinq kilos sur la pelouse lorsqu'elle vit Sam embrasser la main d'Annie.

— Quelque chose ne va pas, Susan ? s'inquiéta Lily, la directrice du centre d'aide sociale.

— Non. Excusez-moi, qu'est-ce que je disais ?

— Vous parliez d'aspirateur pour la pelouse, lui rappela George. Et on était en train de se demander si on trouverait des filtres adéquats.

George parlait-il chinois ? En tout cas, elle ne comprit pas un mot tant elle était fascinée par le regard émerveillé qu'Annie adressait à Sam.

Une émotion profonde, bouleversante, monta en elle. Elle n'avait rien éprouvé de semblable depuis la naissance de ses enfants. À l'instant de leur premier cri, un flot d'amour l'avait submergée, la faisant presque suffoquer. C'était exactement ce qu'elle ressentait en regardant Annie et Sam si radieux, aussi inaccessibles que les étoiles.

Hall enlevait des brins d'herbe sur le short blanc de Willa lorsque Mariah tendit le doigt vers l'autre côté de la pelouse.

— Oh ! regardez, le monsieur du restaurant embrasse la main d'Annie.

— Beurk ! fit Willa, sans même lever les yeux.

Hall savait qu'il n'aurait pas dû regarder. À quoi bon assister, impuissant, à ce qu'il avait redouté ? Il n'avait pas de baguette magique pour tout effacer et, surtout, il n'avait pas le pouvoir d'envoyer Butler au diable. Ce type avait débarqué sans bagages, sans passé. Il se moquait bien de savoir qu'Annie était la veuve de Kevin Galloway. Les dettes de jeu de Kevin, les enfants que le couple n'avait pu avoir, tout ce que Hall n'avait jamais osé dire à Annie, cet étranger l'ignorait. Monsieur était arrivé un beau matin, avait jeté un coup d'œil autour de lui et avait séduit Annie en quelques heures, pendant que lui, Hall, sirotait un scotch sur sa véranda en se demandant encore comment déclarer sa flamme.

— Ce n'est peut-être qu'une passade, commenta Ellen tandis que les filles de Hall repartaient jouer sur la pelouse. Je ne pense pas qu'il soit fait pour vivre ici.

— Peu importe, fit Hall, avant d'ajouter : Vous avez remarqué la façon dont elle le regarde ?

Ellen se contenta de soupirer.

— Oh ! tu as vu ? s'écria Roberta. Je n'ai jamais assisté à une scène plus romantique.

Dissimulée derrière ses lunettes de soleil, Claudia avait assisté à toute la scène. Elle avait vu Annie perdre son sourire, chercher ses mots, puis Sam avait pris sa main pour la porter à ses lèvres, et Claudia avait senti son cœur se briser.

Depuis toujours, elle trouvait les larmes superflues. Elles ne changeaient jamais rien. Elles ne payaient pas les factures et ne ressuscitaient pas les êtres chers. Et voilà que ces fichues larmes glissaient inexorablement le long de ses joues !

— Je reviens, dit-elle en hâte à Roberta.

Désireuse de se ressaisir à l'abri des regards, Claudia se précipita vers le magasin d'Annie. Mais avant qu'elle ait parcouru la moitié du chemin, ce vieux fou de Warren lui emboîtait le pas.

Ils n'échangèrent pas un mot ; seuls, leurs regards se croisèrent, et les souvenirs de toute une vie resurgirent. Warren prit la main de Claudia et, cette fois, elle ne le repoussa pas.

15

Ce soir-là, Annie et Sam firent l'amour avec fougue et exaltation, comme s'il voulait forger entre eux un lien inaltérable. Et le fait de croire que c'était possible renforça ce lien plus qu'ils ne pouvaient l'imaginer. Sam finit par s'endormir, mais Annie débordait d'une telle énergie qu'elle ne put trouver le sommeil. Cela faisait des années qu'elle n'avait pas atteint une telle plénitude. Leur amour avait restauré cette unité du corps, de l'âme et de l'esprit que les désillusions et les chagrins avaient dissoute. Elle se sentait vibrer de tout son être.

Rien ne durait éternellement, mais ce qu'elle ressentait en cet instant n'était pas un rêve.

Le lien qui les unissait, les signes d'un destin commun étaient réels. Comme elle, Sam avait perdu ses parents très jeune. Il n'existait aucune école, aucun club qui vous préparait à ce genre de drame et vous apprenait à vous en sortir. Tous deux avaient fait, avec un sentiment d'impuissance, l'expérience de la cruauté et des caprices du destin. Mais ce qui avait longtemps paralysé Annie était en train de disparaître.

Elle était bien décidée à retrouver ses rêves, à décrocher les étoiles et la lune pour les disposer sur une toile, à faire émerger d'un bloc de bois lisse la forme qui s'y cachait.

Doucement, elle se leva, enfila le tee-shirt de Sam, enjamba Max qui ronflait, et se glissa dans le petit couloir jusqu'à la pièce où elle avait entassé ce qui restait à déballer. Derrière les cartons, il y avait un vieux panier à pique-nique qui avait appartenu à sa mère. Cet énorme panier d'osier plein de petits tiroirs et de compartiments divers lui servait à ranger son matériel de dessin et de peinture. Elle sortit un fusain puis un cahier de croquis qui comptait encore beaucoup de feuilles vierges.

Les six silhouettes qu'elle avait en tête ne demandaient qu'à se matérialiser, et la main d'Annie courut sans effort sur le papier. L'homme, noueux, fort, vaillant, avait vingt ans tout au plus. Autour de lui, cinq enfants semblaient former les rayons d'une roue dont il était l'essieu. Chacun semblait séparé des autres dans l'espace mais, en fait, tous étaient reliés à l'homme par des fils invisibles. On lisait dans leur regard un mélange de peine et d'espoir.

Les croquis se succédaient d'une feuille à l'autre, chacun montrant le groupe sous un angle différent et selon des proportions variées. Mais, chaque fois, le personnage central ressemblait à Sam.

Annie imaginait ces êtres sculptés dans l'érable. Six figures formant une unité parfaite, leurs regards tournés vers l'horizon dans l'attente de marins qui ne reviendraient jamais.

Du seuil de la pièce, Sam l'observait. Avec une extrême concentration, elle traçait des arcs et des angles gracieux sur la feuille blanche. Il ne pouvait voir ce qu'elle dessinait, mais la seule présence de cette femme penchée sur ses croquis, dans cette petite pièce encombrée de cartons, le ravissait. Le tee-shirt qu'elle lui avait emprunté cachait à peine ses formes. George et Gracie dormaient sur ses pieds nus, tandis que Max la fixait avec adoration.

Comme son maître...

Elle avait de jolies couleurs et un air d'amante comblée. Il aurait pu passer sa vie à contempler le sourire qui flottait sur ses lèvres. Était-ce cela l'amour ? Jusqu'à présent, jamais une femme, par le seul fait d'exister, ne lui avait procuré autant de bonheur. Ses frères et ses sœurs lui avaient affirmé qu'il saurait reconnaître celle qui lui était destinée dès qu'il la rencontrerait. Une porte secrète s'ouvrirait dans son cœur, et cette femme y prendrait place tout naturellement.

Si, à l'époque, cela lui était apparu comme de la guimauve – et il ne s'était pas privé pour le faire savoir –, il commençait à réviser son jugement.

« Tu verras, lui avait dit Marie. Elle surgira quand tu t'y attendras le moins, et tu ne pourras pas résister. »

Marie avait l'esprit d'une journaliste et le cœur d'une midinette. Elle croyait au coup de foudre, aux fins heureuses et, bien que son propre mariage n'évitât aucun des tracas de la vie quotidienne, elle offrait l'image du bonheur.

Avec Annie, Sam avait envie de donner le meilleur de lui-même : s'accrocher, faire mieux, être l'homme en lequel elle croyait. Malheureusement, pour y arriver, il n'avait d'autre solution que de s'éloigner d'elle...

— Tu as l'intention de rester là toute la nuit ? lui demanda-t-elle soudain. Ou tu veux venir voir ce que je fais ?

— Tu savais que j'étais ici ? s'étonna Sam.

Annie lui jeta un coup d'œil par-dessus l'épaule.

— J'ai vu Max bouger la queue.

Sam se faufila entre les cartons pour rejoindre Annie, près de la fenêtre.

— Sur quoi travailles-tu ?

— Je ne sais pas très bien. Peut-être que je tiens quelque chose pour le musée.

— Montre-moi.

— Je me demande si l'idée est bonne, ajouta-t-elle en lui tendant son cahier de croquis.

Ce qu'il découvrit lui coupa le souffle. Il était là, sur le papier, encore adolescent, avec un regard qui reflétait la solitude, la peur, et une force de caractère qu'il n'aurait pas osé revendiquer. Ses frères et ses sœurs l'entouraient, et il fut frappé par la justesse de chacun des portraits. Par quel miracle Annie avait-elle réussi à donner d'eux une image aussi exacte ?

— Ce ne sont que des préliminaires, reprit-elle. J'essaie de trouver les bonnes postures...

Elle voyait les personnages sculptés dans le bois que les intempéries et le temps se chargeraient de patiner.

— Warren a raison, observa Sam quand il fut en mesure de parler. Tu as beaucoup de talent.

— C'est un jugement partial.

— En l'occurrence, certainement pas. Tu ne connais pas mes frères et sœurs, et pourtant, ce sont bien eux.

— Tu m'as beaucoup parlé d'eux. Pour le reste, j'ai improvisé, expliqua Annie, rouge de plaisir.

— C'est ça que tu dois faire, plutôt que de jouer les fleuristes.

— L'art floral n'est pas rien, tu sais.

— Tu sais très bien ce que je veux dire.

— Les jolis dessins ne t'assurent pas un toit. Il fallait bien que je trouve un moyen de gagner ma vie.

— Ton mari enseignait, m'a dit Warren. Il ne...

Annie secoua la tête.

— Nous avions une grande maison. Il fallait deux revenus pour rembourser notre emprunt, et il était lourd...

Sam comprenait mieux certaines choses : l'emménagement dans cette petite maison, les pièces vides, la fourgonnette bonne pour la ferraille. Annie essayait de sortir la tête de l'eau après avoir succombé au rêve américain ; ce rêve qu'il avait vendu à ses clients, chez Mason, Marx et Daniel.

Quand l'hebdomadaire de Teddy Webb parut, le vendredi matin, plus personne n'ignora que Sam avait embrassé la main d'Annie en public.

Annie rougit jusqu'à la racine des cheveux dès que Sweeney posa le journal sur le comptoir du magasin en s'écriant :

— C'est parti, ma belle !

Intriguée, Claudia jeta un coup d'œil au journal par-dessus l'épaule d'Annie. Son sourire s'évanouit, et elle disparut dans l'arrière-boutique.

Au fil des jours et des semaines, Annie se surprit à penser au pique-nique de la fête du Travail comme à une ligne de démarcation entre son ancienne et sa nouvelle vie. Toute sa passion, sa joie, sa créativité, si longtemps restées sous le boisseau, s'exprimaient enfin au grand jour. Dans les bras de Sam, elle redécouvrait aussi la femme curieuse, sensuelle, heureuse de vivre enfouie en elle, et qu'elle avait failli perdre à jamais.

Désormais, ils formaient un vrai couple aux yeux de tous. Claudia restait aimable mais distante, comme si Annie ne pouvait, à la fois, continuer à l'aimer et à nourrir de tendres sentiments pour Sam Butler. Rien n'était plus faux, bien sûr. Mais dès qu'Annie cherchait à aborder le sujet, Claudia se défilait en prétextant une urgence quelconque.

— Ne fais pas attention à elle, avait dit Warren à Annie quand elle lui avait rapporté la fin du manuscrit qu'elle avait tapé pour lui. Elle finira bien par réfléchir sérieusement et par changer d'attitude.

Annie en doutait. Depuis qu'elle suivait les séminaires d'Adam Winters, Claudia se plongeait des heures durant dans la lecture de documents relatifs aux placements financiers. Elle entrait une foule de chiffres dans son ordinateur qu'elle enregistrait ensuite sur une disquette dont elle ne se séparait jamais. Et ce n'était pas le moment de lui demander ce qui se passait. Annie marchait sur des œufs avec Claudia et ne tenait pas à aggraver la situation.

L'attitude de Susan envers sa belle-sœur avait également changé. Oh ! elle était toujours aussi boute-en-train, mais on sentait un malaise entre elles qui n'avait jamais existé auparavant.

Un après-midi, au début d'octobre, Susan vint au magasin chercher une corbeille de fleurs pour une pendaison de crémaillère.

— Tu es très prise ces derniers temps, fit-elle remarquer à Annie. Les enfants ne cessent de réclamer leur tante Annie.

— Tante Annie est toujours là. Dis-leur qu'ils peuvent passer quand ils veulent.

— Tu m'as très bien comprise.

— Non, riposta Annie en prenant de la mousse décorative. Je suis au magasin, Susan, chaque jour de la semaine, et le reste du temps, je travaille à un projet pour le musée de Warren.

— Quand tu n'es pas avec Sam...

— Ah, nous y voilà !

— Oui... Enfin, je veux dire... Oh, zut ! je ne sais plus ce que je veux dire.

Annie s'essuya les mains sur son jean et jeta un coup d'œil à la pendule.

— Si on se faisait un thé ? Claudia est à son séminaire, et mes stagiaires sont à Bar Harbor en train de décorer les rues pour la fête du week-end.

— Je ne devrais pas m'attarder. Je suis de permanence aujourd'hui.

— Tu as bien dix minutes. Il y a si longtemps qu'on n'a pas discuté tranquillement. Tu ne peux pas me refuser ça.

Annie alla retourner le petit panneau sur la porte afin d'indiquer que le magasin était fermé puis, les vieilles habitudes reprenant le dessus, elle attrapa la théière rouge sur l'étagère, pendant que Susan dénichait un paquet de biscuits au chocolat dans un petit placard.

— J'aimerais que tu me lises l'avenir dans les feuilles de thé, dit soudain Susan.

— Pourquoi ? Il n'y a pas de nuage à l'horizon.

— Parle pour toi, rétorqua Susan en mordant dans un biscuit sans attendre.

— Tu as quelque chose à me dire ?

— Je n'en sais rien... C'est tellement... Oh, merde, Annie ! Je suis horriblement jalouse.

Annie éclata de rire.

— Tu plaisantes ? Tu as tout ce que j'aurais voulu avoir : un mari, des enfants, une belle maison, un travail, une famille qui t'adore.

À la grande surprise d'Annie, les yeux de Susan s'emplirent de larmes.

— Tu es si heureuse en ce moment, expliqua Susan. Tout le monde l'a remarqué. Dès que vous pénétrez ensemble dans une pièce, elle s'illumine. Si seulement je pouvais retrouver cette magie, ne serait-ce que dix secondes... Oh ! ne fais pas attention ! C'est la ménopause qui commence à me travailler.

— Tu es jalouse de Sam et de moi ? Je rêve !

— Mais non ! affirma Susan, incapable de retenir ses larmes. Et je t'avouerais même que j'étais aussi jalouse de Kevin et de toi.

— Je n'en crois pas mes oreilles.

Susan eut un rire amer et s'essuya les yeux avec une serviette en papier.

— Vous formiez le couple le plus romantique du monde. Nous étions tous terriblement jaloux de vous deux et, quand vous vous êtes mariés, alors là, du coup, j'ai trouvé que la vie était encore plus belle dans la réalité que dans les romans sentimentaux que je lisais le soir sous la couverture. Tu sais comment on vous appelait ?

Annie secoua la tête en songeant qu'elle avait ignoré bien des choses.

— L'orpheline et le poète fauché.

Devant l'éclat de rire d'Annie, Susan ajouta :

— Je sais, je sais, on peut en rire aujourd'hui mais, à l'époque, nous pensions que rien n'était plus romantique.

— Même lorsque Kevin et moi, nous avons dû travailler dans un fast-food pour boucler nos fins de mois ?

— La pauvreté, quand on est jeune, est le summum du romantisme, non ?

Oh ! Susan, si tu savais...

Annie versa le thé, puis s'adossa à sa chaise.

— Je sais que Jack et toi êtes heureux. Autrement, telle que je te connais, tu divorcerais.

— C'est vrai, nous sommes heureux. Mais, parfois, je me demande ce qui se passe ailleurs. J'ai quarante-deux ans, Annie, et je pense qu'il est temps de sortir un peu de la routine avant qu'il soit trop tard.

— N'est-ce pas sous ce prétexte que Sweeney a divorcé plusieurs fois ?

— Je ne dis pas que je voudrais collectionner les maris, comme elle. Mais, pour tout t'avouer, il m'arrive de rencontrer un homme et, la minute d'après, de le déshabiller... C'est une image, précisa-t-elle en voyant la tête d'Annie.

— Je croyais être la seule à faire ça.

Ce fut au tour de Susan d'ouvrir de grands yeux.

— Toi ? Tu blagues ?

— Si tu savais ce qui s'est passé avec le nouvel employé de la station-service, il y a quelques mois.

Susan pouffa, Annie ne tarda pas à l'imiter, et il n'y eut bientôt plus aucune place pour la jalousie ou l'amertume.

— Lors de mon dernier accouchement, expliqua Susan, je me suis surprise à fantasmer sur Hall.

— Tu savais que Roberta Morgan s'asperge de Shalimar avant d'aller à ses consultations ?

Annie et Susan se plièrent en deux de rire.

— Comment l'as-tu appris ? demanda finalement Susan quand elle retrouva son souffle.

— Elle l'a dit à Claudia, ici même, devant moi, un jour où elles parlaient de leurs examens gynécologiques.

— J'aurais donné n'importe quoi pour voir la tête de ma mère.

Annie remplit une deuxième fois leurs tasses et ouvrit un autre paquet de biscuits.

— Je suis déçue que ça n'ait pas marché entre Hall et toi, reprit Susan.

— Je m'en doute. Mais, que veux-tu, il ne m'attire pas.

— Tu ne lui as laissé aucune chance.

— Non, Susan. Il n'y a des choses qui ne s'inventent pas.

— Je crois entendre Jack.

— Ton mari a beaucoup de sensibilité. Et il t'aime.

— Je sais.

— La plupart d'entre nous n'ont pas autant de chance.

Susan mordit dans son biscuit.

— Tu aimais Kevin ?

— Quelle question !

— Tu étais heureuse avec lui ?

— J'ai l'impression que ce thé te fait un drôle d'effet.

— Pas de pirouette, Annie. Je veux vraiment savoir si mon frère et toi étiez heureux ensemble.

— Tu me fais passer un test ? demanda Annie d'un ton léger. Et à la première mauvaise réponse, je serai exclue du clan Galloway ?

— Écoute, tu avais l'air heureuse. Mais, depuis quelque temps, je me demande ce qu'est le bonheur.

— Tu es mariée, fit Annie, prudente. Tu sais parfaitement que la question n'est pas toujours d'être heureux ou de ne pas l'être.

— Il t'adorait.

— J'en suis convaincue, mais il n'avait pas vraiment le sens des réalités.

— C'était un poète. Un poète égaré dans un monde matérialiste. Maman était la seule à le comprendre vraiment.

— Vivre avec un poète n'est pas toujours facile.

— Et Sam ? C'est aussi un poète ?

— Uniquement quand il répare les bateaux de Warren.

— Réparer des bateaux, c'est son métier ?

Annie ne put s'empêcher de sourire.

— Tu me croirais si je te disais que j'ai affaire à un homme très matérialiste ?

— Tu es heureuse, n'est-ce pas ?

— Très.

— Fais quand même attention. Les règles du jeu ont changé depuis l'époque de tes premières amours.

— Sam est quelqu'un de bien. Comme j'en ai rarement rencontré.

— Il n'a pas intérêt à te faire du mal, sinon il m'entendra.

— Il m'a sauvé la vie, tu sais.

— Très drôle.

— Je ne plaisante pas, Susan. Il m'a sauvé la vie, le soir de mon emménagement.

Annie raconta à sa belle-sœur toute l'histoire, de la bouteille de champagne bon marché au réveil à côté de Sam en passant par le peignoir en flammes.

— Ô mon Dieu, Annie !

— Et comme si cela ne suffisait pas, il est allé acheter des beignets chez *DeeDee* pour le petit déjeuner.

Susan fit semblant de s'évanouir en s'affalant sur la table.

— Tu veux m'achever, ou quoi ? D'abord, tu m'expliques que c'est un héros, et ensuite qu'il t'a fait la cour en t'apportant des beignets de chez *DeeDee* !

— C'est exactement ce qui s'est passé. Comment ne pas craquer ? Il est aussi parfait qu'un homme peut l'être.

— Les beignets auraient suffi à me faire chavirer, admit Susan.

La conversation se poursuivit sur d'autres sujets chers au cœur des deux amies, heureuses de retrouver leur complicité d'autrefois.

— On ne parle que de toi en ville, fit Susan.

Annie lavait les tasses et la théière. Elle tendit un torchon à Susan et une tasse propre.

— Et que dit-on ?

— Que tu n'as jamais été aussi radieuse. Ceil est persuadée que tu fais de la boxe coréenne.

Annie hurla de rire. Elle aurait aimé expliquer à sa meilleure amie combien il était agréable d'être débarrassée de la menace d'une hypothèque et d'individus inquiétants à sa porte, de pouvoir dormir tranquillement, sans être réveillée par le téléphone en pleine nuit. Elle ne possédait peut-être pas grand-chose, mais le peu qu'elle avait lui appartenait, et ce sentiment de liberté et d'indépendance avait déjà de quoi lui donner bonne mine. Et si, en plus, un homme tel que Sam Butler entrait dans sa vie à ce moment-là, eh bien, c'était suffisant pour qu'elle croie finalement à sa bonne étoile.

16

Levant les yeux de son écran, Hall vit Ellen dans l'encadrement de la porte, une coupure de journal à la main.

— J'ai trouvé ça sur le fax, dit-elle. La photo d'Annie Galloway et de Sam Butler est charmante, n'est-ce pas ?

— Ah, merci ! Je me demandais où je l'avais laissée.

— Surveillez le fax de temps en temps, Hall. Un de ces jours vous y laisserez des documents compromettants, ajouta Ellen en posant le feuillet sous le nez de son collègue.

Hall s'adossa à son siège et la regarda.

— Si vous avez quelque chose à me dire, allez-y.

— Mais je suis en train de vous parler. Seulement, vous ne voulez pas m'écouter, observa Ellen, appuyée contre le bureau, les bras croisés.

— J'ai faxé cette photo à un ami. C'est un crime ?

— Elle date de la fête du Travail. Pendant combien de temps encore allez-vous penser à cette histoire ?

— Annie est amoureuse de ce type.

— Et alors ? Vous cherchez toujours à le situer ?

Hall se leva.

— Plus que jamais. Et je ne vois pas où est le mal.

— Vous vous mêlez de ce qui ne vous regarde pas.

— Je connais Annie depuis toujours. Elle a traversé bien des épreuves. Je voudrais lui en éviter de nouvelles.

— Un vrai boy-scout !

— Vous n'êtes pas vous-même, aujourd'hui, Ellen. Qu'est-ce qui vous arrive ?

— Si vous ne comprenez pas, c'est sans espoir.

Ellen quitta le bureau en claquant la porte avec tant de violence que les diplômes de Hall, encadrés et accrochés au mur, vibrèrent. Peu importait ce qu'elle pensait de sa démarche. En tout cas, il n'avait pas cherché de faux-fuyants ; et puis, c'était vrai, depuis le début, il avait le sentiment de connaître Sam Butler. Pourquoi ? Comment ? Telles étaient les questions. Et elles le taraudaient d'autant plus qu'il était persuadé que cet homme avait quelque chose à cacher.

Il était également convaincu qu'Annie allait souffrir et, bien qu'il ait perdu tout espoir de la conquérir, il n'était pas pour autant question de rester impassible si quelqu'un risquait de lui faire du mal. Puisqu'elle ne voulait pas de lui, il fallait au moins qu'elle trouve un homme qui le surpasse. Et Sam Butler n'était certainement pas cet homme-là !

Faxer une coupure de journal à quelques amis et collègues de New York afin d'obtenir d'éventuels renseignements sur Butler n'avait rien de dramatique. D'après Susan, Butler avait travaillé à Wall Street, et cette information pouvait constituer le début d'une piste. Hall se reprochait assez de ne pas être intervenu quand il avait appris les déboires de Kevin, pour s'interdire une seconde erreur.

Sam passait ses journées dans l'atelier de Warren et ses nuits dans le lit d'Annie – autrement dit, entre le paradis et le septième ciel. Le premier canot était presque terminé. Il ne restait plus qu'à tendre la toile sur la charpente et à la fixer. Alors que la plupart des gens auraient trouvé ce travail fastidieux, Sam y prenait plaisir. Il aimait l'odeur du bois fraîchement coupé, l'arrondi gracieux de la coque, la symétrie des bancs, le contact de la toile tendue à l'extrême, presque vibrante.

Les canots étaient des merveilles d'élégance et d'efficacité, un bel exemple de construction épurée, mieux adaptée à la navigation que le dernier-né de la technologie actuelle. Ils glissaient sur l'eau comme ils le faisaient deux siècles plus tôt, au temps où les Indiens étaient plus nombreux que les Blancs. Chaque journée passée à travailler sur ces embarcations rapprochait Sam de la région et de ses habitants.

Annie et Warren étaient d'ici. Ils avaient été en quelque sorte façonnés par leur environnement. Tous deux étaient solides, honorables, d'une loyauté farouche envers ceux qu'ils aimaient, et Sam respectait ces vertus d'une autre époque, même si lui-même n'avait pas su s'y conformer.

Warren et un petit groupe d'amis étaient partis au Canada pour leur partie de pêche rituelle, tandis que Pete et Nancy passaient tout aussi rituellement une semaine à Rhode Island avec leur fille et son bébé. Sam s'était engagé à prendre le courrier et à s'assurer que tout était en ordre, mais, pour l'instant, personne n'avait emprunté l'allée, à part le postier chargé des envois express. Tant de calme et de solitude surprenaient agréablement Sam. Enfin il pouvait s'immerger dans un travail qui lui faisait oublier le reste du monde. Annie était comme lui. Capable de se concentrer au point d'oublier tout ce qui n'était pas son travail. Preuve supplémentaire, s'il en était besoin, qu'ils étaient faits l'un pour l'autre.

Warren avait été ravi d'apprendre qu'elle avait maintenant une idée de la sculpture qui devait se dresser devant le musée. Il avait aussitôt commandé les matériaux nécessaires qui devaient lui être livrés avant quinze jours. Annie était partagée entre l'excitation et la terreur, entre la conviction de réussir et celle d'échouer lamentablement.

Elle fascinait Sam, l'enchantait, lui donnait le sentiment que tout était possible. Elle comprenait la profonde solitude qui ne le quittait jamais tout à fait, parce qu'elle lui était aussi familière. Perdre ses parents, c'était comme se retrouver à la dérive sur des eaux tumultueuses ; une telle épreuve vous marquait à jamais.

À 18 heures, alors qu'il commençait à ranger ses outils, Max, qui dormait paisiblement, bondit soudain et lâcha deux aboiements brefs, avant de se ruer dehors.

— Max ! cria Sam. Reviens tout de suite !

Comme son maître, Max n'avait pas vraiment le sens de l'orientation et, la maison de Warren étant au milieu des bois, Sam risquait de passer une partie de la soirée à le chercher s'il le laissait filer.

La nuit tombait tôt en cette saison. Parmi les ombres qui envahissaient la pelouse, il vit Max disparaître à l'angle de la maison. Il s'élança à sa poursuite, et le découvrit, planté devant une voiture garée juste derrière la sienne, et aboyant comme un fou. Le moteur était coupé, mais les phares allumés.

— Tout va bien, mon garçon, fit Sam en grattant le labrador derrière l'oreille. À moi de jouer maintenant.

Max tournoya sur lui-même, puis, sans cesser d'aboyer, se précipita vers la maison. Sam jeta un coup d'œil dans la voiture. Un sac de femme était ouvert sur le siège avant parmi un tas de feuillets dactylographiés. Il y avait une brochure d'Adam Winters, un chéquier et un stylo par terre. La clef était encore sur le contact, et il flottait dans le véhicule un parfum lourd et capiteux.

Par-dessus les aboiements de Max, Sam entendit une femme appeler d'une voix aiguë. Il oublia la voiture, courut vers la maison, et se retrouva nez à nez avec la belle-mère d'Annie.

— Où est-il ? demanda Claudia, le visage sillonné de larmes. Il faut absolument que je parle à Warren !

— Au Canada. Je peux vous aider ?

— Ce vieil idiot n'est jamais là quand j'ai besoin de lui, s'écria Claudia en écrasant ses larmes du poing. Qu'est-ce que je vais devenir ?

— Vous chancelez. Entrez donc vous asseoir.

— Je ne suis pas encore sénile, riposta-t-elle. Je peux tenir sur mes jambes.

— Désolé, fit Sam, les paumes en avant en geste d'apaisement. Mais, je vous en prie, venez vous asseoir.

Il ouvrit la porte et fit entrer Claudia.

— Allez vous installer dans un fauteuil, insista-t-il, au risque d'essuyer une nouvelle rebuffade. Je vous apporte à boire.

— Je peux me servir moi-même. Je connais cette maison comme ma poche, rétorqua Claudia en se dirigeant vers la cuisine.

— Comme vous voulez.

Il la suivit, Max sur les talons. À l'évidence, elle ne l'aimait pas et, cette fois-ci, ce sentiment était mutuel.

— Des verres à vin sur l'étagère du bas ! remarqua-t-elle en ouvrant un placard. À quoi pense Nancy ?

Voyant qu'elle tentait d'attraper d'une main tremblante un petit verre sur l'étagère supérieure, Sam tendit le bras par-dessus sa tête.

— Tenez. C'est ce que vous vouliez, n'est-ce pas ?

— Merci.

— De rien, fit-il d'un ton glacial.

Elle prit de l'eau du robinet, puis avala deux gorgées aussi bruyamment que Max lapant l'eau de son bol. C'était certainement la première fois que Claudia Galloway ne se souciait pas de paraître parfaite, songea Max.

— Je me débrouille avec les voitures, annonça-t-il. Si vous avez besoin de changer un pneu ou…

— J'ai un gendre mécanicien, rétorqua Claudia, en proie à une nouvelle crise de larmes.

— J'ai éteint vos phares. Vous risquiez de vous retrouver avec une batterie à plat.

— Et alors ? Je me contrefiche de cette batterie.

— Si vous voulez redémarrer…

— Peu importe.

Sam revit le chéquier, les papiers qui ressemblaient fort à des contrats, la brochure d'Adam Winters avec son portrait sur la couverture…

Recroquevillée devant la table de la cuisine, Claudia ressemblait à sa mère quand l'argent du loyer venait à manquer, et il se dit que ses propres clients n'avaient pas dû être plus brillants le jour où ils avaient constaté qu'ils perdaient de l'argent.

— Vous avez signé des contrats avec Adam Winters, n'est-ce pas ? avança-t-il.

Claudia leva les yeux vers lui, l'air désespéré.

— Comment le savez-vous ?

— Une intuition. Ça va vous coûter cher ?

— Ce n'est rien de le dire.

Il pouvait s'en tenir là. C'était le problème de Claudia, pas le sien. Pourquoi risquer sa peau pour tenter de la sortir de là ? Il était encore temps de faire marche arrière.

Il lui demanda d'évaluer ses pertes, et le chiffre qu'elle énonça faillit le faire tomber à la renverse. Un an plus tôt, il n'aurait pas eu un tressaillement.

— Effectivement, observa-t-il. C'est sérieux.

— Si vous le répétez à qui que ce soit, j'aurai votre peau, lança-t-elle, furieuse. Je me demande ce qui m'a pris de vous en parler.

— Vous ne m'avez rien dit. C'est moi qui ai deviné.

— Eh bien, maintenant, oubliez tout ça ! ordonna Claudia. Ne vous mêlez pas de mes affaires.

— Vous avez raison : ce ne sont pas mes affaires. Mais que répondriez-vous si je vous disais que j'ai peut-être une solution ?

Claudia fixa Sam avec étonnement, comme si elle découvrait qu'il savait compter autrement que sur ses doigts.

— Vous ?

Sam répéta le chiffre qu'elle avait cité et prit le temps de digérer l'information.

— C'est déjà on ne peut plus mal parti, commenta-t-il finalement. Cela dit, est-ce que vous voulez bien écouter ce que j'ai à vous dire ?

Sam insista pour escorter Claudia jusqu'à son domicile. Avant de franchir le seuil de sa porte, elle lui adressa un signe digne de la reine mère, puis entra. Sam attendit que la maison s'éclaire, et même deux minutes de plus afin d'être totalement rassuré.

Si l'un de ses fils avait manifesté une telle courtoisie, Claudia aurait été extrêmement fière, mais cet homme qui tentait de remplacer Kevin ne risquait pas de l'attendrir.

Il n'était pas tenu de t'aider, Claudia. Il aurait pu te laisser te débrouiller seule.

— Quel idiot ! marmonna-t-elle en se déshabillant. Il croit qu'il s'est rattrapé en griffonnant quelques noms et numéros de téléphone ?

Tu es injuste et aigrie. Ce n'est pas lui qui a remis tes économies entre les mains d'un filou.

Eh non ! Elle s'était fourrée toute seule dans ce joli pétrin. Même avec les preuves de cette folie étalées devant elle sur la table de la cuisine, elle n'arrivait pas encore à y croire. Habituellement, c'était Roberta qui oubliait de réfléchir mais, pour une fois, elle avait remis son chèque dans son sac avant même qu'Adam Winters ait achevé son exposé.

Cette prudence, cette sagesse, Claudia l'avait prise sur le moment pour une forme de lâcheté. Le discours de Winters l'avait enthousiasmée. N'avait-il pas offert à son auditoire le moyen d'échapper à une fin de vie dégradante et à des enfants trop gourmands ? Qui n'aurait envie de sauvegarder son indépendance financière, d'être en mesure de payer ses soins médicaux ? Qui voudrait devenir un fardeau pour les autres ? Adam comprenait spontanément les besoins des personnes de son âge, ce qui était remarquable pour un homme de trente ans. Et puis, il avait paru s'intéresser particulièrement à Claudia. Il avait répondu à toutes ses questions, avant même qu'elle ait fini de les poser. Il lui avait ouvert les yeux sur la précarité de ses revenus et offert l'opportunité de réaliser des investissements très rentables à court terme. « Bien entendu, avait-il spécifié, les bénéfices seront proportionnels à l'investissement. Alors, pourquoi fixer une limite à vos rêves ? »

Claudia n'avait trouvé aucun argument à lui opposer. L'idée de dépendre de ses enfants la terrorisait. Un jour, elle avait lu qu'au Groenland, les vieux qui ne servaient plus à rien choisissaient de se laisser dériver sur la banquise. Elle avait trouvé cela horrible mais, au fil des années, elle s'était rendu compte qu'elle comprenait de mieux en mieux cette philosophie.

Adam Winters avait établi des graphiques pour toutes les grandes fluctuations boursières des cinq dernières années. Il avait mis en avant les secteurs de pointe comme ceux de la communication et des produits pharmaceutiques, et prévoyait des bénéfices mirobolants à partir de la somme que Claudia pouvait investir. Comment aurait-elle pu résister ?

« Quelle imbécile ! pensa-t-elle amèrement. Il savait ce qu'il faisait en m'appelant par mon prénom, en posant la main sur mon épaule quand il passait à côté de moi. Et puis, il me regardait dans les yeux lorsqu'il me parlait... »

Avec le recul, elle trouvait cela pathétique. Cet homme avait fait perdre la tête à une vieille femme esseulée dont il aurait presque pu être le petit-fils. Oui, c'était absolument pathétique ! Même Roberta, qui se laissait volontiers griser, avait eu l'intelligence de ne pas s'engager.

Et Claudia ne l'avait pas imitée. Ses vieux démons lui avaient susurré de franchir le pas, de tenter sa chance, de faire tourner la roue, de jeter les dès. Mais comment se croire en proie à la passion du jeu quand on a en face de soi un jeune homme posé, charmant, parfaitement éduqué qui vous demande de s'en remettre à lui ? Après tout, qu'avait-elle eu à perdre, sinon tout ce qu'elle possédait ?

Sam Butler venait de lui conseiller de faire opposition sur le chèque à la première heure. Comme si elle n'y avait pas songé ! Seulement, Adam Winters n'avait accepté qu'un chèque certifié dont le paiement était garanti par la banque.

— Dans ce cas, appelez mes amis, avait dit Sam.

— Dans quel but ?

— Ce sont les meilleurs dans le monde de la finance.

L'un était un avocat, l'autre, spécialiste de la défense des consommateurs.

— Comment se fait-il que vous connaissiez ces personnes ?

Sam Butler n'était sûrement pas le genre d'homme à aller travailler en costume-cravate. Il était issu de la classe ouvrière. Il suffisait qu'il ouvre la bouche pour s'en apercevoir.

— Parce qu'ils ont travaillé pour moi.

Elle n'avait pu retenir un éclat de rire à l'idée de ce rustre donnant des ordres à un avocat. Sam, lui, ne riait pas. Il l'avait bombardée de commentaires sur le mécanisme des investissements et les risques encourus, concluant que jamais on ne devait confier son argent à quelqu'un les yeux fermés, à moins d'être handicapé, physiquement ou mentalement. Il lui avait aussi certifié qu'elle avait le droit absolu de récupérer son capital et qu'elle devait le signifier clairement à Adam Winters.

S'il s'était mis à déclamer des sonnets de Shakespeare, Claudia n'aurait pas été plus ébahie. Très vite, elle avait compris qu'avec Sam Butler les apparences étaient particulièrement trompeuses. Comme il devait rire maintenant de la vieille idiote bernée par le charmant sourire d'un jeune homme.

Rien que d'y penser, elle avait envie de se laisser dériver sur la banquise.

17

Qu'il ait réussi à convaincre Claudia Galloway, Sam en doutait fort. Elle avait plié en quatre le papier portant les numéros de téléphone d'Arnie Gillingham et de William Fenestra, puis l'avait glissé dans la poche de sa veste. Il était probable qu'elle ne s'en servirait pas. Trop occupée à s'apitoyer sur son sort, elle était incapable, pour l'heure, de distinguer une bouée de sauvetage d'une batte de base-ball, et il ne pouvait insister sans prendre de sérieux risques. Déjà, il avait trop parlé. Mais comment aurait-il pu rester sans réagir devant cette femme qui était à deux doigts de tout perdre à cause d'un requin tel que Winters.

Dommage que cet individu soit déjà en route pour son prochain séminaire, en Arizona, autrement, Sam l'aurait sorti de sa chambre d'hôtel pour lui réclamer l'argent de Claudia.

Cette histoire lui rappelait trop ses anciens clients. Combien se retrouvaient désormais dans la même situation que Claudia, la peur au ventre, en se demandant s'il y avait un moyen de sauver les meubles ? Combien s'endormaient en le maudissant ? Tracassé, il s'était arrêté en chemin pour téléphoner à Arnie Gillingham dont il connaissait la combativité.

Ces dernières semaines, Sam avait vécu comme dans un rêve, oubliant les nuages amoncelés à l'horizon qui risquaient de changer sa vie définitivement.

Voir la hautaine Claudia Galloway à demi effondrée sur la table de cuisine de Warren l'avait profondément affecté, alors que, par certains côtés, il n'y avait pas grande différence entre Adam Winters et lui, sinon que lui avait bénéficié de la crédibilité que lui assurait la firme Mason, Marx et Daniel...

Il avait envie de tout raconter à Annie, de vider son sac devant la seule personne dont le jugement comptait à ses yeux. Mais il ne pouvait le faire sans l'exposer au danger. Tant qu'elle continuerait à tout ignorer, personne n'aurait de raison de s'attaquer à elle, et tant pis s'il devait se débattre seul avec ses problèmes. Protéger Annie passait avant tout.

Annie entendit la fourgonnette de Sam aux environs de 19 heures. Parfois, c'était elle qui préparait le dîner, parfois, lui, selon leur humeur. Parfois aussi, ils filaient chez *Cappy* pour dîner de langouste ou de friture.

Ce soir-là, inspirée par la fraîcheur automnale, Annie avait préparé un minestrone. Insensiblement s'installaient entre Sam et elle des habitudes de couple marié, sans que jamais ils n'évoquent un avenir commun. Sans parler du passé, évidemment. Ils jouissaient de l'instant présent, sachant l'un et l'autre combien le bonheur peut être éphémère.

L'avenir, ils finiraient par en parler tôt ou tard, inévitablement. Annie le savait. Tout était si simple avec Sam, si juste. Leurs histoires respectives leur permettaient de se comprendre comme peu de personnes se comprenaient. Elle n'avait pas besoin de lui expliquer combien les valeurs familiales comptaient pour elle. Il n'avait pas besoin de lui dire qu'il mettrait sa vie en danger pour protéger ceux qu'ils aimaient. D'avoir rencontré cet homme au moment où elle avait enfin la force de dépasser le naufrage de sa vie avec Kevin était une vraie bénédiction.

Elle faisait partie de ces femmes destinées à s'épanouir tardivement. Même son corps lui semblait différent. Elle se sentait plus féminine ces derniers temps, plus pulpeuse. Ses seins, légèrement alourdis, étaient hypersensibles. Elle avait l'impression qu'un courant érotique la traversait de part en part tout au long de la journée.

Sa boutique prospérait, elle travaillait sur ses sculptures pour le musée avec ardeur et passion. Sa vie avait désormais un sens, et elle se sentait d'autant plus comblée que cela arrivait à un moment où elle n'attendait plus grand-chose.

La semaine prochaine, à l'occasion de la rencontre annuelle des fleuristes du Maine à York Harbor, elle devait donner une conférence. Sam l'accompagnerait, et ils avaient prévu de passer la nuit à l'auberge qui surplombait le port. Elle attendait avec impatience de voir la tête de ses collègues quand ils la verraient débarquer avec lui.

Le seul point noir, c'était cette fatigue qu'elle éprouvait ces dernières semaines. Certes, elle brûlait la chandelle par les deux bouts – et même par le milieu –, mais comment faire autrement ? Les projets, l'enthousiasme, la joie lui enlevaient l'envie de dormir. Quand Sweeney lui avait suggéré de faire une petite sieste quotidienne, Annie avait éclaté de rire. Expliquer à Claudia ce besoin d'une pause au beau milieu de la journée aurait été encore plus compliqué que de lui parler de Sam.

Elle jeta un regard à l'horloge de la cuisine. Sam n'allait pas tarder.

Elle lissa ses cheveux, jeta un coup d'œil à son reflet sur le toaster. Cinq, dix minutes, un quart d'heure s'écoulèrent. Elle regarda par la fenêtre et vit que le séjour de Sam était encore éclairé. Max aussi se faisait attendre. Toujours impatient de découvrir ce qu'elle lui réservait, il aurait dû, à cette heure, aboyer sur son perron.

Cinq minutes plus tard, elle décida d'aller voir ce qui se passait. Elle éteignit le feu sous le potage, sortit et se dirigea vers la maison voisine. Dès qu'elle frappa à la porte, Max manifesta sa curiosité.

— C'est Annie, dit-elle.

À son grand soulagement, Sam lui ouvrit et, le portable à l'oreille, lui fit signe d'entrer.

Le labrador plaqua ses grosses pattes sur la poitrine d'Annie en aboyant joyeusement. En revanche, son maître semblait distrait et quelque peu contrarié.

— Annie, ma voisine… dit-il dans le combiné. Ça ne te regarde pas… Appelle un serrurier, Marie… Oui, je vais venir. Dis à Geo que les Jets vont battre les Raiders à plate couture samedi… D'accord… Je te rappellerai.

Sam jeta son portable sur le canapé, puis se tourna vers Annie.

— Tu m'as manqué, aujourd'hui.

— Toi aussi, avoua Annie en se glissant dans ses bras. Tu as un problème ?

— C'était ma sœur Marie. Elle vient de m'apprendre que mon appartement de Manhattan a été visité.

Annie frissonna.

— Heureusement que tu n'y étais pas. Beaucoup de choses ont disparu ?

— Il n'y avait pas grand-chose à prendre. Marie me dit qu'ils ont tout mis sens dessus dessous, sans rien emporter.

Annie avait fait ce genre d'expérience au début de son mariage. En rentrant, Kevin et elle avaient retrouvé une maison transformée en champ de bataille. Quelqu'un en avait eu assez d'attendre son argent. Seulement, Annie n'était au courant de rien, et quand Kevin lui avait interdit de prévenir la police, elle s'était emportée. Jamais elle n'oublierait avec quel regard il lui avait annoncé :

— J'ai quelque chose à te dire, Annie Rose.

Des mots comme ceux-là, elle espérait ne plus jamais les entendre.

Elle essaya de chasser son malaise en se disant qu'à Manhattan régnait une insécurité quotidienne, contrairement à Shelter Rock Cove où la police pouvait se contenter d'astiquer ses voitures et de passer à la pompe à essence.

La tête contre le torse de Sam, elle ferma les yeux.

— Tu es obligé d'aller là-bas pour faire une déclaration à la police ?

— Ma sœur s'est occupée de tout, répondit-il.

Mais, visiblement, il était encore préoccupé, et le malaise d'Annie persistait.

— J'ai fait du potage, dit-elle. Max et toi êtes cordialement invités.

— Nous acceptons avec plaisir.

Sam l'embrassa, et le monde se remit à tourner normalement.

— J'arrive dans cinq minutes, avec une bouteille de vin.

Le portable recommença à sonner une minute après qu'Annie fut ressortie, suivie de Max.

— Elle récupérera son argent, annonça d'emblée Arnie Gillingham. Aucun problème.

Arnie, spécialiste de la défense des consommateurs sur une chaîne de télévision nationale, savait dans quels placards les cadavres étaient cachés. Tenant à préserver un vernis de légalité, Adam Winters évitait de s'encombrer d'investisseurs mécontents, si bien qu'il avait déclaré que Mme Claudia Galloway, de

Shelter Rock Cove, ne faisait pas l'affaire. Ses chèques, dont celui de deux mille dollars représentant les frais de participation aux séminaires, lui seraient restitués par retour du courrier.

— Je te revaudrai ça, déclara Sam, soulagé.

— Alors, tu es dans le Maine ? fit Arnie. Je t'imaginais plutôt à Aruba ou sur la Costa del Sol.

— Un portable ne te permet pas de savoir d'où j'appelle, remarqua Sam d'un ton désinvolte.

— Ne t'inquiète pas, riposta Arnie. Je te comprends, vu ce qui se passe en ce moment chez Mason, Marx et Daniel. Tu as toujours eu du nez, ajouta-t-il en riant.

Sam raccrocha quelques minutes plus tard, le ventre noué. Qu'est-ce qu'il avait cru en appelant Arnie ? Pensait-il qu'il suffisait de laisser passer quelques semaines pour que les choses s'arrangent ? Mais le désespoir de Claudia lui avait trop rappelé son passé, son angoisse quand, à vingt-trois ans, il s'était retrouvé devant un tas de factures impayées en regrettant de ne pas avoir le courage de fuir. Il lui avait fallu des années pour comprendre qu'il fallait parfois encore plus de courage pour ne pas fuir.

Bien sûr, il lui arrivait de rêver de prendre Annie par la main, d'embarquer Max et les deux chats, et de disparaître. Mais, éveillé, il ne passait pas à l'acte. Certains se dérobent quand la situation se complique. D'autres attendent la suite de pied ferme, et il savait à quelle catégorie Annie et lui appartenaient.

S'il avait bien compris Arnie, les choses bougeaient à New York. Il n'avait rien dit à Marie, mais il aurait parié sa fourgonnette qu'on ne s'était pas introduit chez lui par hasard. Ces gens cherchaient quelque chose, et ils savaient où ils risquaient de le découvrir.

En même temps, il se disait qu'ils avaient dû le repérer. Une photo dans un journal local pouvait faire autant de dégâts qu'une charge d'uranium, étant donné sa situation. Son contact s'était déchaîné en découvrant cette histoire de photo. « Qu'est-ce qui vous prend, Butler ? Vous essayez de nous griller ? » Il était vrai que son exil dans le Maine devait lui permettre de se fondre dans la nature le temps de préparer la chute de la firme Mason, Marx et Daniel.

La fureur de son contact promettait de redoubler quand il apprendrait que Sam avait joint Arnie Gillingham en laissant derrière lui une trace qui n'échapperait pas à un aveugle.

Mais il était trop tard pour arrêter la machine qu'il avait mise lui-même en marche. Ses nuits dans les bras d'Annie étaient comptées.

Warren apparut sur le perron de Claudia, le samedi, à 20 heures précises, comme d'habitude.

En revanche, l'accueil qu'il reçut n'eut rien d'habituel.

— Il t'a tout raconté, n'est-ce pas ?

Warren enleva son chapeau et le jeta sur la petite table de l'entrée.

— Qui m'a raconté quoi ? demanda-t-il en retirant son manteau.

— Ton ami de New York t'a dit ce que j'avais fait.

— Tu parles de Sam ?

— Oui, je parle de Sam. Et toi, tu les as obligés à me rendre mon argent.

— Tu as bu du scotch ?

Claudia avait retrouvé le regard féroce de sa jeunesse.

— Non, je n'ai rien bu. Et ne me prends pas pour une imbécile, Warren Bancroft.

— Je ne comprends rien à ce que tu me racontes. Calme-toi et recommence tout depuis le début.

Warren l'écouta tout en se servant une rasade du pur malt que Claudia conservait pour lui dans le placard de sa cuisine.

— Désolé, déclara-t-il, mais je n'ai rien à voir dans cette histoire.

Claudia déposa devant lui une assiette de spaghettis.

— Ne me mens pas, vieux fou. Qui d'autre aurait pu me sortir de ce pétrin ?

— Sam. C'est lui que tu dois remercier.

Quand les chèques lui avaient été retournés, trois jours après qu'elle eut craqué devant ce Butler, elle avait soupçonné la vérité avec effroi. Avoir une dette envers cet homme était bien la dernière chose qu'elle souhaitait. Non seulement, elle lui avait offert le spectacle de sa détresse, mais voilà que maintenant elle devait le remercier de l'avoir sortie de ce cauchemar !

Le lundi matin, profitant de ce que Warren était parti traiter une affaire à Portland – et de ce qu'Annie était au magasin –, elle alla voir Sam dans l'atelier où il passait ses journées.

Le givre faisait étinceler la pelouse quand elle se gara dans l'allée. L'automne dans le Maine attirait chaque année de nombreux visiteurs qui venaient admirer les érables flamboyants. Résultat : Annie voyait grimper son chiffre d'affaires, Sweeney annonçait des ventes records pour la coopérative des artisans ; bref, tout le monde avait l'air satisfait de son sort, à l'exception de Claudia.

Elle nota que la fourgonnette de Sam Butler portait toujours sa plaque d'immatriculation new-yorkaise. Avait-il donc l'intention de retourner d'où il venait ? Annie ne parlait jamais de leurs projets communs. Pourtant, s'il y avait un sujet que les amants aimaient aborder – quand ils ne se racontaient pas leur vie –, c'était bien celui-là.

Elle vérifia la tenue de son rouge à lèvres dans le rétroviseur, puis, rassemblant son courage, ouvrit sa portière avec détermination. Tandis qu'elle se dirigeait vers l'atelier, elle éprouvait à peu près les mêmes sentiments qu'un condamné à mort en route pour la chaise électrique.

Elle ne fut pas mécontente que le chien de Butler annonce bruyamment son arrivée. S'il ne s'était pas mis à aboyer, elle aurait sans doute cédé à la tentation de rebrousser chemin et de filer en vitesse.

— Ferme-la, Max ! gronda la voix de Sam Butler, quelque part dans l'atelier.

Claudia s'approcha de la porte en faisant mine d'ignorer le gros labrador qui bondissait autour d'elle. Pourquoi n'avait-elle pas écrit un mot ou envoyé un flacon d'eau de toilette – quelque chose de frais, de masculin, du vétiver, peut-être – au lieu de venir remercier cet homme de vive voix ?

Courage, Claudia. Courage.

Elle frappa deux coups secs. La porte s'entrebâilla et le visage de Sam Butler apparut. Il la fixa, sans chercher à dissimuler sa surprise.

— Warren est à Portland, annonça-t-il. Il sera de retour cet après-midi.

— Je ne suis pas venue pour voir Warren, mais pour vous remercier.

La porte s'ouvrit en grand, tandis que l'expression méfiante de Sam disparaissait comme par enchantement. Soudain, il semblait rayonner de joie.

— Arnie a réussi !

— J'ai reçu mon chèque vendredi matin, expliqua Claudia d'un ton guindé.

Sam l'invita à entrer, ce qu'elle fit, suivie de près par Max.

— Ils auraient dû vous remettre une lettre d'avocat stipulant que votre accord avec Adam Winters était nul et non avenu.

— Ils l'ont fait. J'ai déposé cette lettre dans mon coffre, à la banque.

Qu'il était beau quand il souriait! Claudia aurait préféré l'ignorer, mais la joie de cet homme était trop évidente pour la laisser de marbre. C'était à croire qu'il profitait lui-même de ce renversement de situation.

Elle se traita d'idiote. Bien sûr qu'il y trouvait son compte! Oh, peu lui importait l'avenir d'une vieille femme de Shelter Rock Cove! Il ne cherchait qu'une chose : séduire Annie. Et sortir son imprudente belle-mère du pétrin avait été le moyen rêvé. Il se débrouillerait certainement pour que cette histoire fasse la une du journal local, comme le baiser échangé avec Annie, le mois précédent.

— J'imagine qu'Annie est au courant, dit-elle, comme s'il s'agissait d'une évidence.

— Non. C'est à vous d'en informer qui vous voulez.

Pour la seconde fois en trois jours, la gratitude submergea Claudia. Compréhensif, attentionné, respectueux, Sam Butler cessait d'être l'homme haïssable qu'elle avait imaginé.

— Je ne pense pas que l'état de mes finances regarde ma famille, déclara-t-elle.

— Je comprends, fit Sam avec une sincérité manifeste. La plupart des gens préfèrent montrer leur journal intime que leur relevé bancaire. L'argent est le dernier tabou dans ce pays.

Claudia se surprit à rire, et Sam parut presque aussi étonné qu'elle. Il avait quelque chose de vif et de très séduisant quand il cessait d'être sur ses gardes. Il était clair également que cet homme possédait une grande intelligence.

— J'estime que je vous suis redevable pour l'aide que vous m'avez apportée. Vous aimeriez peut-être emmener Annie passer le week-end à Bar Harbor. Je serais heureuse de...

— Non, la coupa-t-il, s'empressant de sourire pour atténuer la sécheresse de son refus. Mais je vous remercie. Simplement, réfléchissez à deux fois désormais avant de signer un chèque.

Sam Butler ne voulait rien d'elle. Elle constatait que même ses remerciements le mettaient mal à l'aise. Droit, direct, bon, il ne cherchait nullement à se faire valoir. Ni auprès d'Annie ni auprès de Warren. Il l'avait aidée parce qu'elle avait besoin de l'être, et qu'il était naturellement serviable.

Il y avait si peu de bonté en ce monde que plus personne n'y prenait garde. Le dédain, les rebuffades, les cris de colère, les mots blessants faisaient partie du quotidien, comme les bonjours et les bonsoirs automatiques. Mais quand, soudain, un homme devenait l'incarnation de la bonté, une femme ne pouvait que se frotter les yeux d'étonnement.

18

Annie avait pris l'habitude de rester au lit jusqu'à ce que Sam sorte pour son footing matinal sur la plage en compagnie de Max. Dès qu'elle entendait la porte se refermer, elle sautait du lit et courait aux toilettes.

Comment un estomac vide pouvait se retourner à ce point, elle se le demandait. En tout cas, depuis deux semaines, chaque matin, elle se retrouvait la tête dans la cuvette en priant le ciel qu'un éclair mette fin à ce calvaire. À vingt minutes intolérables succédaient de vagues nausées que dissipaient finalement une tasse de thé à la menthe bien sucré et une poignée de crackers. Quand Sam et Max revenaient, elle donnait l'impression d'avoir tranquillement bu un jus d'orange au saut du lit.

Ce matin-là, elle partit travailler plutôt en forme, mais, dans le virage, sur Shore Drive, elle sentit de tels remous dans son estomac qu'elle se gara sur le bas-côté, ouvrit précipitamment sa portière et rendit son petit déjeuner. Grâce à Dieu, nul témoin n'assistait à la scène, sinon, avant midi, toute la ville aurait su qu'Annie Galloway avait vomi en plein air.

— Tu as une mine affreuse, commenta Sweeney quand Annie arriva enfin au magasin.

— Je me sens… commença-t-elle.

Elle ne put terminer sa phrase et courut aux toilettes.

Dès qu'elle réapparut, Sweeney lui tendit une tasse de thé.

— Du thé à la menthe, pour ton estomac.

— J'en ai déjà bu ce matin.

— Continue. Les trois premiers mois, c'est toujours l'horreur. Il faut un traitement de choc.

Un frisson secoua Annie, et du thé se répandit sur son pull.

— Les trois premiers mois ! Ta conclusion est un peu hâtive, non ? remarqua Annie en épongeant les taches de thé avec de l'essuie-tout.

— Je suis passée par là trois fois, ma chérie. Crois-moi, je sais reconnaître les signes.

— Non, c'est impossible. Mais j'admets qu'il y a de quoi se tromper.

— Impossible ? s'étonna Sweeney, le sourcil levé.

— Bon, d'accord. C'est théoriquement possible mais très improbable.

Annie porta sa tasse à ses lèvres, puis reprit :

— J'ai trente-huit ans. Il s'agit probablement d'une ménopause précoce.

— La ménopause n'a jamais provoqué de nausées, clama Sweeney.

— Chut ! fit Annie en jetant un regard inquiet autour d'elle. Je ne tiens pas à ce qu'une rumeur se répande.

— Nous sommes seules. Claudia a téléphoné pour dire qu'elle aurait un peu de retard.

— Elle a bien choisi son jour, observa Annie avant de se ruer de nouveau aux toilettes.

Alors qu'elle se passait un peu d'eau fraîche sur le visage, elle vit son reflet dans la glace, au-dessus du lavabo. Elle accusait ses trente-huit ans – peut-être même un peu plus pour faire bonne mesure –, et elle avait l'air terrifiée. Bien sûr qu'elle s'était demandé si elle n'était pas enceinte, mais, chaque fois, elle en avait ri. Mariée pendant près de vingt ans à un homme dont le spermogramme était normal, elle n'avait jamais été enceinte. Elle en avait rêvé, elle avait prié le ciel d'exaucer ses vœux puis, finalement, elle en avait fait son deuil. Mais sa résignation n'était qu'apparente.

Avoir retrouvé l'amour avec Sam tenait pratiquement du miracle. Seule une femme trop gourmande oserait en demander plus.

— Tu devrais t'acheter un test, lui suggéra Sweeney lorsqu'elle revint.

— Tu me vois passer à la caisse du supermarché avec ce genre de truc ? Ceil connaîtrait le résultat avant moi, ajouta Annie en riant.

— Et ses voisins aussi, admit Sweeney. Tu veux que j'en achète un pour toi ?

— C'est inutile. J'ai pris rendez-vous avec Ellen cet après-midi.

— Tu en as parlé à Sam ?

— Pour l'instant, il n'y a rien à lui dire.

— Ça viendra. Ma chérie, je crois que cette fois tu as décroché le gros lot.

Lorsque Annie expliqua à sa belle-mère qu'elle allait subir son examen gynécologique annuel, Claudia eut un frisson de connivence.

— J'espère qu'un jour ils réussiront à réchauffer leurs instruments, dit-elle. Mais je crains de n'être plus là pour m'en réjouir.

— Ellen sait s'y prendre, remarqua Annie en enfilant sa veste. Sans doute parce qu'elle-même est passée par là plusieurs fois.

— Prends ton temps, Annie. Je ne bouge pas d'ici. De toute façon, je crois que ce sera calme aujourd'hui. Tu devrais peut-être en profiter pour prendre ton après-midi et préparer ta conférence.

Dissimulant mal son soulagement, Annie embrassa Claudia, puis sortit au pas de course.

« Que le ciel te protège, Annie ! songea Claudia. Que le ciel vous protège, ton bébé et toi ! »

La salle d'attente était vide. Annie enleva sa veste, l'accrocha à une patère, puis fit savoir à Janna, la réceptionniste, qu'elle était arrivée.

— Vous avez de la chance. Un rendez-vous a été annulé, si bien que le Dr Markowitz peut vous prendre tout de suite. Vous me donnez un échantillon d'urine et c'est parti.

Annie suivit Janna dans le couloir bleu pâle jusqu'à la cabine numéro 2.

— Passez derrière le paravent. Déshabillez-vous. Le Dr Markowitz sera là dans une minute.

Combien de fois Annie avait-elle déjà pénétré dans ce cabinet froid et impersonnel avec ses rêves et ses espoirs ? Elle se revoyait à dix-huit ans, peu après son mariage, à vingt-trois ans, déjà bien installée dans la vie maritale, à trente ans, fatiguée et inquiète. Assise au bord de la table recouverte d'un papier blanc, les jambes pendant dans le vide, les mains croisées sur les cuisses, elle avait attendu un verdict sans surprise. « Je suis désolé, Annie, mais tu n'es pas enceinte. » Pourquoi serait-ce différent cette fois-ci ?

Ellen Markowitz frappa deux fois et poussa la porte.

— Ravie de vous voir, Annie. Comment allez-vous ?

— Très bien. Vous avez changé de coiffure ?

Ellen fronça le nez.

— Vous connaissez Saranne, chez *Today's Hair* ? Elle affirme qu'elle a l'habitude des cheveux bouclés, mais je n'en suis pas convaincue. Je ressemble à une poupée de bazar.

— Mais non ! fit Annie en riant. Vous êtes très bien. Je devrais aller voir Saranne, moi aussi.

Les lunettes sur le nez, Ellen examina le dossier d'Annie.

— Donc, vous êtes ici pour votre visite de contrôle annuelle. Quand avez-vous eu vos dernières règles ?

Annie dut réfléchir. Ses règles, ses finances, sa vie : tout avait été chamboulé par la mort de Kevin.

— Je ne sais plus très bien. Fin août, il me semble.

Ellen la regarda.

— Vous êtes certaine ?

— Oui.

— Votre cycle est variable. Compris entre 26 et 45 jours. Par conséquent, il n'y a rien de surprenant.

Tu vois, Annie, tu as simplement du retard. Ce n'est pas la première fois, et ce ne sera pas la dernière.

— Pas de symptômes inhabituels ? reprit Ellen.

Annie hésita.

— Depuis quelque temps je suis très fatiguée dans la journée, puis je retrouve mon énergie le soir.

— Je crois savoir que vous faites une sculpture pour le musée de Warren. Ce doit être un gros travail.

— Oui, et je reconnais que ça m'accapare beaucoup.

— Pas étonnant que vous soyez fatiguée. Y a-t-il autre chose que je devrais savoir ? ajouta Ellen en croisant le regard d'Annie.

— Eh bien... J'ai des nausées le matin.

Ellen hocha la tête, nota quelque chose.

— Une minute.

Elle décrocha le téléphone mural.

— Janna, vous avez porté l'examen d'urine au labo ? D'accord... Parfait... Ajoutez une analyse numéro 3, s'il vous plaît. Merci.

Annie se demandait si elle rêvait. Elle avait presque quarante ans. Elle commençait tout juste à savoir où elle en était... Elle avait rencontré un homme merveilleux, mais qui n'avait jamais parlé d'enfants...

— Allongez-vous et détendez-vous, dit Ellen en allant se laver les mains. Nous allons voir cela de plus près

Le papier crissa sous Annie tandis qu'elle s'installait sur la table d'examen. Les hommes n'ont aucune idée de ce qui se passe dans ces moments-là. Lequel s'imaginerait que les femmes ne savent jamais si elles doivent garder leurs chaussettes, ou tout enlever avant de mettre les pieds dans les étriers ? Une façon comme une autre d'oublier ce qu'elles viennent faire là, comme Annie qui avait le sentiment d'exposer son cœur sur cette table plus sûrement que son corps.

Ellen se prépara à examiner sa patiente.

— Rapprochez-vous un peu du bord... Bien... Voyons... Il se produit des modifications du col de l'utérus au cours du premier trimestre. C'est sensible ici ?

— Oui.

— Et ici ?

— Oh, oui !

— Votre utérus est légèrement dilaté, ce qui peut, éventuellement, être significatif. Vous pouvez vous relever, Annie, ajouta-t-elle en retirant ses gants de latex.

— Alors, qu'en pensez-vous ? demanda Annie d'une voix mal assurée. Est-ce que je suis... ?

Elle n'osa pas continuer.

Le téléphone interne sonna avant qu'Ellen puisse répondre. Elle décrocha, écouta, posa une question puis raccrocha.

— Félicitations. Vous allez avoir un bébé.

Au cours de ses six années de pratique, Ellen Markovitz avait vu pas mal de réactions à l'annonce d'un test de grossesse positif. Certaines femmes avaient pleuré de joie, d'autres, de désespoir. Quelques-unes avaient maudit leur mari ou leur amant, ou une méthode de contraception défaillante. Elle avait vu de jeunes couples s'enlacer comme s'ils étaient prêts à remettre cela sur-le-champ, des couples plus âgés s'apostropher, persuadés qu'à l'approche de la ménopause, ce genre de surprise n'était pas pour eux. Mais jamais elle n'avait vu un regard d'extase comme celui d'Annie Galloway.

Sa joie était si intense, si profonde, qu'Ellen, sentant les larmes lui monter aux yeux, se détourna et feignit de griffonner quelque chose dans le dossier de sa patiente. Elle n'avait pas souvent envié les femmes qui venaient la consulter mais, cet après-midi-là, elle envia Annie Galloway de toute son âme.

Hall venait de garer sa Land Rover dans la cour de l'hôpital lorsqu'il aperçut Annie qui descendait précipitamment les marches du bâtiment où se trouvait le service de gynécologie. De magnifiques reflets d'or roux illuminaient sa crinière bouclée, et elle était si rayonnante que, dût-il vivre cent ans, il était sûr de ne jamais oublier cette vision. Il l'avait toujours trouvée belle, mais pas à ce point. Ses cheveux, sa peau, son corps pulpeux... Elle irradiait littéralement. Et son expression émerveillée ne pouvait avoir qu'une signification.

Il sortit de sa voiture et lui fit signe.

— Annie!

Si elle le vit, elle n'en laissa rien paraître. D'un pas aérien, elle passa non loin de lui, traversa le parking et prit la direction de Main Street.

Hall attrapa la pile de feuillets posée sur le siège du passager, puis ferma sa voiture. Les informations qu'il venait de recevoir de New York n'étaient pas favorables à Sam Butler. Si ce qu'on lui avait faxé était vrai, Butler avait toutes les chances de se retrouver en prison sous peu.

— Bonjour, docteur Talbot, le salua Janna avec un sourire cordial. Votre rendez-vous de 15 h 15 a appelé. Elle aura quelques minutes de retard.

Hall hocha la tête et se dirigea vers son bureau, encore ébloui par la vision d'Annie Galloway. Questionner Ellen lui était impossible, sa curiosité n'ayant rien de professionnel – ce qu'Ellen savait aussi bien que lui. Certes, il aurait pu consulter le dossier d'Annie, mais il s'interdisait ce qu'il aurait reproché à n'importe qui d'autre. Cela dit, ces dernières semaines, il avait fait pas mal de choses dont il n'était pas très fier. Comme de fouiller dans le passé de Sam Butler, par exemple.

Il retirait sa veste quand Ellen apparut sur le seuil.

— Vous êtes en retard, fit-elle d'un ton faussement réprobateur. Vous avez oublié de mettre votre réveil ?

— Des jumeaux, expliqua Hall en jetant son paquet de documents sur sa table.

— Des jumeaux, ou des jumelles majeures et vaccinées ?

Hall ne put s'empêcher de rire.

— Ce sont les bébés Pelletier. Ils sont arrivés avant l'heure.

— En bonne santé ?

— Apparemment. Ils ont simplement besoin de prendre un peu de poids avant de quitter la maternité.

— Parfait, observa Ellen, l'air vaguement préoccupé en dépit de la bonne nouvelle. Après tout ce qu'ils ont enduré pour avoir ces enfants, les parents méritent que tout se passe bien.

— Comme chacun d'entre nous, commenta Hall en s'asseyant à son bureau. J'ai vu Annie Galloway sortir d'ici.

Rêvait-il, ou Ellen avait-elle, elle aussi, une expression radieuse, tout à coup ?

— Elle vous a parlé ?

— Non. Je crois qu'elle ne m'a même pas vu. Elle va bien ?

— Oui. Très bien, répondit Ellen en souriant.

Ce fut ainsi qu'il apprit que la femme qu'il avait aimée et perdue était enceinte d'un homme qui, très probablement, serait derrière les barreaux à la naissance de leur enfant.

Annie passa sans s'arrêter devant son magasin et se précipita vers sa voiture. À peine avait-elle mis le contact qu'elle démarra en trombe, tant elle avait hâte de rejoindre Sam.

« Un bébé… Je vais avoir un bébé ! » ne cessait-elle de se répéter, à demi incrédule. Selon Ellen, dans sept mois, par une belle journée de juin, elle donnerait naissance à un enfant qui la lierait à Sam pour toujours. Un enfant dont la seule présence témoignerait de leur amour.

— Des questions ? avait demandé Ellen avant qu'Annie quitte son cabinet.

— Oui. Comment est-ce que cela a pu arriver ?

Ellen épargna à Annie une plaisanterie facile.

— Franchement, je l'ignore. Par contre, je sais qu'il ne pourrait y avoir d'enfant plus chanceux que celui-là.

Un bébé… Un tout petit enfant sans défense, dont les besoins et les désirs prendraient le pas sur tout le reste pendant très longtemps…

Un miracle. Un extraordinaire miracle dans la vie de deux êtres qui croyaient ne jamais connaître le vrai bonheur.

C'est ce que tu penses, Annie. Mais est-ce que Sam sera du même avis ?

Ils n'avaient parlé d'enfants qu'une seule fois, lorsqu'elle lui avait dit qu'elle ne pouvait en avoir. Il avait posé sur elle un regard plein de compréhension et n'avait plus jamais abordé le sujet. Elle avait interprété sa réaction comme de la compassion, mais maintenant elle se demandait si elle n'avait pas simplement vu ce qu'elle voulait voir. Les années qu'il avait passées à s'occuper de ses frères et de ses sœurs lui valaient une expérience parentale qu'à son âge peu de gens possédaient. Son silence, son regard n'exprimaient-ils pas plutôt son soulagement à l'idée qu'avec elle il n'aurait pas à endosser de nouveau un rôle qui lui avait volé sa jeunesse ?

Mais un enfant était parfois un miracle, un don du ciel, et il ne restait plus qu'à organiser sa vie autour de lui.

Quel romantisme, Annie ! Et si, à l'annonce de ta grossesse, Sam se sentait soudain pris au piège ? Ton miracle pourrait bien lui donner envie de fuir, non ?

Mais il était trop tard pour se poser ce genre de questions. Depuis deux mois déjà il était trop tard. Plus vite Sam serait informé et mieux cela vaudrait. Oh ! une femme comme Sweeney devait connaître quantité de stratégies subtiles pour annoncer en douceur une pareille nouvelle à un homme. Mais, pour Annie, amour et stratégie n'allaient pas de pair, sinon elle ne serait pas restée avec Kevin jusqu'à sa mort. Dans l'immédiat, la seule chose qui lui importait était d'apprendre à Sam qu'elle portait son enfant.

Serait-il heureux ? Ou, au contraire, verrait-il cet enfant comme un fardeau ? *Non, pas Sam. Il comprendrait.* Allait-il la soulever dans ses bras en l'embrassant à perdre haleine, ou lui annoncerait-il qu'elle serait seule pour l'élever ? Inimaginable... C'était le plus honorable des hommes, le rêve de toute femme intelligente.

Bien sûr, il serait surpris ! Comme elle l'était elle-même.

Certes, ils n'avaient jamais évoqué l'avenir. N'était-ce pas d'ailleurs un peu étrange ? Mais comment savoir ce qui était étrange ou pas quand on s'était mariée très jeune et que cette union avait duré vingt ans ? Le monde avait changé entre-temps. Peut-être s'abstenait-on de parler d'avenir lorsqu'on avait dépassé un certain âge ? Les interrogations, tout comme l'émerveillement, étaient peut-être réservées aux premières amours ?

Avec Sam, cependant, elle retrouvait l'enthousiasme de sa jeunesse, cette aptitude au bonheur que la vie lui avait dérobée. Grâce à lui, elle osait envisager une nouvelle existence, plus merveilleuse encore que celle qu'elle avait connue avec Kevin avant le naufrage. Peut-être parce que, cette fois-ci, elle savait la valeur et la fragilité de la vie.

Elle allait lui dire tout cela, et bien d'autres choses, dans quelques minutes.

Il était près de 15 heures, et il devait être encore à l'atelier. Elle décida pourtant de faire un crochet par chez lui, au cas où il serait rentré plus tôt.

Une sourde angoisse l'étreignit dès qu'elle vit les deux voitures noires devant chez elle. Tentant de maîtriser le tremblement de ses mains, elle serra le volant. Ce n'était pas possible ! Cela ne pouvait pas arriver, pas maintenant, alors qu'elle était convaincue d'en avoir terminé avec les débiteurs de Kevin ! Pas au moment où sa vie prenait un tournant qui l'enchantait ! À cet instant, elle aperçut deux autres voitures, identiques, devant chez Sam. Un flot de bile lui monta à la gorge et elle dut lutter pour ne pas vomir.

Tous les usuriers de la Nouvelle-Angleterre n'étaient-ils donc pas déjà venus lui réclamer de l'argent dans les semaines qui avaient suivi la mort de Kevin ?

Il ne lui restait plus maintenant qu'à prévenir Sam avant que quelqu'un d'autre le fasse. Elle lui raconterait tout : le jeu, le racket, les menaces, la longue remontée du gouffre, la constatation écœurante qu'elle n'avait, finalement, pas réussi à s'en sortir complètement. Si ces hommes découvraient l'attachement qu'elle éprouvait pour Sam, ils se serviraient de lui pour faire pression sur elle, et jamais elle ne s'en remettrait. Le père de son enfant méritait mieux que ça.

Au nom de son amour, elle devait le laisser partir.

Sam devait travailler les longues planches de cèdre rouge à la vapeur pour qu'elles s'incurvent. Seule la patience, alliée à une forte pression de la vapeur, permettrait de forcer le bois. Quand il aurait obtenu la forme nécessaire, il lui resterait à clouer l'ensemble avant que les planches changent d'avis.

Il était en plein travail quand il entendit le bruit d'une voiture qui lui était familière. Max bondit aussitôt, et commença à tourner en rond devant la porte. Parfois, Sam devait se retenir pour ne pas bondir, lui aussi. À la simple vue d'Annie, il se sentait capable de faire des pirouettes et d'écrire son prénom dans le ciel avec des étoiles filantes.

Savait-elle qu'il l'aimait ? Il ne le lui avait pas encore avoué. Il ne s'en sentait pas le droit tant qu'il n'était pas fixé sur son avenir. Il n'avait aucune garantie de s'en sortir sans y laisser des plumes, et il préférerait partir plutôt que de la condamner à l'attendre pendant qu'il serait en prison. Dans la matinée, il avait appelé son contact à Washington dans l'espoir d'en savoir un peu plus. Mais on lui avait répondu que son sort dépendait entièrement du succès ou de l'échec de l'opération menée contre son ancienne entreprise.

La nuit précédente, il avait fait un rêve. Il était avec Annie, dans une maison pleine de soleil et d'enfants, fruits de leur amour. Seulement, il n'y aurait jamais d'enfants, comme elle le lui avait expliqué. Mais cette femme était déjà un tel miracle en soi qu'il n'en concevait pas de regrets. Elle était à la fois sa famille, son foyer, son doux refuge dans la tempête. Depuis qu'il l'avait rencontrée, il ne concevait plus la vie sans elle.

— Sam!

Elle entra dans la grange en coup de vent, superbe et sauvage avec sa longue chevelure bouclée, pulpeuse et sexy, telle qu'il l'aimait.

Prêt à jouer les chiens de cirque pour attirer son attention, Max cabriolait, en vain.

Sam laissa tomber son marteau et s'essuya les mains sur son jean.

— Ne me dis rien! lança-t-il. Tu largues le magasin, et nous mettons le cap sur Tahiti.

Il avait voulu plaisanter, la faire sourire, et maintenant, il restait coi devant son regard empli de détresse.

— Il y a quelque chose que tu ne sais pas, déclara-t-elle d'emblée en ignorant ses bras tendus.

— Il y a probablement un tas de choses que je ne sais pas, corrigea-t-il en s'efforçant de rester calme. Nous avons toi et moi toute une vie derrière nous.

— Non, tu ne comprends pas. Ce qu'il faut que je te dise, personne ne le sait. Pas même Susan, Claudia ou Warren. Je suis la seule, Sam, à le savoir.

Une douleur aiguë le poignarda. Elle n'était qu'à deux pas de lui, et cependant complètement inaccessible.

— Et tu veux me mettre au courant.

— Non, rétorqua-t-elle, honnête, mais brutale. Je ne veux pas, mais je le dois. Ils sont revenus et ils savent que toi et moi…

La tête baissée, elle se détourna afin de lui cacher ses larmes.

« Elle est si fière, pensa-t-il. Fière, solide, profondément estimable. »

— Bon, que se passe-t-il ? Qui est revenu ? D'autres Galloway envoyés par Dieu ?

Tout était calme. Puis le silence fut soudain rompu par le ronronnement d'un moteur. Une voiture approchait. À cet instant, Sam se rendit compte qu'Annie tremblait.

— Tu ne sais pas de quoi ils sont capables, balbutia-t-elle. Tu ne peux pas leur échapper. Jamais. Où que tu ailles, ils te retrouvent.

Sam la saisit par les bras.

— Bon sang, Annie, tu m'effraies ! Qui donc te poursuit ? Qu'est-ce qui se passe ?

Aurait-elle eu vent de sa situation ? Non, il savait que c'était impossible.

Une voiture s'engagea dans l'allée, puis une seconde. Annie s'affola.

— Prends Max et va-t'en. C'est moi qu'ils veulent. J'ai fait tout ce que j'ai pu après la mort de Kevin… J'ai vendu la maison et la voiture… J'ai travaillé jusqu'à l'épuisement… J'ai tout remboursé, au centime près, mais il n'y a aucun moyen de se débarrasser d'eux…

Une portière claqua, une autre, deux autres encore. Annie poussa un cri plaintif.

— Ô mon Dieu… Je t'en prie, Sam, pars. C'est mon problème, pas le tien. Tu ne mérites pas…

Quatre hommes en complets sombres pénétrèrent dans l'atelier. Annie s'avança vers eux, telle une amazone. Sam la sentait tellement résolue à le protéger qu'il ne l'en aima que davantage.

— Laissez-le partir, s'écria-t-elle avec force. Il n'est en rien concerné. C'est moi que vous cherchez.

Tandis que les quatre hommes échangeaient des regards perplexes, Sam comprit que tout était fini pour lui. Son idylle à Shelter Rock Cove était arrivée à son terme. Doucement, il prit Annie par les épaules et la fit reculer, regrettant de toute son âme de ne pouvoir lui épargner une telle épreuve.

— Vous êtes venu pour moi, fit-il.

L'un des hommes se détacha du groupe.

— Sam Butler ?

— Je croyais que vous deviez d'abord me prévenir.

On lui avait dit, en effet, qu'il recevrait un coup de fil avant que l'on vienne le chercher pour le ramener à New York sous bonne escorte.

— Vérifiez le fonctionnement de votre portable. Nous n'avons pas réussi à vous joindre. La batterie doit être morte.

Sam sortit son portable de sa poche, l'ouvrit en cachant soigneusement l'écran de sa main et déclara :

— Elle est tout ce qu'il y a de plus morte.

— Vous voyez. Notre appel n'a pas pu aboutir.

Mais que se passait-il ? Sam avait eu suffisamment affaire aux agents fédéraux depuis un an pour sentir que quelque chose ne collait pas. Le FBI n'avait pas l'habitude d'agir ainsi, il n'y avait donc qu'une explication possible : les dirigeants de son entreprise avaient eu vent de l'enquête souterraine menée contre elle, ainsi que du rôle qu'il avait joué et, s'ils n'avaient aucun moyen de s'opposer à une action gouvernementale, ils avaient celui de mettre Sam Butler hors-jeu.

Annie regardait la scène avec de grands yeux pleins d'effroi. Il aurait voulu la prendre dans ses bras, tout lui expliquer, lui avouer combien il se sentait coupable. Mais il était trop tard. Les événements l'avaient pris de vitesse.

L'essentiel, désormais, était de la tenir à l'écart de ce bourbier.

Il jeta son portable sur l'établi.

— Bien. Où allons-nous maintenant ?

— Sam Butler, nous avons un mandat d'arrêt contre vous pour détournement de fonds. Vous avez le droit de garder le silence...

Annie poussa un cri étouffé. Sam dut combattre une envie folle de la prendre dans ses bras et de lui mentir. Mais il ne put que tendre les poignets pour être menotté, et laisser le silence œuvrer à sa place.

Max gronda quand les hommes s'approchèrent de son maître. Sam croisa le regard d'Annie, un regard si chargé d'angoisse qu'il faillit s'effondrer. *Voilà ce que tu lui as fait, Butler. Voilà l'image qu'elle conservera de toi. Pourras-tu encore te regarder dans une glace ?*

Comme il aurait aimé envoyer son poing dans la figure de ces salauds, puis prendre Annie par la main et s'enfuir avec elle à l'autre bout du monde. Mais il n'avait pas le choix ; son amour pour elle lui commandait de se soumettre.

Annie s'accroupit près de Max et lui emprisonna le cou de ses bras. Le pauvre labrador gémit, tandis qu'elle retenait ses larmes. Ces types n'étaient pas là pour elle. Leur présence n'avait rien à voir avec les dettes de Kevin. Pour la première fois depuis des années, ce n'était pas à elle qu'on en voulait.

Bizarrement, Sam n'avait pas manifesté de réelle surprise. Il avait sursauté, sans plus. Et cette histoire de téléphone ? À croire qu'il s'attendait à tout cela...

« Bravo, Annie ! se félicita-t-elle. Tu as l'art de choisir tes hommes. Le premier avait le jeu dans le sang. Et celui-là est un escroc. »

Non, c'était impossible ! Sam était quelqu'un de bien, et tout au fond d'elle-même elle le savait.

Kevin aussi était un type bien, et ça ne l'avait pas empêché de lui gâcher la vie.

Elle se dit que la comparaison était absurde. Kevin était un faible, pas Sam. Il suffisait de le regarder pour savoir qu'il était du genre à prendre sa vie en main. À être là quoi qu'il arrive.

Tu prends tes désirs pour des réalités. Tu es sous l'influence de ton bouleversement hormonal. Tu t'égares.

Non, elle ne s'égarait pas. Sam était l'homme le plus respectable qu'elle ait jamais connu. La façon dont il avait pris en charge ses frères et ses sœurs était admirable.

Et puis, elle lui devait d'être encore en vie. Sans lui, elle ne serait pas là, elle n'aurait jamais connu ce bonheur inouï de porter un enfant. Non, elle n'avait pu se tromper à ce point sur un homme qui avait mis son cœur à nu devant elle.

Warren avait dit un jour à Annie qu'il le considérait comme un fils. « Le meilleur des fils, avait-il précisé. Je remettrais ma vie entre ses mains s'il le fallait. »

« Moi aussi, songea Annie. Je lui confierais même deux vies. »

C'était peut-être de la folie. Elle courait peut-être droit à la catastrophe, comme avec Kevin, mais elle était décidée à prendre ce risque. Que signifiait aimer si l'on se défilait à la première difficulté ?

Du regard, elle fit le tour de l'atelier. Elle vit les canots suspendus au plafond, celui qui était encore sur l'établi, l'élégante courbe de la coque, la montagne de clous, les copeaux de cèdre qui jonchaient le sol. Puis le portable. Et son cœur se mit à battre à grands coups. Qu'avait dit Sam ? Que la batterie était complètement morte? Mais c'était faux. Elle avait vu l'écran s'éclairer, à l'abri de sa main, comme s'il avait voulu tromper ces hommes.

Ils lui avaient menti, et il le savait. Elle aussi le savait, à présent. Mais que diable était-elle censée faire de cette information?

— Prêt? demanda l'un des hommes à Sam.

— Allons-y, fit Sam. Tu t'occuperas de Max? ajouta-t-il en se tournant vers Annie.

— Bien sûr.

— Ne t'en fais pas, dit-il avec un sourire assuré. Je serai de retour avant la fin de la journée.

Elle lui adressa un grand sourire.

— *Ciao.*

Elle demeura souriante – pas question que ces salauds la voient pleurer – et, retenant toujours Max par le cou, elle regarda les hommes en noir qui poussaient Sam dans une voiture. Le cœur déchiré, elle refoula son chagrin et compta jusqu'à dix après que le second véhicule eut disparu, puis elle attrapa le téléphone posé sur l'établi.

Il fallait qu'elle découvre au plus vite en quoi elle pouvait être utile à Sam. Elle ouvrit le portable, observa l'écran sans rien remarquer de particulier. La seule chose qui la frappa, ce fut la position de la touche 6, au centre du clavier. Bizarre, non? Qu'est-ce que ce chiffre pouvait avoir de si important pour se trouver là, à la place du 8?

Annie fit ce que n'importe qui aurait fait en la circonstance: elle appuya sur la touche.

Rien.

Elle recommença, puis envoya l'appel.

Toujours rien.

Elle appuya sur «Auto», puis de nouveau sur le 6 et, instantanément, une voix répondit:

— Numéro de code, s'il vous plaît.

— Je n'en ai pas.

— Vous ne pouvez utiliser ce téléphone sans numéro de code. Indiquez votre numéro en rapprochant le micro.

— Je ne peux pas. Je ne sais pas ce que c'est.

— Veuillez vous identifier en épelant votre nom, votre prénom, suivis de votre adresse, de votre numéro de téléphone et de votre numéro de Sécurité sociale.

— Qui êtes-vous ? Pourquoi devrais-je vous donner mon numéro de Sécurité sociale ?

— Madame, vous utilisez un téléphone réservé aux communications avec le gouvernement des États-Unis. Toute autre utilisation constitue une violation de la loi.

— Vous ne comprenez pas. Le propriétaire de ce portable vient d'être arrêté, et je ne sais pas quoi faire.

— Un instant, madame. Un agent va vous répondre.

— Max, fit Annie en regardant le labrador, j'ai l'impression que nous avons de gros ennuis.

19

Ils étaient plus malins que Sam ne l'avait imaginé. Lorsqu'ils rejoignirent l'autoroute, deux des quatre voitures ralentirent l'allure afin que le convoi ne ressemble pas à une escorte.

Les seuls propos échangés concernaient la consommation d'essence et le drôle de bruit qui venait de dessous le capot. Sam faillit engager la conversation, demander ce qui se passait, puis, le bon sens l'emportant, il se ravisa.

Il s'appliqua de toutes ses forces à chasser Annie de ses pensées. Si ces types avaient voulu s'en prendre à elle, ils ne s'en seraient pas privés. Donc, elle ne courait aucun danger. Il se le répéta comme une litanie. Oui, elle était en sécurité, et il serait dans ses bras avant peu.

Lorsqu'elle lui avait dit « *Ciao* » et non « au revoir », il aurait volontiers applaudi. Depuis le soir où, chez *Cappy*, ils avaient entendu cette cliente conclure chaque conversation sur son portable par un *Ciao* sonore, ils faisaient de même lorsqu'ils se téléphonaient. Annie avait compris que l'appareil posé sur l'établi avait un rôle à jouer. Elle avait observé, écouté, et tiré des conclusions. Il ne lui restait plus qu'à appuyer sur deux touches, et les agents du FBI déferleraient sur Shelter Rock Cove.

Rien ne le surprendrait moins que la présence d'un comité d'accueil à l'aéroport.

Il jeta un coup d'œil par la vitre et s'aperçut qu'ils étaient presque arrivés. Son cœur se mit battre si rapidement qu'il eut du mal à respirer. La police et les agents fédéraux entoureraient la voiture avant même que le chauffeur ait le temps de se garer sur le parking, et il serait libre.

Ce ne sera pas aussi simple, Sam. Ces types t'ont enlevé. C'est un crime fédéral, et ils ne te lâcheront pas sans se battre.

On allait vers l'affrontement armé. Sam se renfonça dans son siège. Si l'aéroport grouillait de policiers et d'agents, il y aurait du grabuge. Ni d'un côté ni de l'autre on ne réfléchirait à deux fois avant de sortir son arme. Et qui serait le seul à ne pas être armé ? Cela dit, pour un homme menotté, où était la différence ?

Le chauffeur vira à gauche, franchit une grille et roula sur une piste qui semblait désaffectée. À quelques mètres attendait un petit jet dont un homme en uniforme de pilote faisait le tour en donnant des coups de pied dans les pneus.

Pas le moindre flic ni le moindre agent fédéral en vue.

Il était seul.

« Je t'aime, Annie, dit-il silencieusement tandis qu'on l'extirpait de la voiture. Quoi qu'il arrive, je t'aimerai toujours. »

Soudain, laissant exploser sa rage, il balança un coup de pied au plus grand de ses ravisseurs. L'homme s'écroula tel un sac de pierres et, les mains crispées sur le bas-ventre, se plia en deux sur le tarmac en grimaçant de douleur. Un second coup atteignit l'épaule du plus petit, sans grand effet. Celui-ci riposta en frappant Sam à la tête qui, entravé par ses menottes, ne put se protéger.

Il chancela, rassembla néanmoins ses forces au prix d'un effort surhumain pour lancer un nouveau coup, mais il eut du mal à trouver la bonne position. Des voitures approchaient, des voix se firent entendre, on se précipita vers lui.

Il n'avait plus le choix... Il fallait agir, vite...

Il assena un nouveau coup, mais trop faible et beaucoup trop tardif. Du coin de l'œil, il vit l'un des hommes en noir s'approcher de lui, puis ce fut le trou noir.

Une armada de policiers et d'agents fédéraux, plus nombreux que les contribuables de Shelter Rock Cove, avaient investi la maison et l'atelier de Warren. Sam n'avait pas été arrêté, mais enlevé, et la question était de savoir par qui. Un certain Briscoe interrogeait Annie, agissant comme si elle avait essayé à elle seule de renverser le gouvernement. Pour lui, l'innocence semblait mener droit en prison. Il n'excluait pas que l'enlèvement de Sam ne soit qu'une mise en scène.

— J'ignore qui ils sont et ce qu'ils attendent de Sam, répéta Annie pour la troisième ou quatrième fois.

Que Sam soit aux mains de gens dont on ne savait rien la terrifiait plus sûrement que s'il avait été arrêté.

— Rien, dans cette histoire, ne vous a paru bizarre ?

— Ça s'est passé très vite, et Sam ne m'avait pas préparée à cette situation. Il ne m'a jamais rien dit. Je sais simplement qu'il leur a demandé pourquoi ils ne l'avaient pas prévenu, et ces hommes lui ont fait remarquer que la batterie de son portable devait être morte. Comme je vous le répète depuis une heure, j'ai vu que l'écran était allumé et cela m'a étonnée. C'est tout. Pourquoi perdez-vous votre temps à me poser des questions, alors que Sam est en danger ?

Et soudain, elle ne put retenir plus longtemps ses larmes.

— Vous avez besoin d'un petit whisky, fit Briscoe. Il y en a dans cette maison ?

— Je... je ne peux pas en boire. Je suis enceinte, balbutia-t-elle en pleurant de plus belle.

L'expression de Briscoe s'adoucit. Pourquoi mettait-elle toujours un point d'honneur à prouver sa force et son autonomie quand, à l'évidence, les larmes étaient la meilleure arme de la femme ? Briscoe ordonna à l'un de ses collègues de lui préparer une tasse de thé. Il lui proposa une couverture, un oreiller, une aspirine. Elle refusa entre deux sanglots. Toutes les émotions qu'elle avait réussi à contenir au cours de ces dernières heures s'épanchaient maintenant dans un torrent de larmes. Elle était enceinte, elle, Annie Galloway. Elle allait mettre au monde un enfant, et l'homme qu'elle aimait, le père de cet enfant, avait disparu sans laisser de trace.

Oh, Sam ! j'étais si heureuse de t'annoncer cette nouvelle. Un bébé, Sam, notre bébé...

Briscoe lui tendit une grande tasse de thé.

— Tenez. Ça vous fera du bien.

Elle le remercia. Max, qui ne la quittait pas d'une semelle, regarda l'agent et grogna sourdement. Briscoe recula.

— Il monte vraiment la garde, on dirait. Il est toujours comme ça ?

Annie déposa un baiser sur la tête du labrador.

— Oui, fit-elle. Tu es un bon chien, n'est-ce pas, Max ?

Une longue gorgée de thé chaud et sucré la revigora.

— Je vous en supplie, partez à la recherche de Sam. Il est certainement en danger.

— Nous sommes en train de le chercher. Croyez-moi, nous tenons tout autant que vous à retrouver M. Butler.

Annie but une nouvelle gorgée de thé. « J'en doute, songea-t-elle. Vous, vous ne portez pas son enfant. »

— Je suis chez moi, ici, nom de Dieu ! s'écria une voix familière dans l'entrée. Laissez-moi passer ou vous allez le regretter !

— Seigneur Jésus ! marmonna Briscoe. Qu'est-ce qu'il y a encore ?

Warren entra dans le séjour, prêt à sortir l'artillerie lourde. Bien qu'une bonne trentaine d'années le séparât des autres hommes présents, sa détermination lui donnait une allure impressionnante. Il fonça droit sur Annie et se pencha vers elle pour la scruter.

— Ça va ?

— Moi, oui. Mais Sam a été enlevé.

— J'ai entendu ça, fit Warren en se tournant vers Briscoe. Vous, vous avez intérêt à me fournir une sacrément bonne explication à tout ce chambardement.

Briscoe répéta ce qu'il avait déjà dit à Annie. Il était accouru lorsqu'elle avait appelé, mais il ne pouvait donner d'informations supplémentaires.

— Pourquoi as-tu appelé les fédéraux ? demanda Warren à Annie.

— Sam avait laissé son portable. J'ai appuyé sur le 6, et j'ai eu Washington.

— Hum... Tu as une idée de l'identité de ses ravisseurs ?

— Pas la moindre. Et ces messieurs non plus. Vous savez ce qu'ils disent ? Que cet enlèvement pourrait tout aussi bien être une mise en scène.

Warren sortit son portable et appela un haut responsable, à Washington.

— On me dit qu'on a repéré un jet privé qui a décollé d'ici, il y a environ deux heures. Il est enregistré au nom de l'épouse de l'un des grands manitous de Mason, Marx et Daniel.

Annie faillit s'effondrer. Cette nouvelle ne pouvait qu'apporter de l'eau au moulin de Briscoe. Warren tendit l'appareil à l'agent qui écouta, parla peu, puis raccrocha.

— Nous aurons peut-être besoin de vous revoir demain, annonça-t-il à Annie. Où peut-on vous trouver ?

Elle lui donna l'adresse et le numéro de téléphone du magasin.

— De toute façon, je vous contacterai. En attendant, n'oubliez pas : l'arrestation de M. Butler est la version officielle. Il est dans votre intérêt, et dans le sien, de vous y conformer.

La nouvelle de l'arrestation de Sam se répandit dans Shelter Rock Cove comme une traînée de poudre. Quand Annie rentra chez elle, tout le monde savait déjà que l'ami d'Annie Galloway avait été emmené, menottes aux poignets. Où ? Par qui ? Personne ne le savait, ce qui n'empêcha pas les commentaires d'aller bon train. Au supermarché, Ceil raconta que son beau-frère avait vu Sam monter dans un avion privé, sur la piste, au nord de la ville, mais comme tout le monde connaissait le goût immodéré de Stan pour le whisky, on hésita à le croire.

Cependant, quelle que soit la version de l'histoire, les grandes lignes ne variaient pas. La pauvre Annie était tombée sur le mauvais numéro. Oh ! le sexe avait dû compter – qui n'avait remarqué les regards brûlants qu'ils échangeaient, et en public, en plus ? Mais que reste-t-il quand l'un des deux est derrière les barreaux ? Si elle s'était servie de sa tête au lieu d'écouter ses hormones, elle se serait intéressée à un homme bien, comme Hall Talbot. Personne n'ignorait qu'il était amoureux d'elle depuis des années. Ne serait-ce pas formidable de la voir à nouveau avec un ami d'enfance ?

Inquiet, Warren l'escorta jusque chez elle afin de s'assurer qu'elle ne s'effondrait pas. Elle l'invita à prendre une tasse de café et il put ainsi vérifier qu'aucun homme en noir ne se cachait dans un placard ou sous le lit.

Après avoir écouté ses messages, elle en effaça la plupart. Sweeney manifestait une préoccupation sincère. Susan était sous le choc. Quant à Hall, il avouait une culpabilité qui laissa Annie perplexe : « Je suis navré. Tout est ma faute. Appelle-moi. » C'était tellement ridicule qu'elle préféra oublier.

Assise avec Warren à la table de la cuisine, elle l'interrogea :

— Vous connaissez Sam depuis longtemps. Est-ce que vous me cachez quelque chose ? A-t-il des secrets inavouables ?...

— Il ne faut pas le confondre avec Kevin, ma fille.

Annie tressaillit.

— Ce n'est plus le moment de mâcher ses mots, je crois, ajouta-t-il.

— Vous étiez au courant de...

Elle laissa sa phrase en suspens, trop habituée à garder secret le problème de Kevin afin de ne pas décevoir ceux qui l'aimaient.

— De sa passion du jeu, oui. Il m'a demandé de l'argent peu de temps avant sa mort.

— Vous lui en avez donné ?

— Non.

Annie n'avait jamais vu tant de tristesse sur le visage de Warren, et cette tristesse, synonyme de compassion, lui mit du baume au cœur.

— J'ai tenté de le sortir de cet enfer en lui proposant de l'accompagner à l'association des joueurs anonymes. Je craignais, en lui donnant de l'argent, qu'il aille le jouer avant même que ma signature sur le chèque ait eu le temps de sécher.

— C'est exactement ce qui serait arrivé.

— Je ne t'ai jamais rien dit pour ne pas t'embarrasser. Je savais que tu tenais à préserver la réputation de Kevin, et votre intimité.

— C'était une erreur. J'aurais dû alerter tout le monde et le forcer à accepter de l'aide.

— Tu n'as écouté que ton cœur, Annie. On ne peut pas demander plus à quelqu'un.

— Vous saviez pourquoi je vendais la maison, alors ?

— Oui.

— Et vous avez fait baisser le prix pour me dépanner.

Warren fronça les sourcils, mais la lueur qui brillait dans ses yeux le trahit.

— Cette baraque ne valait pas plus. Heureusement que personne d'autre n'en voulait.

— J'aime cette maison, fit Annie.

Puis elle posa sa main sur celle de Warren.

— Presque autant que je vous aime.

Ils passèrent en revue les événements de l'après-midi, sans parvenir à un résultat. Warren sortit de nouveau son portable, appela ses avocats, ainsi qu'un détective privé qui opérait dans la région.

— Je veux que vous me rapportiez tout ce que vous pourrez trouver sur l'identité de ces types et leur destination, ordonna Warren. Et je veux ça pour demain.

Puis il raccrocha.

— Pour demain ? s'exclama Annie. Vous regardez trop la télévision, Warren.

— Si on ne leur dit pas ça, on peut attendre une semaine. Maintenant, reprenons tout depuis le début.

Annie allait s'exécuter lorsqu'ils entendirent le martèlement typique des talons hauts de Claudia dans l'allée pavée.

Warren secoua la tête.

— Je me demande comment une si petite femme peut faire autant de bruit.

Annie regarda autour d'elle, comme si elle cherchait un moyen de s'échapper.

— Je ne me sens pas le courage d'entendre ses reproches, dit-elle.

— Ne t'inquiète pas. À la première absurdité, je la fais sortir à coups de pied dans le derrière.

Claudia frappa discrètement, attendit une seconde, puis déclara à travers la porte :

— Je sais que tu es ici, Annie. Je camperai sur ton perron jusqu'à demain s'il le faut.

Warren leva les yeux au ciel et passa dans le séjour tandis qu'Annie allait ouvrir.

Claudia prit le visage de sa belle-fille entre ses mains.

— Tu as l'air exténuée.

— Étant donné les circonstances, ça pourrait aller encore plus mal. Entre.

— Ah ! j'aurais dû me douter que je te trouverais ici ! s'exclama Claudia en découvrant Warren. Il faut toujours que tu te mêles de ce qui ne te regarde pas.

— Tais-toi donc ! Apparemment, tu n'as rien d'intéressant à nous raconter.

Claudia prit place dans le fauteuil qu'Annie venait d'approcher de la table basse.

— Je suis venue rendre visite à Annie. Et je te prierai d'être poli.

— Si vous deux, vous… commença Annie.

Puis la pièce se mit à tourner et elle dut s'appuyer au dossier du fauteuil.

— Seigneur ! s'écria Warren.

D'un bond, il fut près d'elle. Il la prit par la taille et la fit asseoir.

— Elle est en train de s'évanouir !

Ce fut au tour de Claudia de se lever précipitamment. Elle repoussa Warren, se pencha sur Annie, la regarda dans les yeux.

— Il y a combien de temps que tu n'as rien mangé ?

— Je... je ne sais plus.

— Rends-toi utile, ordonna Claudia à Warren. Va lui chercher des biscuits et un verre de lait.

Elle attendit qu'il se soit éloigné pour demander d'une voix douce :

— Ta visite médicale s'est bien passée ?

D'un seul coup, le passé resurgit. Annie se vit, jouant dans le grand jardin des Galloway ; aidant Claudia à porter les énormes pichets de limonade glacée ; la regardant faire de la confiture de myrtilles. Elle se revit aussi partageant son chagrin avec la seule personne qui ait aimé Kevin autant qu'elle ; travaillant côte à côte avec la femme la plus forte qu'elle ait jamais connue. Chaque minute, chaque année de ce passé commun revivait, là, dans cette pièce.

— Oui, murmura Annie. Très bien, même.

La douleur ne dura qu'un instant. Un instant exquis, unique, si intense que Claudia crut en mourir. Après toutes ces années où, chaque mois, Kevin et Annie avaient dû surmonter leur déception, un miracle s'était produit. Annie, sa chère Annie, attendait finalement un enfant. Et cet enfant allait rompre le dernier lien qui subsistait entre elles.

La vie continue, la roue tourne, quoi que l'on fasse pour tenter de l'arrêter. L'amour vous surprend au moment où vous vous y attendez le moins, et c'est bien ce qui fait de la vie un si précieux cadeau. Claudia n'avait pas à comprendre pour quelles raisons Annie souhaitait se construire une nouvelle existence. Il lui suffisait de trouver dans son cœur la force de la laisser aller son chemin.

Elle n'avait pas connu d'expérience à la fois plus difficile et, par certains côtés, plus facile.

Elle serra la main d'Annie dans la sienne.

— Un bébé, chuchota-t-elle. Le plus beau miracle que Dieu puisse accomplir.

Annie s'arracha un petit rire.

— Oh, oui ! c'est un miracle. J'ai trente-huit ans, Claudia. J'ai bien failli atteindre le point de non-retour.

Claudia plongea son regard dans les beaux yeux bleus d'Annie en regrettant de ne pouvoir effacer les années d'angoisse et de solitude. Comme elle avait été aveugle à la douleur de la jeune femme, tandis qu'elle s'ingéniait à redorer le blason de Kevin, alors que toute la ville savait ce qui se passait ! Tout cela ressemblait à un tragique gâchis face à cette vie qui s'épanouissait dans le ventre d'Annie.

— Je venais annoncer la nouvelle à Sam, expliqua la jeune femme. Je sais que tu ne l'aimes pas...

— J'ai changé d'avis, l'interrompit Claudia. J'avais tort.

Les mots lui firent moins mal qu'elle ne l'aurait cru. Elle aurait dû les prononcer beaucoup plus tôt. Elle aurait dû dire tant de choses beaucoup plus tôt.

— Ton Sam a pris des risques pour me venir en aide. Je crains qu'il ne doive tous ses ennuis à sa générosité.

Claudia inspira longuement en songeant : « Autant aller jusqu'au bout maintenant. »

— Pour moi, il prenait la place de Kevin, et cela me paraissait injuste vis-à-vis de nous tous. Sam a un grand cœur. Et il t'aime.

— Comment peux-tu le savoir ?

— Ma chérie, tout le monde dans cette ville le sait.

— Sait-on aussi ce que je ressens pour lui ?

— Je ne peux pas parler à la place des autres, mais c'est très probable.

Tu n'as jamais su cacher tes sentiments, Annie Lacy Galloway.

— Un jour, dit Annie, je te demanderai peut-être ta bénédiction.

Les yeux de Claudia s'emplirent de larmes.

— Comme si tu en avais besoin ! Tu as été une épouse parfaite pour mon fils, Annie. Je sais que ça n'a pas toujours été facile. Peut-être que si nous tous n'avions pas feint d'ignorer... Mais, ajouta Claudia après un soupir, c'était ainsi que la famille avait l'habitude de réagir quand c'était... moi qui m'égarais à la manière de Kevin.

— *Toi* ?

Claudia crut revoir sa cadette le jour où elle avait découvert que le Père Noël n'existait pas.

— Je n'arrive pas à y croire...

— Je n'en suis pas fière, admit Claudia. Mais du moins ai-je réussi à m'en sortir. J'espérais que Kevin suivrait mon exemple...

Kevin, l'enfant chéri, celui qui servait de référence à sa mère quand elle comparait ses enfants entre eux. Et s'ils ne l'avaient pas tous aimé autant qu'elle, aujourd'hui elle serait une femme bien seule.

— J'ai tout fait pour l'aider, Claudia. Je lui ai même dit que je finirais par le quitter s'il persistait à refuser de se soigner.

— Chut, fit Claudia en caressant les cheveux de sa belle-fille. Mon John aussi me menaçait de me quitter, mais on ne change qu'à partir du moment où l'on s'y sent prêt. Nous aimions tous Kevin, et nous avons tous choisi de garder son problème secret. La ville entière nous y a aidés. Tu as fait ton possible, Annie. Ta mère aurait été très fière de toi.

Claudia hésita un instant avant d'ajouter – en priant pour qu'elle en ait encore le droit :

— Comme je le suis moi-même.

Annie sentit un flot de tendresse l'envahir. Si l'amour a le pouvoir de vous protéger du pire, alors tout irait bien.

En l'absence de Sam, le grand lit semblait vide. À son pied, George et Gracie, lovés l'un contre l'autre, laissaient à Max assez de place pour s'allonger à côté d'eux, mais même sa solide présence ne suffisait pas à combler le vide.

Annie entendait Claudia et Warren bavarder en jouant aux cartes dans la cuisine. Ils avaient insisté pour rester et, honnêtement, elle leur en était reconnaissante. Leurs chamailleries et leurs éclats de rire la réconfortaient, au point qu'elle se laissait aller à croire que tout finirait par s'arranger.

Il avait été impossible de ne pas tout raconter à Claudia et, ensemble, ils avaient longuement tenté de comprendre la raison de l'enlèvement de Sam. Sans succès.

— Il est au chômage, avait remarqué Warren, ce qui signifie qu'il n'a aucun pouvoir.

— Et pas d'argent, ajouta Claudia.

— Mais il détient peut-être quelque chose de plus important, suggéra Annie. Des informations explosives.

Jusque-là, elle ne s'était pas beaucoup interrogée sur le passé de Sam. Il lui avait dit qu'il avait travaillé pour une firme de Wall Street mais, Annie n'ayant aucune notion de ce que cela représentait, il aurait aussi bien pu lui dire qu'il avait cassé des noix de coco. Elle connaissait et aimait un homme, propriétaire d'un labrador et d'une fourgonnette d'occasion, qui vivait dans une maison prêtée par Warren et construisait des canots quand il n'était pas avec elle.

Impossible d'imaginer que l'on ait voulu enlever cet homme-là. Mais il y avait l'autre homme, celui qui avait travaillé à Wall Street, et là, c'était probablement une autre histoire.

— Ton petit ami sait comment faire la une des journaux, observa Sweeney, le lendemain matin.

Annie venait d'entrer dans le magasin. Claudia était restée dans la maison de la plage, à côté du téléphone, au cas où Sam appellerait.

— Quelle histoire, ma chérie ! ajouta Sweeney.

— Je n'ose pas regarder.

Annie craignait une aggravation de ses nausées matinales. Mais, du coin de l'œil, elle vit la photo prise le jour du pique-nique et, au-dessus, le gros titre : *L'ami de la fleuriste arrêté sous la menace d'une arme.*

Les deux femmes allumèrent la télévision, juste au moment où CNN annonçait : « Révélations fracassantes à Wall Street après la disparition d'un ex-responsable financier. » Le journaliste fit un bref résumé d'une série de malversations commises chez Mason, Marx et Daniel. Des millions de dollars confiés à la firme avaient été détournés par ses directeurs financiers. Une photo d'un Sam presque méconnaissable, en complet chic et cher, apparut sur l'écran, le temps pour Annie de fondre en larmes.

Sweeney se précipita dans l'arrière-boutique, et revint avec du thé à la menthe.

— Ils disent qu'il a été enlevé, s'étonna-t-elle en sucrant le thé. Tu ne m'avais pas dit qu'on l'avait arrêté ?

— C'est ce que je croyais. Tu n'aurais pas pensé la même chose en voyant quelqu'un lui passer les menottes ?

Annie essaya ensuite de joindre l'agent Briscoe, mais tomba sur sa boîte vocale. Puis elle téléphona à Warren qui lui apprit que ses démarches pour obtenir des informations auprès de différentes sources avaient échoué.

— Je n'ai vraiment rien de nouveau. Mais si l'avion appartient à la femme d'un dirigeant de Mason, Marx et Daniel, on peut supposer que quelqu'un de chez eux a vu la photo du pique-nique et qu'ils l'ont pisté jusqu'ici.

— Pisté ? Mais pourquoi ? Vous me faites peur, Warren.

— Ce n'était pas mon intention. Seulement, je me dis qu'ils vont peut-être essayer d'acheter son silence en lui offrant un billet pour la Suisse ou une île perdue des Caraïbes.

— À écouter la télévision, on a l'impression qu'il était complice de l'arnaque.

Cinq minutes de CNN ou de NBC pouvaient convaincre n'importe qui de la culpabilité de Sam, financier de haut vol, capable de vendre sa mère pour s'en sortir. L'idée que cet enlèvement n'était qu'une mise en scène pour soustraire Sam à la justice était plus qu'Annie n'en pouvait supporter.

— Tiens bon, lui dit Warren. Tout va rentrer dans l'ordre, je te le promets.

Restait à savoir que penser de Sam. Avait-il fait partie des financiers que l'on accusait de malversations, ou n'avait-il jamais cessé de travailler pour le gouvernement ? Pouvait-on être des deux côtés de la barrière et s'en sortir sans dommages ? Annie préféra ignorer l'aspect moral de cette dernière question.

Un homme ayant choisi de prendre en charge ses cinq frères et sœurs avait-il été capable de voler des innocents ? La crainte de ne pouvoir faire face financièrement avait dû parfois engendrer un stress intolérable. Qui était en mesure d'imaginer jusqu'où un jeune homme pouvait aller afin de sauvegarder l'avenir de sa famille ? Pour Annie, le monde avait cessé d'être clairement manichéen – blanc ou noir – tel qu'elle l'avait imaginé dans son enfance. Elle savait depuis longtemps que la vérité était souvent en demi-teintes. Elle en avait fait elle-même l'expérience, et cela devait également être vrai pour Sam.

Tous ceux qu'elle connaissait de près ou de loin trouvèrent un prétexte pour passer au magasin. Certains eurent au moins la décence d'acheter une rose ou un bouquet de marguerites, mais la majorité ne cherchèrent même pas à feindre qu'ils n'étaient pas en quête d'informations susceptibles de nourrir leurs commérages. La chute de la veuve inconsolable occupait toutes les conversations, ce jour-là.

À la pauvre Mme McDougal, la vieille libraire, Annie lança :

— Rentrez chez vous et regardez CNN. Vous en saurez autant que moi.

— Cette femme a quatre-vingt-cinq ans, fit observer Sweeney, après le départ de Mme McDougal. Tu aurais pu être un peu plus aimable avec elle.

— Je les hais tous, marmonna Annie en retournant la petite pancarte, sur la porte.

— Depuis quand est-ce qu'on ferme pour le déjeuner ?

— C'est nouveau.

— Mais pas très bon pour le commerce.

— Tu préfères que j'assomme la prochaine personne qui vient aux nouvelles ?

— Tu as besoin de thé à la menthe, et de manger un morceau.

— J'aurais plutôt besoin d'un martini, mais je me contenterai du thé.

— Ce n'est pas le moment de rester l'estomac vide.

— Pour l'amour de Dieu, Sweeney, ne te prends pas pour ma mère ! Je mangerai quand j'aurai faim, un point c'est tout.

Merveilleux ! Voilà que maintenant elle se comportait comme une gamine de quatre ans.

Elle allait se faire une tasse de thé quand elle entendit quelqu'un gratter à la vitre.

— Vous ne savez pas lire ? grommela-t-elle. C'est fermé.

Sweeney leva les yeux de son journal.

— Mais, c'est Hall ! Je me demande ce qu'il veut.

Annie lui ouvrit et le fit entrer.

— Si tu as l'intention d'exulter ou de cancaner, tu ferais mieux de t'en aller.

Hall rougit juste assez pour qu'elle s'en aperçoive.

— Je viens te présenter mes excuses.

— Pour ?

— Je suis un salaud.

— Salaud dans quel sens ? s'étonna Annie.

Hall jeta un coup d'œil à Sweeney.

— Nous pourrions parler ailleurs, sans témoin ?

Sweeney interrompit de nouveau sa lecture et repoussa sa chaise.

— Vous pouvez parler ici. Annie me racontera plus tard, fit Sweeney en dirigeant vers la porte, à l'arrière du magasin.

— Je ne voulais pas être insultant, remarqua Hall.

— Tu peux aussi lui présenter tes excuses si ça te chante.

— Il me semble que tu n'es pas toi-même aujourd'hui, Annie.

— Peut-être parce que c'est la première fois que je vis un jour pareil, rétorqua Annie, incapable de dissimuler son agacement. Alors, qu'est-ce qui justifierait des excuses de ta part ?

— C'est moi qui suis la cause de tout ce grabuge.

Annie songea qu'elle allait distribuer des numéros. Claudia avait été la première à se considérer comme responsable des ennuis de Sam, puis Teddy Webb, le vieux journaliste, était passé lui dire qu'il regrettait d'avoir publié la photo du pique-nique – il n'avait aucune intention, bien entendu, de révéler la « planque » de Sam. On se serait cru dans un film d'espionnage. Et maintenant, c'était au tour de Hall de revendiquer la responsabilité de toute l'affaire.

Devait-elle en rire ou en pleurer ? Elle ne savait trop.

— Qu'as-tu donc fait ? demanda-t-elle.

— J'étais inquiet pour toi, Annie. Il me semblait connaître Sam, et Ellen aussi. Mais ni elle ni moi n'arrivions à savoir où nous l'avions déjà vu. Alors, après le pique-nique, j'ai faxé la photo parue dans le journal, à quelques amis new-yorkais, et l'un d'eux m'a envoyé des informations sur Sam.

À cet instant, Annie le détesta de toute son âme. Elle était si bouleversée qu'elle crut que ses jambes allaient se dérober sous elle. L'égoïsme de Hall risquait de lui enlever à jamais l'homme qu'elle aimait.

Hall lui raconta comment Sam, conseiller financier talentueux et en vogue, s'était vu confier quelques minutes d'antenne sur une chaîne de Manhattan.

C'était ainsi qu'Ellen et lui l'avaient vu, alors qu'ils se trouvaient à New York pour une conférence.

— Il a été licencié cet été, Annie. La rumeur dit qu'il aurait spolié sa clientèle pour alimenter son compte en banque.

— Une histoire de détournement de fonds ?

— Apparemment.

— Dans ces cas-là, Hall, un licenciement ne suffit pas. On envoie les gens en prison.

On n'atterrit pas à Shelter Rock Cove sans un sou.

Hall lui adressa un regard tellement chargé de tristesse qu'Annie eut envie de le gifler.

— C'est peut-être ce qui l'attend, dit-il.

— Et tu tenais à ce que je le sache ?

— Je pensais qu'il était de mon devoir de te prévenir.

— De me prévenir que tu avais enquêté sur Sam, dans mon dos !

— Je suis un ami et, en tant que tel, je voulais, le cas échéant, te mettre en garde.

Hall marqua une pause, cherchant visiblement ses mots, mais Annie s'interdit toute compassion.

— Je me reprochais de ne pas l'avoir fait en d'autres circonstances.

— Mais, moi, je te retire mon amitié, déclara Annie.

Puis, soudain, elle comprit.

— Tu fais allusion à Kevin ?

— Oui. Il était venu me demander de l'argent quelques jours avant sa mort, et j'avais refusé. Ce n'était pas la première fois, Annie. Si je te l'avais dit, peut-être que…

La colère d'Annie s'évanouit d'un coup.

— Cela n'aurait rien changé, Hall. Tu as fait ce que tu pensais devoir faire, comme moi, comme Warren et Claudia, et tout le monde ici.

— Je suis médecin. Je sais où les ennuis peuvent conduire un homme qui a le cœur fragile. Si je lui avais donné quelques dollars, Kevin aurait été moins stressé, et il aurait peut-être eu une chance de survivre à sa crise cardiaque.

— Et, de mon côté, je n'aurais peut-être pas dû menacer de le quitter une heure avant sa mort.

— Ô mon Dieu, Annie !

— Nous sommes tous coupables et innocents, à des degrés divers. Ça fait vingt ans que je m'accommode de cette idée.

— Je voulais vraiment éviter que tu souffres de nouveau. C'est la seule raison qui m'a poussé à me renseigner sur Sam.

— Tu n'as pas eu d'autres mobiles ?

— Il y a un mois, j'aurais effectivement agi pour d'autres raisons. Mais depuis quelque temps, je m'étais rendu à l'évidence. Vous êtes faits l'un pour l'autre. J'espère que tu le retrouveras.

Annie lui offrit une tasse de thé qu'il refusa en invoquant le manque de temps. Elle n'insista pas. Trop de choses venaient d'être dites. Il était navrant de constater que, deux ans après sa disparition, la faiblesse d'un homme si doué continuait à provoquer tant de tristesse et de dissensions.

Mais, en un sens, c'était exactement ce dont Annie avait besoin. En l'espace de vingt-quatre heures, elle en avait appris plus long sur sa vie et son mariage qu'en trente-huit ans d'existence, et cela l'aidait à se défaire de ce sentiment de culpabilité qu'elle portait comme un fardeau. Elle avait aimé Kevin et était demeurée à ses côtés, mais il était désormais temps d'aller de l'avant. Si Kevin avait été son premier amour, Sam serait le dernier.

Anxieuse, elle resta devant la petite télévision installée dans l'arrière-boutique, pendant que Claudia et Sweeney s'occupaient du magasin. Warren n'avait toujours pas réussi à joindre l'agent Briscoe, et ses autres sources s'étaient taries. Elle remarqua une voiture bleu sombre qui semblait la suivre partout, et reconnut au volant l'un des agents qui accompagnaient Briscoe. Les soupçons planaient également sur elle, apparemment.

À 15 heures, elle apprit que la société Mason, Marx et Daniel venait de cesser toute activité sur ordre du gouvernement, après une série d'arrestations. Elle attendit, pria, mais il n'y eut aucune nouvelle concernant Sam. Puis, deux heures plus tard, le téléphone sonna.

— Ils l'ont retrouvé ! s'écria Warren, triomphant. Ils l'ont retrouvé dans une baraque, en Floride. Il est sous la protection de la police locale.

— La police le protège ? Alors, ils pensent qu'il est innocent, non ?

— On parle de lui sur canal 49 ! cria Claudia.

Annie accourut pour entendre : « On a retrouvé l'ancien conseiller financier dans un hangar désaffecté, près de Miami. Il a été placé sous la protection de la police locale en attendant l'arrivée du FBI qui doit enquêter sur ce qui apparaît de plus en plus comme un enlèvement. »

Claudia prit Annie dans ses bras, lui caressa les cheveux.

— Ça va aller, ma chérie. C'est fini. Il sera de retour avant que tu aies le temps de dire ouf !

Mais les jours passèrent, et Annie commença à se demander si elle reverrait Sam. Elle suivit le récit des révélations qui se multipliaient au sujet des malversations commises chez Mason, Marx, et Daniel, gravant dans sa mémoire chaque mot concernant Sam. Grâce à Dieu, plus aucun doute ne planait quant à sa collaboration avec le gouvernement et à la réalité de son enlèvement. On ne parlait plus que de son rôle de taupe au sein de son ancienne entreprise. Néanmoins, selon les commentateurs, Sam était tantôt un héros, tantôt un traître de la pire espèce, et l'opinion populaire avait tendance à pencher pour la seconde option.

Trois jours plus tard, pratiquement plus personne ne venait au magasin réconforter Annie. Le quatrième jour, Claudia elle-même commença à éviter son regard.

— Vous ne trouvez pas que c'est terriblement long ? demanda Annie à Warren.

— Ils mettront le temps qu'il faut, répondit Warren, ce qui ne la rassurait pas vraiment. Ne t'inquiète pas. Il peut revenir d'une minute à l'autre.

— Vieux fou ! s'écria Claudia. Annie s'impatiente parce qu'elle aime cet homme. Est-ce que l'amour n'est plus qu'un vague souvenir pour toi ?

Tous deux se lancèrent dans l'une de ces vieilles querelles qui ne trompaient plus Annie depuis longtemps. Chaque jour, elle remerciait le ciel de bénéficier de l'amour et du soutien indéfectibles de ces deux êtres merveilleux. Sans eux, elle n'aurait sans doute jamais trouvé la force de tenir debout, ces derniers temps. Elle considérait Warren et Claudia comme ses parents, et se réjouissait de donner à son enfant de tels grands-parents.

Car c'est ce qu'ils seraient. Ce n'était peut-être pas très orthodoxe, une ou deux personnes sourcilleraient certainement, mais Annie était convaincue d'être dans le vrai, et elle savait que Sam serait de son avis.

S'il finissait par lui revenir.

Sur le panneau, à l'entrée de la petite ville, on pouvait lire : *Bienvenue à Shelter Rock Cove,* mais Sam lisait : *Bienvenue à la maison.*

Il se pencha en avant et tapa sur l'épaule du chauffeur.

— Vous pouvez me laisser ici.

— Vous avez le droit d'être reconduit jusqu'à votre porte. Aux frais du gouvernement. Croyez-moi, c'est plutôt exceptionnel.

— Ici, ça ira très bien.

— Je suppose que vous êtes content d'être de retour.

— Vous n'imaginez pas à quel point ! répondit Sam en riant.

Le chauffeur lui souhaita bonne chance et le laissa à l'intersection de Main Street et des quais. Dans le soleil déclinant, Sam respira à pleins poumons cet air marin qui avait toujours alimenté ses rêves. À quelques mètres sur sa gauche se trouvait *Cappy,* non loin du feu, les deux magasins d'articles de pêche et, s'il tordait légèrement le cou, il pouvait apercevoir le clocher de l'église que Warren transformait en musée.

Et s'il suivait son cœur le long de Main Street, il le mènerait droit chez lui, auprès d'Annie Galloway.

Chez lui.

Shelter Rock Cove était devenu son foyer car c'était là que vivait la femme qu'il aimait. Pas un instant, depuis leur séparation, il n'avait cessé de penser à elle. Et voilà que maintenant, alors qu'il était sur le point de la retrouver, il était pétrifié de peur.

Voudrait-elle encore de lui ? Il avait regardé quelques reportages, à la télévision, et ça n'était pas beau à voir. La plupart des journalistes le présentaient sous un éclairage défavorable, loin de toute rédemption possible. Que devait ressentir Annie – elle qui avait fait de lui son héros – en constatant qu'il avait commis des erreurs qu'un autre, plus fort, aurait évitées…

Il n'avait pas de réponse. Tout ce qui lui importait, c'était de la revoir.

Une bonne partie des événements de ces derniers jours restait encore floue dans son esprit. Assommé par l'un de ses ravisseurs, il n'avait repris conscience que lorsqu'ils avaient atterri à Miami, pour se ravitailler en carburant. Là, on lui avait enlevé ses menottes pour lui permettre d'aller aux toilettes. Il avait tenté de s'échapper, ce qui, après un échange de coups de poing avec son gardien, lui avait valu une belle collection d'hématomes.

Ses ravisseurs comptaient le conduire quelque part aux Bahamas, où des émissaires de Mason, Marx et Daniel entendaient le persuader d'accepter une somme rondelette en échange de son silence. Il n'eut finalement pas l'occasion d'entendre les détails, ni d'envoyer promener ces escrocs : leur plan avait échoué. Les envoyés du ministère de la Justice commençaient à se présenter chez leurs associés de New York, Chicago, Fort Lauderdale et Londres.

Sam fut retrouvé attaché à une chaise, au milieu d'un hangar, par la police locale. Ensuite, il fut remis à des agents du FBI qui le conduisirent à l'hôpital – où il resta en observation toute la nuit – avant de lui faire subir une série d'interrogatoires qui semblaient destinés à établir sa culpabilité.

Il avait un tas de choses à raconter à Annie et, avec un peu de chance, toute la vie devant lui pour le faire. Un jour, il présenterait Annie à Mme Ruggiero, envers qui il avait une dette, même si la vieille dame l'ignorait. L'acte de compassion qui lui avait coûté son poste lui avait permis, dans un deuxième temps, d'être disculpé. En essayant de sauver les économies de Mme Ruggiero, de Lila, et de M. Ashkenazy, il avait créé une filière qui, en fin de compte, avait été la seule à résister à l'enquête gouvernementale. Bien qu'il éprouvât un profond sentiment de culpabilité, aux yeux de la loi, il était innocent. Dans quelque temps, il serait appelé à témoigner devant une cour de justice, mais, en ce qui le concernait, toutes les charges avaient été officiellement abandonnées. Il était un homme libre.

Libre et amoureux d'Annie Galloway. Si, aux yeux du monde, il apparaissait comme un perdant, un homme de trente-cinq ans qui n'avait besoin que d'une camionnette pour transporter le peu qu'il possédait, quand Annie lui souriait, il avait l'impression d'être un roi.

Il allait lui avouer qu'il l'aimait, qu'elle était le port d'attache qu'il cherchait depuis toujours, que, sans elle, la vie n'était qu'une morne succession de jours et de nuits vides de sens. Il allait lui dire ce qu'il n'avait jamais dit à aucune autre femme. Il allait lui dire : « Je t'aime. »

En priant pour que son amour soit partagé.

Susan, Claudia et Sweeney entouraient résolument Annie.

— Nous n'accepterons pas de refus, déclara Susan. Tu viens dîner avec nous, un point c'est tout.

Assise à son établi, dans l'arrière-boutique, Annie esquissa un sourire.

— Vous êtes gentilles, vraiment, mais il faut que j'avance les préparatifs du mariage Selkirk-Holder.

Susan grogna assez fort pour être entendue jusque chez *Cappy*.

— Tu as besoin de te détendre, Annie. Tu passes tes journées devant le poste ou à attendre un coup de fil. Il faut que tu sortes un peu.

— Et si jamais Sam...

— S'il débarque, il saura où te trouver, coupa Sweeney en riant. Nous sommes dans une petite ville, et en plus il est l'objet de toutes les conversations. Je te garantis que c'est toute la population de Shelter Rock Cove qui le conduira chez *Cappy*.

— Mais j'ai du travail, insista Annie.

Claudia lui posa la main sur l'épaule.

— Il faut te ménager, dit-elle d'une voix douce. Pense au bébé.

Claudia avait raison. Elles avaient raison toutes les trois. Et puis, si elle ne cédait pas, elles s'entêteraient.

— D'accord, j'accepte. Vous m'avez épuisée.

Annie glissa à bas de son tabouret.

— Accordez-moi deux minutes, le temps de me rafraîchir et de m'arranger un peu.

Susan, Claudia et Sweeney échangèrent des regards dont Annie imaginait aisément la signification. Les trois femmes s'inquiétaient pour elle. Elles craignaient qu'elle passe trop de temps à ruminer au sujet d'un homme qui avait peut-être décidé de ne jamais revenir. Après tout, il avait une vie à New York, un appartement, des frères, des sœurs, des neveux, des nièces qui l'aimaient et avaient besoin de lui. Pourquoi abandonnerait-il tout cela pour venir s'installer dans une petite ville du Maine au climat rude en hiver et incertain le reste du temps ?

« Parce qu'il t'aime », lui souffla une petite voix.

Si c'était vrai, ce serait la plus belle raison du monde. Mais comment aurait-elle pu être certaine que ça l'était alors qu'ils n'avaient jamais parlé d'amour ? Pas une seule fois ils n'avaient prononcé les mots magiques qui ouvrent le cœur et l'âme. Ils les avaient simplement laissés affleurer dans le silence, sans jamais franchir le pas.

Elle aurait aimé revenir en arrière pour lui avouer son amour haut et fort, lui révéler qu'ils attendaient un enfant, lui expliquer qu'elle avait finalement trouvé dans ses bras le refuge qu'elle avait attendu toute sa vie.

Elle lui dirait tout cela, et plus encore, si seulement il revenait à Shelter Rock Cove.

Sweeney ouvrit grande la porte du magasin et attrapa Sam par le bras.

— Dépêchez-vous d'entrer!

— C'est ce que j'ai voulu faire il y a cinq minutes et vous m'en avez empêché.

— Chut! Nous voulons que ce soit une vraie surprise.

Il semblait à Sam que son arrivée impromptue ne pouvait être autre chose pour Annie. Mais, avec trois sœurs, il avait appris à ne pas contrarier une femme qui s'est chargée d'une mission.

Appuyées au comptoir, Claudia Galloway et Susan avaient la même expression qu'un chat qui vient de vider une cage pleine de canaris.

— Félicitations! fit Susan. Je crois que vous allez apprendre à... Aïe!

Elle se tourna vers sa mère qui venait de lui flanquer un coup de coude.

— Pourquoi as-tu fait ça?

— Ma fille n'a que quarante-deux ans, expliqua Claudia, l'œil pétillant. Il lui arrive encore d'oublier les bonnes manières.

Sam sourit en songeant qu'il apprendrait sans doute à apprécier Claudia. Puis il jeta un regard autour de lui.

— Où est Annie?

— Baissez la voix, lui ordonna Sweeney. Elle est en train de se recoiffer. Elle croit qu'on va chez *Cappy*.

Des pas se firent entendre dans l'arrière-boutique.

— Vite ! reprit Sweeney. Cachez-vous là, derrière ces présentoirs.

Bien que se sentant complètement ridicule, Sam laissa Sweeney le pousser derrière le présentoir en question.

— Alors, qui conduit ? demanda Annie d'une voix lasse. On peut prendre ma voiture si vous voulez.

— Il y a quelqu'un qui veut te voir, annonça Sweeney.

— Oh, non ! marmonna Annie. Qui est-ce ?

Sweeney passa la tête derrière le présentoir.

— Allez ! Sortez de là maintenant !

Sam obéit, et se retrouva face à Annie. Fatiguée, un peu chiffonnée, elle restait la plus belle femme qu'il ait jamais vue.

— Ce n'est pas moi qui ai eu cette idée...

Les mots se perdirent dans l'élan qui les jetait l'un vers l'autre.

— Tu es revenu ! murmura-t-elle contre ses lèvres. Tu es revenu !

Annie riait et pleurait à la fois, tout comme ses amies qui les entouraient, mais Sam, soulagé et heureux, ne voyait qu'elle : ses beaux yeux bleus cernés de mauve, les petits plis que faisaient naître les éclats de rire, ce sourire, gage de compréhension s'il lui ouvrait son cœur.

On renifla beaucoup autour d'eux, puis ils entendirent des bruits de pas qui s'éloignaient.

— J'ai cru qu'elles ne partiraient jamais, chuchota-t-il.

— C'est toi que je ne veux plus jamais voir repartir.

Il y avait dans le regard d'Annie tellement d'amour et d'attente que Sam se demanda comment il avait pu vivre sans elle.

— Tu es blessé, fit-elle en effleurant son visage meurtri. Oh, Sam...

— Si tu avais vu l'autre type ! J'ai beaucoup à te raconter, Annie. Y compris ce dont je ne suis pas fier.

— J'ai suivi les informations. Je sais qui tu es. Quand tu seras prêt à parler, je t'écouterai.

— Pendant longtemps, j'ai refusé de regarder les choses en face. J'ai fait du mal à des innocents.

— Je sais ce que c'est que de détourner le regard, avoua-t-elle, les larmes aux yeux. Les trois quarts du temps, je me suis conduite ainsi avec Kevin.

Les paroles d'Annie lui mirent du baume au cœur, le préparant au long chemin qu'il aurait à parcourir pour recouvrer l'estime de lui-même.

— Je t'aime, murmura-t-il. Je ne l'ai jamais dit à aucune autre femme.

Sur des mots comme ceux-là, on bâtissait une famille. Des générations.

— Tu es mon âme sœur, souffla-t-elle. Je ne l'ai jamais dit à aucun autre homme. Et je ne le redirai jamais.

— Je n'ai pas d'argent, mes perspectives d'avenir sont loin d'être prometteuses...

Et il se passerait un certain temps avant qu'il puisse se refaire une réputation.

— Je ne suis pas loin d'être complètement fauchée, rétorqua Annie. Mais je trouve que mon avenir s'annonce merveilleusement bien.

— Je finirai peut-être par gagner ma vie en construisant des canots.

— Ça me va.

— Si je t'avais rencontrée l'année dernière à la même époque, tu aurais été mieux lotie.

Aujourd'hui, il n'avait plus que son cœur à offrir.

— Ce sera à moi d'en juger, fit Annie. Il me semble que je suis tombée amoureuse d'un homme dans une vieille fourgonnette, non ?

— Affublé d'un chien dévoreur de pizzas.

— Nous parlons bien du même homme. Il m'a volé mon cœur, mais je ne m'en plains pas.

— Tu as encore plein de Butler à rencontrer.

Annie prit une longue inspiration.

— En fait, il y en a un que tu ne connais pas encore.

Il la fixa intensément.

— Tu veux répéter ?

— Un Butler de plus, dit-elle en prenant la main de Sam pour la poser sur son ventre. Il devrait se joindre à nous en juin. Voilà ce que j'étais venue te dire l'autre jour.

— Je croyais que...

— Je le croyais aussi. Mais, apparemment, notre rencontre a produit plus d'un miracle.

Une vie nouvelle. Des éclats de rire à la place du silence. De la joie là où il n'y avait que du chagrin.

— Nous n'avons jamais parlé d'enfants, je sais. Peut-être même que tu n'en désires pas. Tu as passé ta vie à en élever, et voilà que je t'annonce qu'il te faut recommencer...

Elle rayonnait de joie, et semblait cependant tellement incertaine, que Sam en fut bouleversé. L'amour qu'il éprouvait en cet instant pour elle et pour l'enfant qu'elle portait était presque douloureux.

Il s'inclina et appuya les lèvres sur son ventre.

— Dis-le-moi encore. Dis-moi que c'est bien à nous que cela arrive.

— Cela nous arrive vraiment, à toi et à moi, répéta-t-elle tandis que des larmes de bonheur roulaient sur ses joues. Il n'y a eu que des miracles depuis que nous nous sommes rencontrés.

Sam lui raconta comment il avait rêvé d'enfants avec ses yeux et son sourire, des enfants qui feraient vivre leur amour à tout jamais.

— Je voudrais qu'ils aient ton cœur, dit Annie tandis qu'il la serrait contre lui avec force. Je ne pourrais pas leur souhaiter mieux.

Tout ce qu'il était, tout ce qu'il avait rêvé de faire prenait enfin un sens. Il aimait Annie Galloway, et elle l'aimait en retour. Et de cet amour allait naître un enfant.

Sam Butler avait fini par trouver son foyer.

COMMENT TOUT SE TERMINA

Fin juin

— Poussez, Annie ! ordonna Ellen Markowitz. Encore un petit effort.

— Je… ne veux pas… pousser ! hurla Annie. Je veux sortir d'ici !

Qu'est-ce qu'ils avaient donc tous ? Ils ne savaient pas que l'accouchement durait depuis huit heures ? Ils ne pouvaient pas se montrer un peu plus compréhensifs ?

Sam, qui transpirait presque autant que sa femme, se pencha sur elle et humidifia ses lèvres avec un cube de glace.

— Une dernière fois, Annie. Allez. Tu peux le faire.

Il attendait de recevoir le bébé entre ses mains, comme Ellen le lui avait suggéré.

— Je ne peux pas, Sam…

— Tu le peux et tu le feras. Le bébé est presque là, Annie. Il te suffit de pousser un peu.

Claudia était présente et serrait la main de la jeune femme dans la sienne.

— Ça y est presque, Annie ! s'écria Ellen. Un dernier effort…

— Allez, Annie, l'encouragea Sam. Il est temps de faire la connaissance de notre fille.

Annie inspira longuement, parvint à réunir des forces qu'elle ne se connaissait pas, mais que toutes les femmes finissent par trouver, et expulsa leur enfant qui atterrit dans les mains de son père.

— Sarah Joy Butler, fit-il à travers ses larmes. Bienvenue dans ce monde!

Une seconde plus tard, un petit cri s'éleva dans la salle. Une nouvelle vie venait officiellement de commencer.

Si Ellen avait aidé des centaines d'enfants à venir au monde, elle n'avait jamais été aussi émue que ce jour-là. Sam couvrait le visage d'Annie de baisers en lui disant combien il l'aimait, combien elle avait apporté de bonheur dans sa vie, tandis qu'Annie... Ô mon Dieu! Son émerveillement était si total qu'Ellen se détourna. Elle guida Sam pour couper le cordon ombilical, puis elle recueillit le placenta et s'assura que l'on avait bien contrôlé les fonctions vitales du bébé.

Vint alors le moment qu'elle attendait toujours, ce moment magique où un couple devient une famille. Sam posa l'enfant sur la poitrine d'Annie. Petit être humain vibrant de vie, Sarah Joy s'époumonait sans discontinuer. Annie pleurait et Sam s'essuyait les yeux du revers de la manche. On ne voyait ni feux d'artifice ni anges célestes, mais il régnait autour d'Annie une atmosphère d'extase quasi divine.

Ellen attendit un instant que Claudia ait contemplé, éblouie, le tableau de cette famille naissante, puis elle l'entraîna dans la salle d'attente où s'étaient réunis quarante-deux Butler et Galloway, ainsi que leurs amis. Tous se regroupèrent aussitôt autour d'elle.

Warren Bancroft croisa le regard de Claudia. Dès qu'il la vit hocher la tête, les joues inondées de larmes de joie, il poussa un cri de triomphe.

— Vieux fou ! lui lança-t-elle. Ne va pas t'imaginer que tu es le maître d'œuvre. C'est Dieu qui a tout fait, pas toi, ne l'oublie jamais.

Par-dessus la tête de Claudia, Warren adressa à Ellen un clin d'œil qui signifiait qu'il n'entendait pas partager ses mérites, fût-ce avec le Tout-Puissant.

Ellen se racla la gorge.

— Je suis ravie de vous annoncer que Sarah Joy Butler est arrivée parmi nous à 13 h 28. Elle pèse trois kilos cinq et mesure cinquante et un centimètres. Elle a les cheveux de sa mère, le nez de son père, et je dirai qu'en ce moment, elle a aussi notre cœur au creux de sa petite main.

— Elle se porte bien ? demanda Warren d'une voix enrouée.

— Elle est en parfaite santé, lui assura Ellen.

— Et Annie ? s'inquiéta Susan. Elle va bien ?

— Oui. Elle a fait du bon travail.

Deux des sœurs de Sam échangèrent un regard et sourirent.

— Il s'est évanoui, n'est-ce pas ? fit Marie. Sam n'a jamais supporté la vue du sang.

Ellen éclata de rire.

— Désolée de vous décevoir, mais votre frère est resté conscient d'un bout à l'autre.

Il y eut beaucoup de rires, d'applaudissements et de larmes de bonheur tandis que les deux familles fêtaient la nouvelle venue. Ils ne remarquèrent même pas qu'Ellen s'éclipsait, comme il se devait. Elle avait aidé la petite Sarah Joy à venir au monde, son travail s'arrêtait là. Dans le couloir, appuyée contre le mur, elle se laissa de nouveau aller à son émotion. Non, elle ne s'habituait pas, et sans doute ne s'habituerait-t-elle jamais. Chaque fois qu'elle entendait le cri qui accompagnait une vie nouvelle, elle retrouvait ce sens du merveilleux qui la poussait à aller de l'avant, jour après jour.

Mais, parfois, comme ce soir-là, le merveilleux prenait une dimension exceptionnelle. Voir Sam et Annie avec leur petite fille, être le témoin du bonheur de toute une famille...

— Vous recommencez à pleurer, Ellen ?

À travers ses larmes, elle vit Hall s'approcher d'elle. Il sortait lui aussi d'une salle d'accouchement, le regard émerveillé.

— Garçon ou fille ? demanda-t-elle. Je sais qu'Aileen Whitcomb voulait un garçon.

— Son vœu a été exaucé. Elle a un beau gaillard de quatre kilos cinq, avec les poumons de sa mère. Et... Annie ?

— Une belle petite fille, annonça Ellen, le visage baigné de larmes. Sarah Joy Butler se porte à merveille. Je n'avais encore jamais vu autant de gens dans une salle d'attente.

— Les Galloway sont très soudés.

— Les Butler aussi, il me semble.

Ellen et Hall restèrent silencieux quelques instants, puis Ellen étouffa un bâillement.

— Je crois que ma journée de travail est terminée, déclara-t-elle.

Hall la regarda et, pour la première fois, elle ne vit pas dans ses yeux le reflet d'Annie Butler. Est-ce qu'il fallait espérer quelque chose ? Elle l'ignorait, mais cette éventualité lui plaisait.

— Et si on allait déjeuner chez *Cappy*, proposa-t-il.

— Avec plaisir, répondit Ellen.

Puis, souriante, elle précisa :

— Avec grand plaisir.

Tous deux s'attardèrent un moment, tandis que Sarah Joy Butler prenait place dans la pouponnière, à côté du bébé Whitcomb. Dans leurs petits poings fermés, ils tenaient les espoirs, les craintes, les rêves de leurs parents. Un seul sourire de l'un ou de l'autre pouvait faire pleurer un homme.

Ellen devina les pensées de Hall.

— Un nouveau jour, un nouveau miracle, dit-elle en feignant de se frotter les mains.

Hall rit et se détourna de la pouponnière.

— N'est-ce pas, docteur ? fit-il. N'est-ce pas ?

— Chez *Cappy* dans un quart d'heure ?

— Parfait. Je vous retrouve sur le parking.

Ellen souriait en se précipitant vers son bureau pour se changer. Ce n'était peut-être pas tout à fait un miracle mais, pour l'heure, elle s'en contenterait.

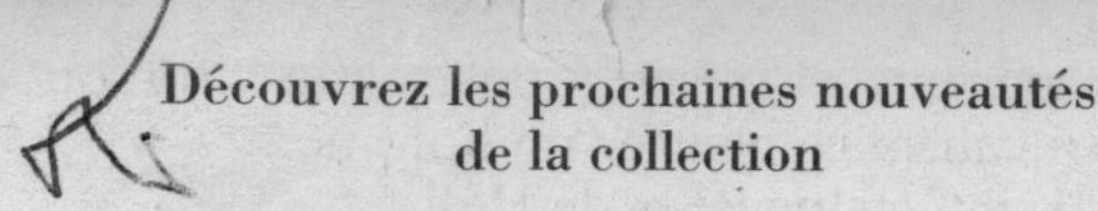

Découvrez les prochaines nouveautés
de la collection

Amour et Destin

Des histoires d'amour riches en émotions déclinées en trois genres :

Intrigue | *Romance d'aujourd'hui* | *Comédie*

Le 4 novembre *Comédie*

Méli-mélo de Jill Mansell (n° 5555)

Bath n'est pas une ville très gaie en hiver. Et quand la vie ne ressemble pas à ce que vous aviez imaginé, il y a de quoi déprimer… C'est la conclusion à laquelle sont arrivées Liza, Prune et Dulcie, qui ruminent régulièrement leurs malheurs devant un plat de spaghettis. À la veille du nouvel an, toutes trois décident de prendre leur destin en main et s'arment de bonnes résolutions…

Le 12 novembre *Romance d'aujourd'hui*

Pour les yeux d'une autre de Patricia Kay (n° 6329)

Étudiants, Adam et Natalie tombent éperdument amoureux l'un de l'autre, en dépit de leurs différences sociales. Lorsque Adam annonce à son père son intention d'épouser Natalie, il apprend à son grand désespoir que celui-ci s'est engagé à ce qu'il épouse la fille de son associé. Adam renonce à Natalie. Il la retrouve par hasard douze ans plus tard, et sait que ses sentiments n'ont pas changé…

Le 19 novembre *Romance d'aujourd'hui*

En souvenir du passé de Sandra Kitt (n° 6418)

À la mort de Stacy, une vieille connaissance, Deanna, jeune femme noire d'environ 35 ans, se retrouve avec un drôle d'héritage sur les bras : une enfant de six ans. Malgré son travail accaparant, elle accepte de s'occuper de la petite Jade jusqu'à ce la justice lui trouve une famille d'accueil. En attendant, il lui faut assumer son nouveau rôle de maman. Patterson, le fils de la nounou de Jade, saura-t-il l'aider ?

Le 26 novembre *Intrigue*

Quand tombent les masques de Susan Wiggs (n° 6419)

Sandra et son mari, le sénateur Victor Wislow, ont eu un accident de voiture au cours duquel Victor est mort. S'agit-il d'un accident ou Sandra a-t-elle tué son mari ? Les soupçons pèsent sur elle. Décidée à commencer une nouvelle vie ailleurs, Sandra rénove sa vieille maison de Paradise afin de la vendre, avec l'aide de Mike Malloy, un entrepreneur du coin. Cela suffira-t-il à effacer le passé ?